总 序

近百年来中国文坛，“京派批评”“海派批评”以及20世纪80年代崛起的“闽派批评”已是大家公认的文学现象，但“粤派评论”却极少被人提起。事实上，不论从地域精神、文化气质，还是文脉的历史传承，抑或批评的影响力来看，“粤派评论”都有着独特精神气质和文化品格，有它的优势和辉煌。只不过，由于历史、现实、文化和地域的诸多原因，“粤派评论”一直被低估、忽视乃至遮蔽。有鉴于此，我们认为，以百年粤派文学以及美术、音乐、戏剧、影视等评论为切入点，出版一套“粤派评论丛书”，挖掘被历史和某种文化偏见所遮蔽的“粤派评论”的价值，彰显粤派文学与文化的独特内涵和深厚底蕴，不仅能更好地展示广东文艺评论的力量，让“粤派评论”发出更响亮的声音，而且有助于增强广东文化的自信，提升广东文化的影响力，促进区域文化的繁荣发展。

出版这套丛书，有厚实、充分的历史、现实、文化和地域等方面的依据。

第一，传统文化的影响。岭南文化明显不同于北方文化。如汉代以降以陈钦、陈元为代表的“经学”注释，便明显不同于北方“经学”的严密深邃与繁复，呈现出轻灵简易的特点，并因此被称为“简易之学”。六祖惠能则为佛学禅宗注进了日常化、世俗化的内涵。明代大儒陈白沙主张“学贵知疑”，强调独立思考，提倡较为自由开放的学风，逐渐形成一个有粤派特点的哲学学派。这种不同于北方的文化传统，势必对“粤派评论”的形成起到潜移默化的作用。

第二，文论传统的依据。“粤派评论”的起源可追溯到晚清，黄遵宪的“诗界革命”，梁启超的“小说界革命”的倡导，开创了一个时代的风潮，在全国产生了普泛的影响。上世纪二三十年代，黄药眠在《创造周报》发表大量文艺大众化、诗歌民族化的文章，风行一时。钟敬文措意于民间文学，被视为中国民间文学的创始人。新中国建立后的“十七年”，“粤派评论”的代表人物有黄秋耘、萧殷、梁宗岱等人。新时期以来，“粤派评论”也涌现出不少在全国具有一定知名度的文艺评论家。如饶芃子、黄树森、黄修己、黄伟宗、洪子诚、刘斯奋、杨义、温儒敏、谢望新、李钟声、古远清、蒋述卓、陈平原、程文超、林岗、陈剑晖、郭小东、宋剑华、陈志红等，其阵容和影响力虽不及“京派批评”和“海派批评”，但其深厚力量堪比“闽派批评”，超越国内大多数地域的文艺评论阵营。如果视野和范围再开放拓展，加上饶宗颐、王起、黄天骥等老一辈学者的纯学术研究，则“粤派评论”更是蔚为壮观。

第三，地理环境的优势。从地理上看，广东占有沿海之利，在沟通世界方面具有得天独厚的优势；同时，广东处于边缘，这既是劣势也是优势。近现代以来，粤派学者在中西文化交汇的背景下，感受并接受多种文明带来的思想启迪。他们视野开阔，思维活跃，不安现状，积极进取，敢为人先，因此能走在时代变革的前列。黄遵宪、康有为、梁启超、孙中山等是这方面的代表人物。他们秉承中国学术的传统，又开创了“粤派评论”的先河。这种地缘、文化土壤的内在培植作用，在“粤派评论”的发展过程中是显而易见的。

“粤派评论”有属于自己的鲜明特点。

第一，中国现当代文学史写作，是“粤派评论”最为鲜亮的一道风景线。在这方面，“粤派评论”几乎占了文学史写作的半壁江山，而且处于前沿位置，有的甚至成为中国现当代文学史写作的高地。比如20世纪80年代，钱理群、陈平原、黄子平联合发表的著名论文《论二十世纪中国文学》，其中陈平原、黄子平均为粤人。洪子诚的《中国当代文学史》以方法先进、富于问题意识、善于整合中西传统资源和吸纳同时代前沿研究成果著称，它与陈思和的《中国当代文学史教程》被学界誉为中国现当代文学史的“南北双璧”。杨义的三卷本《中国现代小说史》是比较方法运用在文学史写作的有效实践，该著材料扎实，眼光独到，分析文本有血有肉，堪与夏志清的《中国现代小说史》比肩。此外，温儒敏的《中国现代文学批评史》、黄修己的《中国现代文学发展史》、古远清的港台文学史写作，也都各具特色，体现出自己的史观、史识和史德。

第二，“粤派评论”注重文艺、文化评论的日常化、本土经验和实践性。粤派评论家追求发现创新，但不拒绝深刻宽厚；追求实证内敛，而不喜凌空高蹈；追求灵动圆融，而厌恶哗众取宠。这就体现了前瞻视野与务实批评的结合，经济文化与文艺批评的合流，全球眼光与岭南乡土文化挖掘的齐头并进，灵活敏锐与学问学理的相得益彰，多元开放与独立文化人格的互为表里。粤派评论家有自己的批评立场、批评观念，亦有自己的学术立足点和生长点。他们既面向时代和生活，感受文艺风潮的脉动，又高度重视审美中的文化积累和文化传承；既追求批评的理论性、学理性和体系建构，又强调批评的实践性，注重感性与诗性的个性呈现。

我们认为，建构“粤派评论”，不能沿袭传统的流派范畴与标准，它不是一种具有特定文化立场、一致追求趋向和自觉结社的理论阐释行动。它只是一个松散的、没有理论宣言与主张的群体。因此，没有必要纠结“粤派评论”究竟是一个学派，还是一个地域性的概念，但有一点可以肯定：“粤派评论”已是一个客观存在的文化实体，即虽具有地方身份标识，却不局限于一地之见的文艺理论家、批评家群体。

党的十九大报告指出，发展中国特色社会主义文化，就是以马克思主义为指导，坚守中华文化立场，立足当代中国现实，结合当今时代条件，发展面向现代化、面向世界、面向未来的，民族的科学的大众的社会主义文化，推动社会主义精神文明和物质文明协调发展。广东省委宣传部策划、组织、指导编纂出版“粤派评论丛书”，是贯彻落实十九大关于文化建设发展精神的一项重要举措，是讲好中国故事、传播中国声音、阐发中国精神、展现中国风貌的一次文化实践。我们坚信，扎根广东、辐射全国的“粤派评论”必将成为新时代坚定文化自信、实现中华民族伟大复兴路上其中一块最稳固的基石。

“粤派评论丛书”编辑委员会

梁启超像

编者简介：

付祥喜，广州大学人文学院教授。主持并完成多项国家社科基金项目、教育部人文社科研究项目。在《中国社会科学》《文学评论》《文艺研究》等刊物发表多篇学术论文。出版有《20世纪前期中国文学史写作编年研究》《新月派考论》等著作。

陈淑婷，广州大学中国现当代文学专业在读硕士研究生。

目录

下编　小说界革命

出版前言

陈淑婷

梁启超（1873年2月23日—1929年1月19日），字卓如，一字任甫，号任公，又号饮冰室主人、饮冰子、哀时客、中国之新民、自由斋主人。广东新会人。清朝光绪年间举人，中国近代思想家、政治家、教育家、史学家、文学家。戊戌变法（百日维新）领袖之一，中国近代维新派、新法家代表人物。

梁启超是晚清戊戌变法运动的主要代表人物之一，也是晚清思想启蒙思潮的倡导者和掌舵者，他对晚清思想界的影响巨大，学界普遍将其参与的戊戌变法及之后的思想启蒙视为“中国近现代史上第一次思想启蒙运动”，并且这场思想启蒙运动直接对“五四”时期新文学革命运动起到了巨大的引导作用。梁启超除了是一位杰出的政治学家，对政治体制和社会体制的改良有一番大作为之外，他还是一位出色的文学家。他开创的“新文体”及相关理论主张，代表着当时“文界革命”的基本方向，革新了当时以桐城派统治的文坛；他开展的以政治小说为核心的“小说界革命”为“小说”正名，让“小说”与诗词文等正统诸文类并列；他所提倡的以“新诗体”为中心的“诗界革命”刷新了晚清诗坛。

戊戌变法前，梁启超师从康有为，并与之创办维新派报刊《万国公报》（后更名《中外纪闻》），并与“新体诗”先驱黄遵宪以及谭嗣同、夏曾佑等人一同发起诗歌改良运动，后与诸多仁人志士一同发动公车上书以及维新变法，但在中外联合剿杀之下，变法失败，梁启超亦被迫流亡日本。在日本流亡期间，深受日本维新政治与学术氛围影响的梁启超，先后创办《清议报》《新民丛报》《新小说》等报刊，并先后在所办报刊中特辟专栏，刊登黄遵宪、谭嗣同等人的“新派诗”，同时，他亦自撰《饮冰室诗话》，对康有为、黄遵宪、谭嗣同等人的新派诗作做摘录，并发表相关评论。其中，《清议报》主要是其政论文与倡“新文体”的主阵地，《新民丛报》则是宣扬其资产阶级改良政治主张的主要阵地，而《新小说》是中国最早的专载小说的期刊。梁启超旅居日本期间，偶读友人所赠的日本政治小说《佳人奇遇》，产生了小说也可以传达政治主张的想法，遂在《新小说》创刊号上发表《论小说与群治之关系》一文，提出以“小说革命”为中心的“今日欲改良群治，必自小说界革命始；欲新民，必自新小说始”的言论，强调小说的政治功能、开发民智的功能，对中国近代小说观念的转变发挥了巨大作用，规模及影响之大，都是同时进行的“文界革命”与“诗界革命”所不能企及的。

一

影响晚清启蒙者的两股思潮，分别是达尔文的“进化论”与卢梭的“民约论”。在阐释社会政治体制革命及文学革命时，梁启超也曾援引由严复引进与翻译的《天演论》中的观点：“新民子曰：革也者，天演界中不可逃避之公例也。凡物适于外境界者存，不适于外境界者灭，一存一灭之间，学者谓之淘汰。淘汰复有二种：曰‘天然淘汰’，曰‘人事淘汰’”。他所倡导的“革命”是欧、日等国温和的“革命”，而非中国“汤武革命”般的“王朝变革”式的暴力“革命”。所以，所有他所倡导的任何内容的革命，都是以“改良”的形式进行的。

梁启超于1899年12月在赴夏威夷的途中首次提出“文界革命”的口号，他在《夏威夷游记》中真实记录了关于“文界革命”的初步构想，并由此正式拉开了“文学之革命”的帷幕：

> 德富氏为日本三大新闻主笔之一，其文雄放隽快，善以欧西文思入日本文，实为文界别开一生面者，余甚爱之。中国若有文界革命，当亦不可不起点于是也。

而且，在提出“文界革命”的构想之前，梁启超已撰文要求打破桐城派的晦涩繁复的古文藩篱，让作文从桐城派所提倡的“义理、考据、辞章”的文辞中得到革新，推行平易畅达的“新文体”。“新文体”的主张发端于1896年梁启超创办《时务报》时，在刊登过的相关“时务文”中皆有体现，但“新文体”从形成至成熟再到衰退是一个可观的过程，及至1899年甫提“文界革命”，“新文体”理论的趋于成熟可以看作是梁启超关于“文界革命”的具体实践。在《清代学术概论》中梁启超曾如此评价自己所提倡的“新文体”：

> 启超夙不喜桐城派古文，幼年为文，学晚汉魏晋，颇尚矜炼，至是自解放，务为平易畅达，时杂以俚语韵语以及外国语法，纵笔所至不检束，学者竞效之，号新文体。老辈则痛恨，诋为野狐。然其文条理明晰，笔锋常带感情，对于读者，别有一番魔力焉。

以上这段话正是梁启超对他所提倡的新体散文特征的鞭辟入里的、高度的概括，即平易畅达、条理明晰、笔锋带情、文白夹杂以及巧引外国语法等。他运用这种“新文体”理论，创作出一系列新式政治散文。其中，按梁启超在《〈清议报〉一百册祝辞并论报馆之责任及本馆之经历》一文中所述，他认为《过渡时代论》《呵旁观者文》以及《少年中国说》等文章是“开文章之新体，激民气之暗潮”的“新文体”文章。

晚清时期的散文，基本上秉承以方苞、刘大櫆等人为首的桐城派所讲究的“义法”，“程朱”思想厚重，力求“清真雅正”，但随着时代与思想的发展，“凡物适于外境界者存，不适于外境界者灭”，“文以载道”与“八股”式作文体制僵滞，旧式文学的最后一座堡垒的桐城派，作文风格逐渐与时代脱节，思想先进的文人早已务求改变文界停滞不前的窘况，经由龚自珍、魏源等人“今文经学”的主张，再到康有为、谭嗣同等人政治色彩浓厚的论文，再到梁启超创作的已成一派理论、初具“新文体”系统规模的政论散文，散文的创作从桐城派的桎梏中解放出来。

例如《少年中国说》的行文特点就与其所说的“平易畅达”相契合，文章文言与白话相杂，引用俚语与舶来语，浅近流畅，通俗易懂。试摘录《少年中国说》片段以供鉴赏：

少年智则国智，少年富则国富，少年强则国强，少年独立则国独立，少年自由则国自由，少年进步则国进步，少年胜于欧洲则国胜于欧洲，少年雄于地球则国雄于地球。

“新文体”尽管是“文界革命”的产物与成果，但实际上“新文体”的概念一直贯穿在梁启超所发动的“诗界革命”“戏曲改良”以及“小说界革命”等文学改良运动之中。

在《夏威夷游记》中，梁启超也提出了“诗界革命”的构想，批判当时为复古诗风所统治的诗坛，肯定黄遵宪等人的“吾手写吾口”的新诗风格，并提倡“新意境”“新语句”“旧风格”三位一体的新诗概念：

……欲为诗界之哥仑布、玛赛郎，不可不备三长。第一，要新意境。第二，要新语句。而又须以古人之风格入之，然后成为其诗……若三者具备，则可以为二十世纪支那之诗王矣。

他自谦“余虽不能诗，然尝好论诗”，十分推崇康有为、黄遵宪、严复、夏曾佑、谭嗣同等人的“新诗”。在“诗界革命”构想的初期，梁启超更多地关注向西方借鉴与学习的问题，故而他在《小说丛话》中论辩道：

彼西人之诗不一体，吾侪译其名词，则皆曰诗而已，若吾中国之骚、之乐、之词、之曲，皆诗属也，而寻常不名曰诗，于是乎诗之技乃有所限。

在《饮冰室诗话》中，梁启超摘录黄遵宪等人的诗，并加以中肯赞赏的评论。其中，他多次赞赏黄遵宪等人的诗感情铿锵，深受感动。在黄遵宪等人倡导新体诗之前，晚清的诗坛是以陈衍为首的“同光体”、王闿运为首的“汉魏六朝诗派”以及樊增祥为首的“中晚唐诗派”等以拟古复古主义为主的诗派所统治。他们作诗以“无一处不用典”“无一处没有来处”为特点，诗歌显得老腐而没有新意，难以感受到作者的真实感情，更与梁启超等人所一直倡导的文学社会功用的观点更是南辕北辙。在《〈晚清两大家〉题辞》中指出：

其实就以中国旧诗而论，那几位大家所走的路，并没有错。其一是专玩味天然之美……其二是专描写社会现状……中国最好的诗，大都不出这两途。还要把自己的真性情表现在里头，就算不朽之作。

“诗界革命”冲击了长时间统治晚清诗坛的拟古复古主义诗派，新体诗的语言趋于通俗，不受旧制束缚，不同程度地解放了诗歌的表现力。

二

“小说革命”的主张无疑是梁启超学术生涯中最重要一环，也是学界研究梁启超文论最广的范畴。

1902年11月，梁启超在日本横滨创办为小说正名的报刊——《新小说》，并在创刊号刊登《论小说与群治之关系》一文中认为戊戌变法之所以失败，是为“民智不开”所致，而“小说”是开民智最有力的武器，并首次提出“小说界革命”的口号，正式拉开“小说革命”的帷幕：

欲新一国之民，不可以下新一国之小说；欲新风俗，必新小说；欲新学世，必新小说；乃至欲新人心、新人格，必新小说。何以故？小说有不可思议之力支配人道故。

梁启超受严复与夏曾佑所撰的《本馆附印说部缘起》的影响与启发，到日本后，又偶获友人所赠的日本政治小说，这些都促使其小说改良构想的形成。1903年以笔谈的形式刊登在《新小说》的《小说丛话》是梁启超对其“小说界革命”主张的继续探讨与理论的补充，同时他强烈表达了当时以“出版说明”的形式登载在《国闻报》上的《本馆附印说部缘起》对他的“震慑”：

天津《国闻报》初出时有一雄文，曰《本馆附印说部缘起》，殆万余言，实成于几道与别士二人之手。余当时狂爱之，后竟不克裒集。惟记其中有两大段，谓人类之公性情，一曰英雄，二曰男女，故一切小说，不能脱离此二性。

早在1897年写成的《变法通议·论幼学》，梁启超就从言文合一的角度来阐述小说的重要性。“古人文字与语言合，今人文字与语言离”，在他看来，言文合一的核心是用俗语、俚语，即“……而《水浒》《三国》《红楼》之类，读者反多于六经。……今宜专用俚语，广著群书。上之可以借阐圣教，下之可以杂述史事；近之可以激发国耻，远之可以旁及夷情……”。除了阐述应用俗语与俚语的重要性之外，他还强调小说应该跳出本土的圈制，以西方小说作为参照物来评价小说的政治与社会功用，吸收外来文化来丰翼中国小说，同时强调翻译与创作政治小说在“开民智”上的重要性。提倡“政治小说”的翻译与传播是梁启超开启“小说界革命”的标志。政治小说即“昔者欲借以吐露其所怀抱之政治理想也。其立论以中国为主，事实全由于幻想”。东渡后他在《清议报》上开辟“政治小说”专栏，连载《佳人奇遇》《经国美谈》等政治小说，在这一期间发表的《译印政治小说序》中，他认为“政治小说之体，自泰西人始也”，并在《自由书》一文中，以日本明治维新来论证小说“浸润于国民脑质”的政治功能。及至1902年的《论小说与群治之关系》，梁启超旗帜鲜明地将小说定位于“文学”的领域内，同时也强调了“新小说”是“新民”的必要手段，同时也是实现其政治改革的重要手段：

今日欲改良群治，必自小说界革命始；欲新民，必自新小说始。

梁启超除了致力于推进小说的社会功用的宣传、倡导译印政治小说之外，还参与到翻译外文小说和创作政治小说之中，不仅连载翻译《佳人奇遇》

《经国美谈》等政治小说，也创作了国内第一部政治小说《新中国未来记》。在《新中国未来记》的绪言中，他一如既往地强调政治小说的重要性：

顾确信此类之书，于中国前途，大有裨助，夙夜志此不衰。

梁启超同时也将戏剧的改良纳入到“小说界革命”的范畴之中，这也是他将小说地位继续提高的意图之一。他亲自撰写了《劫灰梦传奇》与《新罗马传奇》等戏剧作品，并在《新罗马传奇》的楔子中说道：

念及立国之根本，在振民精神，因此著了几部小说传奇，佐以许多诗词歌曲，庶几市街传诵，妇孺知闻，将来民气渐伸，或国耻可雪。

梁启超的传奇体戏剧，内容之新，思想之新，除了一定程度上为他的“小说界革命”作出贡献，但同时对改良中国戏剧的贡献是不可磨灭的。

三

梁启超所提倡的“文界革命”“诗界革命”和“小说界革命”的三大文学改良运动几乎囊括了当时整个文学界的方方面面，是“群氓时代”的启蒙。从梁启超那一代人开始的晚清启蒙思潮是近代启蒙思潮的发端，它直接对“五四”启蒙思潮起着引玉之效。

梁启超的文学改良运动实际上让文学经历了一个“俗化”的过程，将文学从繁复难涩中解放出来，成为一个大众化且能启蒙民智的工具。在“文界革命”等三界革命的提倡尚未提出之前，文学界就已经对散文、诗歌等僵滞而不得新意的创作方式不满，零零碎碎的想法不断从文学界的各个角落里冒出来，但始终得不到一个统一的“口径”。严复、康有为等人之后的梁启超以一锤定音之势，阐释并提出改革口号，联合康有为、黄遵宪等学界前辈发动“文界革命”等文学改良运动，革新散文与诗歌的创作手法，并将小说从文学的附庸中解放出来，让其成为主流文学体裁。

时代造就英雄，梁启超生存于内患未息、外患迭起的乱世，为改变落后的现状而进行政治改良的强烈的政治抱负，反映到他的文学改良中也毫不逊色。但由于当时严峻的政治环境、西方先进思想受众群较小等因素，梁启超的文学改良运动虽轰轰烈烈，但又像昙花一现般地快速退潮。然而，虽然维持时间较短，但对后世的影响，尤其是对“五四”新文化运动的启发是不可估量的。

“五四”新文化运动是近代中国继晚清以来第二次大型思想启蒙运动，其中“反传统、反孔教、反文言”的“新文化”主张与梁启超等人的文学改良理论一脉相承。由于梁启超为小说的发展扫清了障碍，“五四”期间，小说如雨后春笋般地涌现在文坛上，而且借梁启超“言文合一”与“诗界革命”的东风，胡适、刘半农等人的白话诗也有了“底气”与梅光迪等人进行一番辩论。

综上，作为近代中国杰出的政治家、思想家、文学家，梁启超可谓百科全书式的人物，他一生的著述规模庞大，涉及面广，无论是社科论文、政论文，还是文学作品，都真实地反映了那个时代对政治、文化等层面革新的渴望与希冀，都是学界中不可缺少的瑰宝。作为广东人，梁启超是近代以来广东引以为豪的文化巨匠，他留下的文学评论方面的文字，是亟待重新整理的瑰宝。鉴于此，把梁启超列入粤籍评论家、整理出版梁启超评论文集，应当是很有意义的。所选文章，大多出自《饮冰室合集》（中华书局1989年版），凡是涉及文学评论者，均尽量予以收入，但难免有遗珠之憾，望方家指正，待将来修订。

2017年6月

上编

新文体·诗界革命

《西学书目表》后序

梁启超曰：吾不忍言西学。梁作霖曰：子日与人言西学，曷为不忍言西学？梁启超曰：今日非西学不兴之为患，而中学将亡之为患。风气渐开，敌氛渐逼，我而知西学之为急，我将兴之，我而不知，人将兴之，事机之动，在十年之间而已。今夫守旧之不敌开新，天之理也。动植各物之递嬗，非墨两州之移，有固然矣。中国俗儒拘墟谬瞀之论，虽坚且悍，然自法越以后，盖稍变矣。中日以后，盖益变矣。援此推之，十年二十年以后，其所存者希矣。虽然，旧学之蠹中国，犹附骨之疽。疗疽甚易，而完骨为难。吾尝见乎今之所论西学者矣。夷其语，夷其服，夷其举动，夷其议论。动曰中国之弱，由于教之不善，经之无用也。推其意，直欲举中国文字，悉付之一炬。而问其于西学、格致之精微，有所得乎？无有也。问其于西政富强之本末，有所得乎？无有也。之人也，上之可以为洋行买办，下之可以为通事之西奴。如此而已，更有无赖学子，自顾中国实学，一无所识，乃藉西学以自大。嚣然曰：此无用之学，我不为之，非不能也。然而希、拉（谓希腊、拉丁）、英、法之文，亦未上口，声、光、化、电之学，亦未寓目。而徒“三传”束阁，《论语》当薪，而揣摩风气，摭拾影响，盛气压人，苟求衣食。盖言西学者，十人之中，此两种人几居其五。若不思补救，则学者日夥，而此类日繁。十年以后，将十之六七矣。二十年以后，将十八九矣。呜呼！其不亡者几何哉！虽然，中学之不自立，抑有故焉。两汉之间，儒者通经，皆以经世，以《禹贡》行水，以《洪范》察变，以《春秋》折狱，以《诗》三百五篇当谏书，盖六经之文无一字不可见于用，教之所以昌也。今之所谓儒者，八股而已，试帖而已，律赋而已，楷法而已。上非此勿取，下非此勿习，其得之者，虽八星之勿知，五洲之勿识，六经未卒业，诸史未知名，而靦然自命曰：儒也，儒也。上自天子，下逮市侩，亦褒然尊之曰：儒也，儒也。又其上者，笺注虫鱼，批抹风月，旋贾、马、许、郑之胯下，嚼韩、苏、李、杜之唾余，海内号为达人，谬种传为巨子。更等而上之，则束身自好，禹行舜趋，衍诚意正心之虚论，剿攘夷尊王之迂说。缀学虽多，不出三者。历千有余年，每下愈况，习焉不察，以为圣人之道，如此而已。是则中国之学，其沦陷澌灭一缕绝续者，不自今日。虽无西学以乘之，而名存实亡，盖已久矣。况于相形之下，有用无用，应时立见，孰兴孰废，不待言决。然此辈既舍此无以为学，此道即离此无以图存。鸣呼！岂可言哉？岂可言哉？今夫六经之微言大义，其远过于彼中之宗风者，事理至赜，未能具言。请言其粗浅者，生众食寡，为疾用舒，理财之术尽矣。百姓足，君孰与不足？富国之策备矣。谷与鱼鳖不可胜食，材木不可胜用，农务、渔务、林木之利辟矣。行旅皆欲出于其途，道路通矣。通功易事，羡补不足，商务兴矣。使于四方，不辱君命，乃谓之士，公法之学行矣。以不教民战，是谓弃之，兵学之原立矣。国人皆曰贤，国人皆曰不可，议院之制成矣。（以上仅证之于四书，又每事仅举其一条，其详具于专书。）又如《春秋》之义，议世卿以伸民权，视西人之贵爵执政，分人为数等者何如矣？（古之埃及、希腊，近今之日本，皆有分人数等之弊。凡国有上议院者皆未免此弊，盖上议院率世族盘踞也。英至今未革，俄尤甚。）疾灭国，疾火攻，而无义战。视西人之治兵、修械、争城、争地者何如矣？自余一切要政，更仆难尽。夫以士无世官之制，万国太平之会，西人今日所讲求之而未得者，而吾圣人于数千年前发之。其博深切明，为何如矣？然则孔教之至善，六经之致用，固非吾自袒其教之言也。不此之务，乃弃其固有之实学，而抱帖括、考据、词章之俗陋，谓吾中国之学已尽于是。以此与彼中新学相遇，安得而不为人弱也。然而奈何？曰：读经、读子、读史三者，相须而成，缺一不可。吾请语学者以经学：一当知孔子之为教主；二当知六经皆孔子所作；三当知孔子以前有旧教（如佛以前之婆罗门）；四当知六经皆孔子改定制度以治百世之书；五当知七十子后学，皆以传教为事；六当知秦汉以后，皆行荀卿之学，为孔教之孽派；七当知孔子口说，皆在传记，汉儒治经，皆以经世；八当知东汉古文经，刘歆所伪造；九当知伪经多摭拾旧教遗文；十当知伪经既出，儒者始不以教主待孔子；十一当知训诂名物，为二千年经学之大蠹，其源皆出于刘歆；十二当知宋学末流，束身自好，有乖孔子兼善天下之义。请言读子：一当知周秦诸子有二派，曰孔教，曰非孔教；二当知非孔教之诸子，皆欲改制创教；三当知非孔教之诸子，其学派实皆本于六经；四当知老子、墨子为两大宗；五当知今之西学，周秦诸子多能道之；六当知诸子弟子，各传其教，与孔教同；七当知孔教之独行，由于汉武之表章六艺，罢黜百家；八当知汉以后，无子书；九当知汉后百家虽黜，而老杨之学，深入人心，二千年实阴受其毒；十当知墨子之学当复兴。请言史学：一当知太史公为孔教嫡派；二当知二千年政治沿革，何者为行孔子之制，何者为非孔子之制；三当知历代制度皆为保王者一家而设，非为保天下而设，与孔孟之义大悖；四当知三代以后，君权日益尊，民权日益衰，为中国致弱之根原。其罪最大者，曰秦始皇，曰元太祖，曰明太祖；五当知历朝之政，皆非由其君相悉心审定，不过沿前代之敝，前代又沿前代之敝，而变本加厉，后代必不如前代；六当知吾本朝制度有过于前代者数事；七当知读史以政为重，俗次之，事为轻；八当知后世言史裁者，最为无理。

以上诸义，略举大概，若其条理当俟专述。要之舍西学而言中学者，其中学必为无用。舍中学而言西学者，其西学必为无本。无用无本，皆不足以治天下。虽庠序如林，逢掖如鲫，适以蠹国，无救危亡，方今四夷交侵，中国微矣，数万万之种族，有为奴之痡。三千年之宗教，有坠地之惧，存亡绝续，在此数年，学者不以此自任，则颠覆惨毒，宁有幸乎？曾子曰："士不可以不宏毅，任重而道远，仁以为己任，不亦重乎，死而后已，不亦远乎？"是在吾党。

沈氏《音书》序

国恶乎强？民智斯国强矣。民恶乎智？尽天下人而读书而识字斯民智矣。德、美二国，其民百人中识字者，殆九十六七人，欧西诸国称是。日本百人中识字者，亦八十余人。中国以文明号于五洲，而百人中识字者，不及二十人，虽曰学校未昌，亦何遽悬绝如是乎？吾乡黄君公度之言曰："语言与文字离，则通文者少。语言与文字合，则通文者多。中国文字多，有一字而兼数音，则审音也难。有一音而具数字，则择字也难。有一字而数十撇画，则识字也又难。"（《日本国志》三十三）呜呼！华民识字之希，毋亦以此乎。梁启超曰：天下之事理二，一曰质，二曰文。文者，美观而不适用；质者，适用而不美观。中国文字畸于形，宜于通人博士，笺注词章，文家言也；外国文字畸于声，宜于妇人孺子，日用饮食，质家言也。二端对待，不能相非，不能相胜，天之道也。抑今之文字，沿自数千年以前，未尝一变。（篆、文、楷、草写法小异，不得谓文字之变。）而今之语言，则自数千年以来，不啻万百千变，而不可以数计，以多变者与不变者相遇。此文言相离之所由起也。古者妇女谣咏，编为诗章，士夫问答，著为辞令，后人皆以为极文字之美，而不知皆当时之语言也。乌在其相离也，孔子在楚翻十二经（见《庄子·徐无鬼篇》）、《诗》、《春秋》、《论语》、《孝经》齐儒、鲁儒各以其音读之，亦如英、法、俄、德，各以其土音翻切西经，又乌在其相离也？后之人弃今言不屑用，一宗于古，故文章尔雅，训词深厚，为五洲之冠。然颛门之士，或乃穷老尽气，不能通小学。而山海僻壤，百室之族，知书者，往往而绝也。是以中国文字，能达于上不能逮于下。盖文言相离之为害，起于秦汉以后。去古愈久，相离愈远，学文愈难，非自古而即然也。西人既有希腊，拉丁之字，可以稽古，以待上才。复有英、法、德各国方音，可以通今，以逮下学。使徒用希拉古字，而不济以今之方音，则西人文言之相离，必与吾同，而识字读书者之多，亦未必有以加于中国也。稽古今之所由变，识离合之所由兴审，中外之异，知强弱之原，于是通人志士，汲汲焉以谐声增文为世界一大事。吾所闻者，有刘继庄氏，有龚自珍氏，颇有所述造，然世无传焉。吾师南海康长素先生，以小儿初学语之声，为天下所同，取其十六音以为母，自发凡例，属其女公子编纂之。启超未获闻也，而朋辈之中，湘乡曾君重伯，钱塘汪君穰卿，皆有志于是业，咸未成。去岁，从《万国公报》中，获见厦门卢戆章所自述，凡数千言，又从达县吴君铁樵，见蔡毅若之快字，凡四十六母，二十六韵，一母一韵，相属成字，声分方向，画别粗细，盖西国报馆，用以记听议院之言者，即此物也。启超于万国文字，一无所识，音韵之学，未尝问途。瞢然无以测诸君之所长也。然窃窃私喜，此后吾中土文字，于文质两统，可不偏废。文与言合，而读书识字之智民，可以日多矣。沈学，吴人也，无字，邃于西文，究于名理，年十九而著书，五年而书成，名曰《盛世元音》，其自言也。曰以十八字母可切天下音，欲学其技，半日可通，其简易在五大部洲一切文字之上。谓卢君之法，泥于古，不如己也。余告以蔡君法，则谓画分粗细，不适于用，法未密，亦不如己也。余于卢君书未得见，蔡沈二家，则其法略同，盖皆出于西人。或沈君更神而明之，有所独得欤。然吾之寡学，终无以测诸君之短长也，沈君以年少，覃心绝艺，思以所学易天下，常以西人安息日，在海上之一林春茶楼，挟技以待来者而授焉。其亦有古人强聒不舍之风乎，沈君属以书入报中，其书文笔，未尽雅驯，质家之言固如是，不能备求也。至其言论多有透群锐达，为前人所未言者。呜呼！不可谓非才士也已，以先原序登其书与法，俟诸别简，世之君子，或愿闻诸。

湖南时务学堂学约十章（节选）①

六曰学文。《传》曰："言之无文，行而不远。"学者以觉天下为任，则文未能舍弃也。传世之文，或务渊懿古茂，或务沉博绝丽，或务瑰奇奥诡，无之不可。觉世之文，则辞达而已矣。当以条理细备，词笔锐达为上，不必求工也。温公曰："一自命为文人，无足观矣。"苟学无心得，而欲以文传，亦足羞也。学文之功课，每月应课卷一次。

① 初载《时务报》第49册，光绪二十三年十二月初一日（1897年12月24日）。

夏威夷游记（节选）[①]

二十五日，风稍定，如初开船之日。数日来偃卧无一事，乃作诗以自遣。余素不能诗，所记诵古人之诗，不及二百首。生平所为诗，不及五十首。今次忽发异兴，两日内成十余首，可谓怪事。余虽不能诗，然尝好论诗。以为诗之境界，被千余年来鹦鹉名士（余尝戏名词章家为鹦鹉名士，自觉过于尖刻)占尽矣。虽有佳章佳句，一读之，似在某集中曾相见者，是最可恨也。故今日不作诗则已，若作诗，必为诗界之哥仑布、玛赛郎然后可。犹欧洲之地力已尽，生产过度，不能不求新地于阿米利加及太平洋沿岸也。欲为诗界之哥仑布、玛赛郎，不可不备三长。第一，要新意境。第二，要新语句。而又须以古人之风格入之，然后成其为诗。不然，如移木星金星之动物以实美洲，瑰伟则瑰伟矣，其如不类何。若三者具备，则可以为二十世纪支那之诗王矣。宋、明人善以印度之意境语句入诗，有三长具备者，如东坡之“溪声便是广长舌，山色岂非清静身。夜来八万四千偈，他日如何举似人”之类，真觉可爱。然此境至今，又已成革命旧世界。今欲易之，不可不求之于欧洲。欧洲之意境语句，甚繁富而玮异，得之可以陵轹千古，涵盖一切，今尚未有其人也。时彦中能为诗人之诗而锐意欲造新国者，莫如黄公度。其集中有《今别离》四首，又《吴太夫人寿诗》等，皆纯以欧洲意境行之，然新语句尚少。盖由新语句与古风格常相背驰。公度重风格者，故勉避之也。夏穗卿、谭复生，皆善选新语句。其语句，则经子生涩语、佛典语、欧洲语杂用，颇错落可喜，然已不备诗家之资格。试举其一二。穗卿诗，有“帝杀黑龙才士隐，书飞赤乌太平迟。民皇备矣

---

① 原载《清议报》第35—38册，1900年2—3月；选自《饮冰室合集》专集第2册之22，中华书局1989年版。

三重信，人鬼同谋百姓知”等句，每一句皆含一经义，可谓新绝。又有“有人雄起琉璃海，兽魄蛙魂龙所徒”等句，苦不知其出典，虽十日思不能索其解。复生赠余诗云：“大成大关大雄氏，据乱升平及太平。五始当王讫获麟，三言不识乃鸡鸣。人天帝网光中现，来去云孙脚下行。莫共龙蛙争寸土，从知教主亚洲生。”又有“眼帘绘影影非实，耳鼓有声声已过”等句，又“虚空以太显诸仁”等句，其意语皆非寻常诗家所有。复生本甚能诗者，然三十以后，鄙其前所作为旧学，晚年屡有所为，皆用此新体，甚自喜之。然已渐成七字句之语录，不甚肖诗矣。吾既不能为诗，前年见穗卿、复生之作，辄欲效之，更不成字句。记有一首云：“尘尘万法吾谁适，生也无涯知有涯。大地混元兆螺蛤，千年道战起龙蛇。秦新杀翳应阳厄，彼保兴亡识轨差。我梦天门受天语，玄黄血海见三蛙。”尝有乞为写之且注之，注至二百余字乃能解。今日观之，可笑实甚也，真有以金星动物入地球之观矣。其不以此体为主，而偶一点缀者，常见佳胜。文芸阁有句云：“遥夜苦难明，它洲日方午。”盖夜坐之作也，余甚赏之。邱仓海《题无惧居士独立图》云：“黄人尚昧合群义，诗界差争自主权。”对句可谓三长兼备。邱星洲有“以太同胞关痛痒，自由万物竞生存”之句，其界境大略与夏谭相等，而遥优于余。郑西乡自言生平未尝作一诗，今见其近作一首云：“太息神州不陆浮，浪从星海狎盟鸥。共和风月推君主，代表琴樽唱自由。物我平权皆偶国，天人团体一孤舟。此身归纳知何处，出世无机与化游。”读之不觉拍案叫绝，全首皆用日本译西书之语句，如共和、代表、自由、平权、团体、归纳、无机诸语，皆是也。吾近好以日本语句入文，见者已诧赞其新异。而西乡乃更以入诗，如天衣无缝，“天人团体一孤舟”，亦几于诗人之诗矣。吾于是乃知西乡之有诗才也。吾论诗宗旨大略如此。然以上所举诸家，皆片鳞只甲，未能确然成一家言。且其所谓欧洲意境、语句，多物质上琐碎粗疏者，于精神、思想上未有之也。虽然，即以学界论之，欧洲之真精神、真思想，尚且未输入中国，况于诗界乎？此固不足怪也。吾虽不能诗，惟将竭力输入欧洲之精神、思想，以供来者之诗料可乎？要之，支那非有诗界革命，则诗运殆将绝。虽然，诗运无绝之时也。今日者革命之机渐熟，而哥仑布、玛赛郎之出世，必不远矣。上所举者，皆其革命军月晕础润之征也，夫诗又其小焉者也。

绍介新著《原富》（节选）①

严氏于西学中学皆为我国第一流人物。此书复经数年之心力，屡易其稿，然后出世，其精善更何待言。但吾辈所犹有憾者，其文笔太务渊雅，刻意摹仿先秦文体，非多读古书之人，一翻殆难索解，夫文界之宜革命久矣。欧美、日本诸国文体之变化，常与其文明程度成正比。况此等学理邃赜之书，非以流畅锐达之笔行之，安能使学僮受其益乎？著译之业，将以播文明思想于国民也，非为藏山不朽之名誉也。文人积习，吾不能为贤者讳矣。

① 本篇摘录自初载《新民丛报》第1号的《绍介新著》，上海南洋公学印，光绪二十八年正月一日（1902年2月8日）。

少年中国说

日本人之称我中国也，一则曰老大帝国，再则曰老大帝国。是语也，盖袭译欧西人之言也。呜呼！我中国其果老大矣乎？梁启超曰：恶，是何言！是何言！吾心目中有一少年中国在。

欲言国之老少，请先言人之老少：老年人常思既往，少年人常思将来。惟思既往也，故生留恋心；惟思将来也，故生希望心。惟留恋也，故保守；惟希望也，故进取。惟保守也，故永旧；惟进取也，故日新。惟思既往也，事事皆其所已经者，故惟知照例；惟思将来也，事事皆其所未经者，故常敢破格。老年人常多忧虑，少年人常好行乐。惟多忧也，故灰心；惟行乐也，故盛气。惟灰心也，故怯懦；惟盛气也，故豪壮。惟怯懦也，故苟且；惟豪壮也，故冒险。惟苟且也，故能灭世界；惟冒险也，故能造世界。老年人常厌事，少年人常喜事。惟厌事也，故常觉一切事无可为者；惟好事也，故常觉一切事无不可为者。老年人如夕照，少年人如朝阳；老年人如瘠牛，少年人如乳虎；老年人如僧，少年人如侠；老年人如字典，少年人如戏文；老年人如鸦片烟，少年人如泼兰地酒；老年人如别行星之陨石，少年人如大洋海之珊瑚岛；老年人如埃及沙漠之金字塔，少年人如西伯利亚之铁路；老年人如秋后之柳，少年人如春前之草；老年人如死海之潴为泽，少年人如长江之初发源：此老年与少年性格不同之大略也。梁启超曰：人固有之，国亦宜然。

梁启超曰：伤哉，老大也！浔阳江头琵琶妇，当明月绕船，枫叶瑟瑟，衾寒于铁，似梦非梦之时，追想洛阳尘中春花秋月之佳趣；西宫南内，白发宫娥，一灯如穗，三五对坐，谈开元、天宝间遗事，谱霓裳羽衣曲；青门种瓜人，左对孺人，顾弄孺子，忆侯门似海珠履杂遝之盛事；拿破仑之流于厄蔑，阿剌飞之幽于锡兰，与三两监守吏或过访之好事者，道当年短刀匹马，驰骋中原，席卷欧洲，血战海楼，一声叱咤，万国震恐之丰功伟烈，初而拍案，继而抚髀，终而揽镜。呜呼！面皴齿尽，白发盈把，颓然老矣。若是者舍幽郁之外无心事，舍悲惨之外无天地，舍颓唐之外无日月，舍叹息之外无音声，舍待死之外无事业。美人豪杰且然，而况于寻常碌碌者耶？生平亲友，皆在墟墓，起居饮食，待命于人，今日且过，遑知他日，今年且过，遑恤明年，普天下灰心短气之事，未有甚于老大者。于此人也，而欲望以拏云之手段，回天之事功，挟山超海之意气，能乎不能？

呜呼！我中国其果老大矣乎？立乎今日，以指畴昔，唐虞三代，若何之郅治；秦皇汉武，若何之雄杰；汉唐来之文学，若何之隆盛；康乾间之武功，若何之烜赫！历史家所铺叙，词章家所讴歌，何一非我国民少年时代良辰美景、赏心乐事之陈迹哉。而今颓然老矣，昨日割五城，明日割十城；处处雀鼠尽，夜夜鸡犬惊；十八省之土地财产，已为人怀中之肉；四百兆之父兄子弟，已为人注籍之奴。岂所谓"老大嫁作商人妇"者耶？呜呼！凭君莫话当年事，憔悴韶光不忍看。楚囚相对，岌岌顾影；人命危浅，朝不虑夕。国为待死之国，一国之民为待死之民，万事付之奈何，一切凭人作弄，亦何足怪。

梁启超曰：我中国其果老大矣乎？是今日全地球之一大问题也。如其老大也，则是中国为过去之国，即地球上昔本有此国，而今渐澌灭，他日之命运殆将尽也；如其非老大也，则是中国为未来之国，即地球上昔未现此国，而今渐发达，他日之前程且方长也。欲断今日之中国为老大耶？为少年耶？则不可不先明国字之意义。夫国也者何物也？有土地；有人民；以居于其土地之人民而治其所居之土地之事；自制法律而自守之，有主权，有服从，人人皆主权者，人人皆服从者。夫如是，斯谓之完全成立之国。地球上之有完全成立之国也，自百年以来也。完全成立者，壮年之事也；未能完全成立而渐进于完全成立者，少年之事也。故吾得一言以断之曰：欧洲列邦在今日为壮年国，而我中国在今日为少年国。

夫古昔之中国者，虽有国之名，而未成国之形也。或为家族之国，或为酋长之国，或为诸侯封建之国，或为一王专制之国。虽种类不一，要之其于国家之体质也，有其一部而缺其一部。正如婴儿自胚胎以迄成童，其身体之一二官支，先行长成，此外则全体虽粗具，然未能得其用也。故唐虞以前为胚胎时代，殷周之际为乳哺时代，由孔子而来至于今为童子时代，逐渐发达，而今乃始将入成童以上少年之界焉。其长成所以若是之迟者，则历代之民贼有窒其生机者也。譬犹童年多病，转类老态，或且疑其死期之将至焉，而不知皆由未完全、未成立也。非过去之谓，而未来之谓也。

且我中国畴昔，岂尝有国家哉？不过有朝廷耳。我黄帝子孙，聚族而居，立于此地球之上者既数千年，而问其国之为何名，则无有也。夫所谓唐、虞、夏、商、周、秦、汉、魏、晋、宋、齐、梁、陈、隋、唐、宋、元、明、清者，则皆朝名耳。朝也者，一家之私产也；国也者，人民之公产也。朝有朝之老少，国有国之老少，朝与国既异物，则不能以朝之老少而指为国之老少明矣。文、武、成、康，周朝之少年时代也；幽、厉、桓、赧，则其老年时代也。高、文、景、武，汉朝之少年时代也；元、平、桓、灵，则其老年时代也。自余历朝，莫不有之。凡此者，谓为一朝廷之老也则可，谓为一国之老也则不可。一朝廷之老且死，犹一人之老且死也，于吾所谓中国者何与焉？然则，吾中国者，前此尚未出现于世界，而今乃始萌芽云尔。天地大矣，前途辽矣，美哉，我少年中国乎！

玛志尼者，意大利三杰之魁也。以国事被罪，逃窜异邦，乃创立一会，名曰“少年意大利”。举国志士，云涌雾集以应之，卒乃光复旧物，使意大利为欧洲之一雄邦。夫意大利者，欧洲第一之老大国也，自罗马亡后，土地隶于教皇，政权归于奥国，殆所谓老而濒于死者矣，而得一玛志尼，且能举全国而少年之，况我中国之实为少年时代者耶？堂堂四百余州之国土，凛凛四百余兆之国民，岂遂无一玛志尼其人者？

龚自珍氏之集有诗一章，题曰《能令公少年行》，吾尝爱读之，而有味乎其用意之所存。我国民而自谓其国之老大也，斯果老大矣；我国民而自知其国之少年也，斯乃少年矣。西谚有之曰：“有三岁之翁，有百岁之童。”然则国之老少，又无定形，而实随国民之心力以为消长者也。吾见乎玛志尼之能令国少年也，吾又见乎我国之官吏士民能令国老大也，吾为此惧！夫以如此壮丽浓郁、翩翩绝世之少年中国，而使欧西、日本人谓我为老大者何也？则以握国权者皆老朽之人也。非哦几十年八股，非写几十年白折，非当几十年差，非捱几十年俸，非递几十年手本，非唱几十年喏，非磕几十年头，非请几十年安，则必不能得一官，进一职。其内任卿贰以上、外任监司以上者，百人之中，其五官不备者，殆九十六七人也，非眼盲，则耳聋，非手颤，则足跛，否则半身不遂也。彼其一身饮食、步履、视听、言语，尚且不能自了，须三四人在左右扶之捉之，乃能度日，于此而乃欲责之以国事，是何异立无数木偶而使之治天下也。且彼辈者，自其少壮之时，既已不知亚细、欧罗为何处地方，汉祖、唐宗是那朝皇帝；犹嫌其顽钝腐败之未臻其极，又必搓磨之、陶冶之，待其脑髓已涸，血管已塞，气息奄奄，与鬼为邻之时，然后将我二万里山河，四万万人命，一举而畀于其手。呜呼！老大帝国，诚哉其老大也。而彼辈者，积其数十年之八股、白折、当差、捱俸、手本、唱喏、磕头、请安，千辛万苦，千苦万辛，乃始得此红顶花翎之服色，中堂大人之名号，乃出其全副精神，竭其毕生力量，以保持之。如彼乞儿，拾金一锭，虽轰雷盘旋其顶上，而两手犹紧抱其荷包，他事非所顾也，非所知也，非所闻也。于此而告之以亡国也，瓜分也，彼乌从而听之？乌从而信之？即使果亡矣，果分矣，而吾今年既七十矣八十矣，但求其一两年内，洋人不来，强盗不起，我已快活过了一世矣。若不得已，则割三头两省之土地，奉申贺敬，以换我几个衙门；卖三几百万之人民作仆为奴，以赎我一条老命，有何不可？有何难办？呜呼！今之所谓老后、老臣、老将、老吏者，其修身、齐家、治国、平天下之手段，皆具于是矣。“西风一夜催人老，凋尽朱颜白尽头。”使走无常当医生，携催命符以祝寿。嗟乎痛哉！以此为国，是安得不老且死，且吾恐其未及岁而殇也。

梁启超曰：造成今日之老大中国者，则中国老朽之冤业也；制出将来之少年中国者，则中国少年之责任也。彼老朽者何足道，彼与此世界作别之日不远矣，而我少年乃新来而与世界为缘。如僦屋者然，彼明日将迁居地方，而我今日始入此室处。将迁居者，不爱护其窗栊，不洁治其庭庑，俗人恒情，亦何足怪。若我少年者，前程浩浩，后顾茫茫，中国而为牛、为马、为奴、为隶，则烹脔鞭棰之惨酷，惟我少年当之。中国如称霸宇内、主盟地球，则指挥顾盼之尊荣，惟我少年享之。于彼气息奄奄，与鬼为邻者，何与焉？彼而漠然置之，犹可言也；我而漠然置之，不可言也。使举国之少年而果为少年也，则吾中国为未来之国，其进步未可量也；使举国之少年而亦为老大也，则吾中国为过去之国，其澌亡可翘足而待也。故今日之责任，不在他人，而全在我少年。

少年智则国智，少年富则国富，少年强则国强，少年独立则国独立，少年自由则国自由，少年进步则国进步，少年胜于欧洲则国胜于欧洲，少年雄于地球则国雄于地球。红日初升，其道大光；河出伏流，一泻汪洋；潜龙腾渊，鳞爪飞扬；乳虎啸谷，百兽震惶；鹰隼试翼，风尘吸张；奇花初胎，矞矞皇皇；干将发硎，有作其芒；天戴其苍，地履其黄；纵有千古，横有八荒；前途似海，来日方长。美哉我少年中国，与天不老！壮哉我中国少年，与国无疆！

（“三十功名尘与土，八千里路云和月。莫等闲白了少年头，空悲切。”此岳武穆《满江红》词句也，作者自六岁时即口受记忆，至今喜诵之不衰。自今以往，弃“哀时客”之名，更自名曰“少年中国之少年”。作者附识。）

呵旁观者文

天下最可厌、可憎、可鄙之人，莫过于旁观者。

旁观者，如立于东岸，观西岸之火灾，而望其红光以为乐；如立于此船，观彼船之沈溺，而睹其凫浴以为欢。若是者，谓之阴险也不可，谓之狠毒也不可。此种人无以名之，名之曰无血性。嗟乎，血性者，人类之所以生，世界之所以立也；无血性，则是无人类、无世界也。故旁观者，人类之蟊贼，世界之仇敌也。

人生于天地之间，各有责任。知责任者，大丈夫之始也；行责任者，大丈夫之终也；自放弃其责任，则是自放弃其所以为人之具也。是故人也者，对于一家而有一家之责任，对于一国而有一国之责任，对于世界而有世界之责任。一家之人各各自放弃其责任，则家必落；一国之人各各自放弃其责任，则国必亡；全世界人人各各自放弃其责任，则世界必毁。

旁观云者，放弃责任之谓也。

中国词章家有警语二句，曰："济人利物非吾事，自有周公孔圣人。"中国寻常人有熟语二句，曰："各人自扫门前雪，不管他人瓦上霜。"此数语者，实旁观派之经典也，口号也。

而此种经典、口号，深入于全国人之脑中，拂之不去，涤之不净。质而言之，即"旁观"二字代表吾全国人之性质也，是即"无血性"三字为吾全国人所专有物也。呜呼，吾为此惧！

旁观者，立于客位之意义也。天下事不能有客而无主，譬之一家，大而教训其子弟，综核其财产；小而启闭其门户，洒扫其庭除，皆主人之事也。主人为谁？即一家之人是也。一家之人，各尽其主人之职，而家以成。若一家之人各自立于客位，父诿之于子，子诿之于父；兄诿之于弟，弟诿之于兄；夫诿之于妇，妇诿之于夫：是之谓无主之家。无主之家，其败亡可立而待也。惟国亦然。一国之主人为谁？即一国之人是也。西国之所以强者无他焉，一国之人各尽其主人之职而已。

中国则不然，入其国，问其主人为谁，莫之承也。将谓百姓为主人欤？百姓曰：此官吏之事也，我何与焉。将谓官吏为主人欤？官吏曰：我之尸此位也，为吾威势耳，为吾利源耳，其他我何知焉。若是乎一国虽大，竟无一主人也。无主人之国，则奴仆从而弄之，盗贼从而夺之，固宜。《诗》曰："子有庭内，弗洒弗扫。子有钟鼓，弗鼓弗考。宛其死矣，他人是保。"此天理所必至也，于人乎何尤？

夫对于他人之家、他人之国而旁观焉，犹可言也。何也？我固客也。（侠者之义，虽对于他国、他家亦不当旁观，今姑置勿论。）对于吾家、吾国而旁观焉，不可言也。何也？我固主人也。我尚旁观，而更望谁之代吾责也？大抵家国之盛衰兴亡，恒以其家中、国中旁观者之有无多少为差。国人无一旁观者，国虽小而必兴；国人尽为旁观者，国虽大而必亡。今吾观中国四万万人，皆旁观者也。谓余不信，请征其流派：

一曰浑沌派。此派者，可谓之无脑筋之动物也。彼等不知有所谓世界，不知有所谓国，不知何者为可忧，不知何者为可惧。质而论之，即不知人世间有应做之事也。饥而食，饱而游，困而睡，觉而起，户以内即其小天地，争一钱可以陨身命。彼等既不知有事，何所谓办与不办？既不知有国，何所谓亡与不亡？譬之游鱼居将沸之鼎，犹误为水暖之春江；巢燕处半火之堂，犹疑为照屋之出日。彼等之生也，如以机器制成者，能运动而不能知觉；其死也，如以电气殛毙者，有堕落而不有苦痛，蠕蠕然度数十寒暑而已。彼等虽为旁观者，然曾不自知其为旁观者，吾命之为旁观派中之天民。四万万人中属于此派者，殆不止三万五千万人。然此又非徒不识字、不治生之人而已。天下固有不识字、不治生之人而不浑沌者，亦有号称能识字、能治生之人而实大浑沌者。大抵京外大小数十万之官吏，应乡、会、岁、科试数百万之士子，满天下之商人，皆于其中十有九属于此派者。

二曰为我派。此派者，俗语所谓遇雷打尚按住荷包者也。事之当办，彼非不知；国之将亡，彼非不知。虽然，办此事而无益于我，则我惟旁观而已；

亡此国而无损于我，则我惟旁观而已。若冯道当五季鼎沸之际，朝梁夕晋，犹以五朝元老自夸；张之洞自言瓜分之后，尚不失为小朝廷大臣，皆此类也。彼等在世界中，似是常立于主位而非立于客位者。虽然，不过以公众之事业，而计其一己之利害；若夫公众之利害，则彼始终旁观者也。吾昔见日本报纸中有一段，最能摹写此辈情形者，其言曰：

> 吾尝游辽东半岛，见其沿道人民，察其情态，彼等于国家存亡危机，如不自知者；彼等之待日本军队，不见为敌人，而见为商店之主顾客；彼等心目中，不知有辽东半岛割归日本与否之问题，惟知有日本银色与纹银兑换补水几何之问题。

此实写出魑魅罔两之情状，如禹鼎铸奸矣。推为我之蔽，割数千里之地，赔数百兆之款，以易其衙门咫尺之地，而曾无所顾惜，何也？吾今者既已六七十矣，但求目前数年无事，至一瞑之后，虽天翻地覆非所问也。明知官场积习之当改而必不肯改，吾衣领饭碗之所在也；明知学校科举之当变而不肯变，吾子孙出身之所由也。此派者，以老聃为先圣，以杨朱为先师，一国中无论为官、为绅、为士、为商，其据要津、握重权者皆此辈也，故此派有左右世界之力量。一国聪明才智之士，皆走集于其旗下，而方在萌芽卵孵之少年子弟，转率仿效之，如麻疯、肺病者传其种于子孙，故遗毒遍于天下。此为旁观派中之最有魔力者。

三曰呜呼派。何谓呜呼派？彼辈以咨嗟太息、痛哭流涕为独一无二之事业者也。其面常有忧国之容，其口不少哀时之语。告以事之当办，彼则曰诚当办也，奈无从办起何；告以国之已危，彼则曰诚极危也，奈已无可救何；再穷诘之，彼则曰国运而已，天心而已。“无可奈何”四字是其口诀，“束手待毙”一语是其真传。如见火之起，不务扑灭，而太息于火势之炽炎；如见人之溺，不思拯援，而痛恨于波涛之澎湃。此派者，彼固自谓非旁观者也，然他人之旁观也以目，彼辈之旁观也以口。彼辈非不关心国事，然以国事为诗料；非不好言时务，然以时务为谈资者也。吾人读波兰灭亡之记，埃及惨状之史，何尝不为之感叹；然无益于波兰、埃及者，以吾固旁观也。吾人见菲律宾与美血战，何尝不为之起敬；然无助于菲律宾者，以吾固旁观也。所谓呜呼派者，何以异是！此派似无补于世界，亦无害于世界者；虽然，灰国民之志气，阻将来之进步，其罪实不薄也。此派者，一国中号称名士者皆归之。

四曰笑骂派。此派者，谓之旁观，宁谓之后观。以其常立于人之背后，而以冷言热语批评人者也。彼辈不惟自为旁观者，又欲逼人使不得不为旁观者；既骂守旧，亦骂维新；既骂小人，亦骂君子；对老辈则骂其暮气已深，对青年则骂其躁进喜事；事之成也，则曰竖子成名；事之败也，则曰吾早料及。彼辈常自立于无可指摘之地，何也？不办事故无可指摘，旁观故无可指摘。己不办事，而立于办事者之后，引绳批根以嘲讽掊击，此最巧黠之术，而使勇者所以短气，怯者所以灰心也。岂直使人灰心短气而已，而将成之事，彼辈必以笑骂沮之；已成之事，彼辈能以笑骂败之。故彼辈者，世界之阴人也。夫排斥人未尝不可，己有主义欲伸之，而排斥他人之主义，此西国政党所不讳也。然彼笑骂派果有何主义乎？譬之孤舟遇风于大洋，彼辈骂风、骂波、骂大洋、骂孤舟，乃至遍骂同舟之人；若问此船当以何术可达彼岸乎，彼等瞠然无对也。何也？彼辈借旁观以行笑骂，失旁观之地位，则无笑骂也。

五曰暴弃派。呜呼派者，以天下为无可为之事；暴弃派者，以我为无可为之人也。笑骂派者，常责人而不责己；暴弃派者，常望人而不望己也。彼辈之意，以为一国四百兆人，其三百九十九兆九亿九万九千九百九十九人中，才智不知几许，英杰不知几许，我之一人岂足轻重。推此派之极弊，必至四百兆人，人人皆除出自己，而以国事望诸其余之三百九十九兆九亿九万九千九百九十九人。统计而互消之，则是四百兆人，卒至实无一人也。夫国事者，国民人人各自有其责任者也，愈贤智则其责任愈大，即愚不肖亦不过责任稍小而已，不能谓之无也。他人虽有绝大智慧、绝大能力，只能尽其本身分内之责任，岂能有分毫之代我？譬之欲不食而使善饭者为我代食，欲不寝而使善睡者为我代寝，能乎否乎？且我虽愚不肖，然既为人矣，即为人类之一分子也；既生此国矣，即为国民之一阿屯也。我暴弃己之一身，犹可言也；污蔑人类之资格，灭损国民之体面，不可言也。故暴弃者实人道之罪人也。

六曰待时派。此派者，有旁观之实而不自居其名者也。夫待之云者，得不得未可必之词也。吾待至可以办事之时然后办之，若终无其时，则是终不办也。寻常之旁观则旁观人事，彼辈之旁观则旁观天时也。且必如何然后为可以办事之时，岂有定形哉？办事者，无时而非可办之时；不办事者，无时而非不可办之时。故有志之士，惟造时势而已，未闻有待时势者也。待时云者，欲觇风潮之所向，而从旁拾其余利，向于东则随之而东，向于西则随之而西，是乡愿之本色，而旁观派之最巧者也。

以上六派，吾中国人之性质尽于是矣。其为派不同，而其为旁观者则同。若是乎，吾中国四万万人，果无一非旁观者也；吾中国虽有四万万人，果无一主人也。以无一主人之国，而立于世界生存竞争最剧最烈、万鬼环瞰、百虎眈视之大舞台，吾不知其如何而可也。六派之中，第一派为不知责任之人，以下五派为不行责任之人，知而不行，与不知等耳。且彼不知者犹有冀焉，冀其他日之知而即行也。若知而不行，则是自绝于天地也。故吾责第一派之人犹浅，责以下五派之人最深。

虽然，以阳明学知行合一之说论之，彼知而不行者，终是未知而已。苟知之极明，则行之必极勇。猛虎在于后，虽跛者或能跃数丈之涧；燎火及于邻，虽弱者或能运千钧之力。何也？彼确知猛虎、大火之一至，而吾之性命必无幸也。夫国亡种灭之惨酷，又岂止猛虎、大火而已。吾以为举国之旁观者直未知之耳，或知其一二而未知其究竟耳。若真知之，若究竟知之，吾意虽箝其手、缄其口，犹不能使之默然而息，块然而坐也。安有悠悠日月，歌舞太平，如此江山，坐付他族，袖手而作壁上之观，面缚以待死期之至，如今日者耶？嗟乎！

今之拥高位，秩厚禄，与夫号称先达名士有闻于时者，皆一国中过去之人也。如已退院之僧，如已闭房之妇，彼自顾此身之寄居此世界，不知尚有几年。故其于国也有过客之观，其苟且以偷逸乐，袖手以终余年，固无足怪焉。若无辈青年，正一国将来之主人也，与此国为缘之日正长。前途茫茫，未知所届。国之兴也，我辈实躬享其荣；国之亡也，我辈实亲尝其惨。欲避无可避，欲逃无可逃，其荣也非他人之所得攘，其惨也非他人之所得代。言念及此，夫宁可旁观耶？夫宁可旁观耶？吾岂好为深文刻薄之言以骂尽天下哉？毋亦发于不忍旁观区区之苦心，不得不大声疾呼，以为我同胞四万万人告也。

旁观之反对曰任。孔子曰：“天下有道，丘不与易也。”孟子曰：“如欲平治天下，当今之世，舍我其谁也。”任之谓也。

过渡时代论

一、过渡时代之定义

今日之中国，过渡时代之中国也。

过渡有广、狭二义。就广义言之，则人间世无时无地而非过渡时代。人群进化，级级相嬗，譬如水流，前波后波，相续不断，故进步无止境，即过渡无已时，一日无过渡，则人类或几乎息矣。就狭义言之，则一群之中，常有停顿与过渡之二时代。互起互伏，波波相续体，是为过渡相；各波具足体，是为停顿相。于停顿时代，而膨胀力（即涨力）之现象显焉；于过渡时代，而发生力之现象显焉。欧洲各国自二百年以来，皆过渡时代也，而今则其停顿时代也。中国自数千年以来，皆停顿时代也，而今则过渡时代也。

二、过渡时代之希望

过渡时代者，希望之涌泉也，人间世所最难遇而可贵者也。有进步则有过渡，无过渡亦无进步。其在过渡以前，止于此岸，动机未发，其永静性何时始改，所难料也；其在过渡以后，达于彼岸，踌躇满志，其有余勇可贾与否，亦难料也。惟当过渡时代，则如鲲鹏图南，九万里而一息；江汉赴海，百十折以朝宗；大风泱泱，前途堂堂；生气郁苍，雄心矞皇。其现在之势力圈，矢贯七札，气吞万牛，谁能御之？其将来之目的地，黄金世界，荼锦生涯，谁能限之？故过渡时代者，实千古英雄豪杰之大舞台也，多少民族由死而生、由剥而复、由奴而主、由瘠而肥所必由之路也。美哉过渡时代乎！

三、过渡时代之危险

抑过渡时代，又恐怖时代也。青黄不接，则或受之饥；却曲难行，则惟兹狼狈；风利不得泊，得毋灭顶灭鼻之惧；马逸不能止，实惟蹶山蹶垤之忧。摩西之彷徨于广漠，阁龙之漂泛于泰洋，赌万死以博一生，断后路以临前敌，天下险象，宁复过之？且国民全体之过渡，以视个人身世之过渡，其利害之关系，有更重且剧者：所向之鹄若误，或投网以自戕；所导之路若差，或迷途而靡届。故过渡时代，又国民可生可死、可剥可复、可奴可主、可瘠可肥之界线，而所争间不容发者也！

四、各国过渡时代之经验

船头坎坎者，自由之鼓耶？船尾舒舒进，独立之旗耶？当十八、十九两世纪中，相衔相逐相提携，乘长风冲怒涛以过渡于新世界者，非远西各国耶？顺流而渡者，其英吉利耶？乱流而渡者，其法兰西耶？方舟联队而渡者，其德意志、意大利、瑞士耶？攘臂冯河而渡者，其美利坚、匈牙利耶？借风附帆而渡者，其门的内哥、塞尔维亚、希腊耶？维也纳温和会议所不能遏，三帝国神圣同盟所不能禁，拿破仑席卷囊括之战略所不能挠，梅特涅饲狙豢虎之政术所不能防。或渡一次而达焉，或渡两三次而始达焉；或渡一关而止焉，或渡两三关而犹未止焉；或中途逢大敌，血战突围而径渡焉；或发端遇挫折，卷土重来而卒渡焉。吾读《水浒传》，宋公明何以破祝庄？吾读《西游记》，唐三藏何以到西域？吾以是知过渡之非易，吾以是知过渡之非难。我陟高丘，我瞻彼岸，乐土乐土，先鞭已属他人！归欤归欤，座位尚容卿辈！角声动地，提耳以唤魂兮；巾影漫天，招手而邀印涉。“河汉清且浅，相去复几许？盈盈一水间，脉脉不得语。”望门大嚼，我劳如何！

五、过渡时代之中国

今世界最可以有为之国，而现时在过渡中者有二。其一为俄罗斯。俄国自大彼得及亚历山大第二以来，几度厉行改革，输入西欧文明，其国民脑中渐有所谓世界公理者，日浸月润，愈播愈广，不可遏抑，而其重心力实在于各学校之学生。今世识微之士，谓俄罗斯将达于彼岸之时不远矣。其二则为我中国。中国自数千年来，常立于一定不易之域，寸地不进，跬步不移，未尝知过渡之为何状也。虽然，为五大洋惊涛骇浪之所冲激，为十九世纪狂飙飞沙之所驱突，于是穷古以来，祖宗遗传、深顽厚锢之根据地，遂渐渐摧落失陷，而全国民族，亦遂不得不经营惨淡，跋涉苦辛，相率而就于过渡之道。故今日中国之现状，实如驾一扁舟，初离海岸线，而放于中流，即俗语所谓两头不到岸之时也。语其大者，则人民既愤独夫民贼愚民专制之政，而未能组织新政体以代之，是政治上之过渡时代也；士子既鄙考据词章庸恶陋劣之学，而未能开辟新学界以代之，是学问上之过渡时代也；社会既厌三纲压抑虚文缛节之俗，而未能研究新道德以代之，是理想风俗上之过渡时代也。语其小者，则例案已烧矣，而无新法典；科举议变矣，而无新教育；元凶处刑矣，而无新人才；北京残破矣，而无新都城。数月以来，凡百举措，无论属于自动力者，属于他动力者，殆无一而非过渡时代也。故今日我全国人可分为两种：其一老朽者流，死守故垒，为过渡之大敌，然被有形无形之逼迫，而不得不涕泣以就过渡之途者也；其二青年者流，大张旗鼓，为过渡之先锋，然受外界内界之刺激，而未得实把握以开过渡之路者也。

而要之中国自今以往，日益进入于过渡之界线，离故步日以远，冲盘涡日以急，望彼岸日以亲，是则事势所必至，而丝毫不容疑义者也！以第二节之现象言之，可爱哉，其今日之中国乎！以第三节之现象言之，可惧哉，其今日之中国乎！

六、过渡时代之人物与其必要之德性

时势造英雄耶？英雄造时势耶？时势英雄，递相为因，递相为果耶？吾辈虽非英雄，而日日思英雄，梦英雄，祷祀求英雄。英雄之种类不一，而惟以适于时代之用为贵。故吾不欲论旧世界之英雄，亦未敢语新世界之英雄，而惟望有崛起于新旧两界线之中心的过渡时代之英雄。窃以为此种英雄，所不可缺之德性，有三端焉：

其一冒险性，是过渡时代之初期所不可缺者也。过渡者，改进之意义也。凡革新者不能保持其旧形，犹进步者必当掷弃其故步。欲上高楼，先离平地；欲适异国，先去故乡；此事势之最易明者也。虽然，保守恋旧者，人之恒性也。《传》曰："凡民可以乐成，难与图始。"故欲开一堂堂过渡之局面，其事正自不易。盖凡过渡之利益，为将来耳。然当过去已去、将来未来之际，最为人生狼狈不堪之境遇。譬有千年老屋，非更新之，不可复居，然欲更新之，不可不先摧弃其旧者。当旧者已破、新者未成之顷，往往瓦砾狼藉，器物播散，其现象之苍凉，有十倍于从前焉。寻常之人，观目前之小害，不察后此之大利，或出死力以尼其进行；即一二稍有识者，或胆力不足，长虑却顾，而不敢轻于一发。此前古各国，所以进步少而退步多也。故必有大刀阔斧之力，乃能收筚路蓝缕之功；必有雷霆万钧之能，乃能造鸿鹄千里之势。若是者，舍冒险末由。

其二忍耐性，是过渡时代之中期所不可缺者也。过渡者，可进而不可退者也，又难进而易退者也。摩西之率犹太人出埃及以迁于迦南也，飘流踯躅于沙漠间者四十年，与天气战，与猛兽战，与土蛮战，停辛伫苦，未尝宁居，同行侪类，睊睊怨谗，大业未成，鬓发已白。此寻常豪杰之士，所最扼腕而短气者也。且夫所志愈大者，则其成就愈难；所行愈远者，则其归宿愈迟，事物之公例也。故倡率国民以经此过渡时代者，其间恒遇内界外界、无量无数之阻力，一挫再挫三挫，经数十年、百年，而及身不克见其成者比比然也。非惟不见其成，或乃受唾受骂，虽有口舌而无以自解。故非有过人之忍耐性者，鲜有不半路而退转者也。语曰："行百里者半九十。"井掘九仞，犹为弃井；山亏一篑，遂无成功；惟危惟微，间不容发。故忍耐性者，所以贯彻过渡之目的者也。

其三别择性，是过渡时代之末期所不可缺者也。凡国民所贵乎过渡者，不徒在能去所厌离之旧界而已，而更在能达所希望之新界焉。故冒万险忍万辱而不辞，为其将来所得之幸福，足以相偿而有余也。故倡率国民以就此途者，苟不为之择一最良合宜之归宿地，则其负国民也实甚。世界之政体本有多途，国民之所宜亦有多途。天下事固有于理论上不可不行，而事实上万不可行者；

亦有在他时他地可得极良之结果，而在此时此地反招不良之结果者。作始也简，将毕也巨。故坐于广厦细旃以谈名理，与身入于惊涛骇浪以应事变，其道不得不绝异。故过渡时代之人物，当以军人之魄，佐以政治家之魂。政治家以魂者何？别择性是已。

凡此三种德性，能以一人而具有之者上也；一群中人，各备一德，组成团体，互相补助，抑其次也。嗟乎！英雄造时势耶？时势造英雄耶？时势时势，宁非今耶？英雄英雄，在何所耶？抑又闻之，凡一国之进步也，其主动者在多数之国民，而驱役一二之代表人以为助动者，则其事罔不成；其主动者在一二之代表人，而强求多数之国民以为助动者，则其事鲜不败！故吾所思所梦所祷祀者，不在轰轰独秀之英雄，而在芸芸平等之英雄！

释革[①]

“革”也者，含有英语之Reform与Revolution之二义。

Reform者，因其所固有而损益之以迁于善，如英国国会一千八百三十二年之Revolution是也。日本人译之曰改革、曰革新。Revolution者，若转轮然，从根柢处掀翻之，而别造一新世界，如法国一千七百八十九年之Revolution是也。日本人译之曰革命。“革命”二字，非确译也。“革命”之名词，始见于中国者，其在《易》曰：“汤武革命，顺乎天而应乎人。”其在《书》曰：“革殷受命。”皆指王朝易姓而言，是不足以当Revo.（省文，下仿此）之意也。人群中一切有形无形之事物，无不有其Ref.，亦无不有其Revo.，不独政治上为然也。即以政治论，则有不必易姓而不得不谓之Revo.者，亦有屡经易姓而仍不得谓之Revo.者。今以革命译Revo.，遂使天下士君子拘墟于字面，以为谈及此义，则必与现在王朝一人一姓为敌，因避之若将浼己。而彼凭权借势者，亦将曰是不利于我也，相与窒遏之、摧锄之，使一国不能顺应于世界大势以自存。若是者皆名不正言不顺之为害也。故吾今欲与海内识者纵论革义。

Ref.主渐，Revo.主顿；Ref.主部分，Revo.主全体；Ref.为累进之比例，Revo.为反对之比例。其事物本善，则体未完法未备，或行之久而失其本真，或经验少而未甚发达，若此者，利用Ref.；其事物本不善，有害于群，有窒于化，非芟夷蕴崇之，则不足以绝其患，非改弦更张之，则不足以致其理，若是者，利用Revo.。此二者皆大《易》所谓革之时义也。其前者吾欲字之曰“改革”，其后者吾欲字之曰“变革”。

① 初载《新民丛报》1902年12月14日。

中国数年以前，仁人志士之所奔走所呼号，则曰改革而已。比年外患日益剧，内腐日益甚，民智程度亦渐增进，浸润于达哲之理想，逼迫于世界之大势，于是咸知非变革不足以救中国。其所谓变革云者，即英语Revolution之义也。而倡此论者多习于日本，以日人之译此语为革命也，因相沿而顺呼之曰“革命革命”。又见乎千七百八十九年法国之大变革，尝馘其王，刈其贵族，流血遍国内也，益以为所谓Revo. 者必当如是。于是近今泰西文明思想上所谓以仁易暴之Revolution，与中国前古野蛮争斗界所谓以暴易暴之革命，遂变为同一之名词，深入人人之脑中而不可拔。然则朝贵之忌之，流俗之骇之，仁人君子之忧之也亦宜。

新民子曰：革也者，天演界中不可逃避之公例也。凡物适于外境界者存，不适于外境界者灭，一存一灭之间，学者谓之淘汰。淘汰复有二种：曰“天然淘汰”，曰“人事淘汰”。天然淘汰者，以始终不适之故，为外风潮所旋击，自澌自毙而莫能救者也。人事淘汰者，深察我之有不适焉者，从而易之使底于适，而因以自存者也。人事淘汰，即革之义也。外境界无时而不变，故人事淘汰无时而可停。其能早窥破于此风潮者，今日淘汰一部分焉，明日淘汰一部分焉，其进步能随时与外境界相应，如是则不必变革，但改革焉可矣。而不然者，蛰处于一小天地之中，不与大局相关系，时势既奔轶绝尘，而我犹瞠乎其后，于此而甘自澌灭则亦已耳，若不甘者，则诚不可不急起直追，务使一化今日之地位，而求可以与他人之适于天演者并立。夫我既受数千年之积痼，一切事物，无大无小，无上无下，而无不与时势相反，于此而欲易其不适者以底于适，非从根柢处掀而翻之，廓清而辞辟之，乌乎可哉！乌乎可哉！此所以Revolution之事业（即日人所谓革命，今我所谓变革），为今日救中国独一无二之法门。不由此道而欲以图存，欲以图强，是磨砖作镜，炊沙为饭之类也。

夫淘汰也，变革也，岂惟政治上为然耳，凡群治中一切万事万物莫不有焉。以日人之译名言之，则宗教有宗教之革命，道德有道德之革命，学术有学术之革命，文学有文学之革命，风俗有风俗之革命，产业有产业之革命。即今日中国新学小生之恒言，固有所谓经学革命、史学革命、文界革命、诗界革命、曲界革命、小说界革命、音乐界革命、文字革命等种种名词矣。若此者，岂尝与朝廷政府有毫发之关系，而皆不得不谓之革命。闻“革命”二字则骇，而不知其本义实变革而已。革命可骇，则变革其亦可骇耶？呜呼，其亦不思而已！

朝贵之忌革也，流俗之骇革也，仁人君子之忧革也，以为是盖放巢流彘、悬首太白、系组东门之谓也。不知此何足以当革义。革之云者，必一变其群治之情状，而使幡然有以异于昔日。今如彼而可谓之革也，则中国数千年来，革者不啻百数十姓。而问两汉群治有以异于秦，六朝群治有以异于汉，三唐群治有以异于六朝，宋明群治有以异于唐，本朝群治有以异于宋明否也？若此者，只能谓之数十盗贼之争夺，不能谓之一国国民之变革，昭昭然矣！故泰西数千年来，各国王统变易者以百数，而史家未尝一予之以Revolution之名。其得此名者，实自千六百八十八年英国之役始，千七百七十五年美国之役次之，千七百八十九年法国之役又次之。而十九世纪，则史家乃称之为Revolution时代。盖今日立于世界上之各国，其经过此时代者，皆仅各一次而已，而岂如吾中国前此所谓“革命”者，一二竖子授受于上，百十狐兔冲突于下，而遂足以冒此文明崇贵高尚之美名也。故妄以革命译此义，而使天下读者认仁为暴，认群为独，认公为私，则其言非徒误中国，而污辱此名词亦甚矣。

易姓者固不足为Revolution，而Revolution又不必易姓。若十九世纪者，史家通称为Revo.时代者也，而除法国主权屡变外，自余欧洲诸国，王统依然。自皮相者观之，岂不以为是改革非变革乎？而询之稍明时务者，其谁谓然也。何也？变革云者，一国之民，举其前此之现象而尽变尽革之，所谓“从前种种，譬犹昨日死；从后种种，譬犹今日生”（袁了凡语），其所关系者非在一事一物一姓一人。若仅以此为旧君与新君之交涉而已，则彼君主者何物？其在一国中所占之位置，不过亿万分中之一，其荣也于国何与？其枯也于国何与？一尧去而一桀来，一纣废而一武兴，皆所谓“此朕家事，卿勿与知”，上下古今以观之，不过四大海水中之一微生物耳，其谁有此闲日月以挂诸齿牙余论也。故近百年来世界所谓变革者，其事业实与君主渺不相属，不过君主有顺此风潮者，则优而容之，有逆此风潮者，则锄而去之云尔。夫顺焉而优容，逆焉而锄去者，岂惟君主，凡一国之人，皆以此道遇之焉矣。若是乎，国民变革与王朝革命，其事固各不相蒙，较较然也。

闻者犹疑吾言乎？请更征诸日本。日本以皇统绵绵万世一系自夸耀，稍读东史者之所能知也；其天皇今安富尊荣神圣不可侵犯，又曾游东土者之所共闻也。曾亦知其所以有今日者，实食一度Revolution之赐乎？日人今语及庆应、明治之交，无不指为革命时代；语及尊王讨幕、废藩置县诸举动，无不指为革命事业；语及藤田东湖、吉田松阴、西乡南洲诸先辈，无不指为革命人物。此非吾之谰言也，旅其邦、读其书、接其人者所皆能征也。如必以中国之汤武，泰西之克林威尔、华盛顿者，而始谓之革命，则日本何以称焉？而乌知其明治以前为一天地，明治以后为一天地，彼其现象之前后相反，与十七世纪末之英、十八世纪末之法无以异。此乃真能举Revolution之实者，而岂视乎万夫以上之一人也！

由此言之，彼忌革骇革忧革者，其亦可以释然矣。今日之中国，必非补苴掇拾一二小节，模拟欧、美、日本现时所谓改革者，而遂可以善其后也。彼等皆曾经一度之大变革，举其前此最腐败之一大部分，忍苦痛而拔除之，其大体固已完善矣，而因以精益求精，备益求备。我则何有焉？以云改革也，如废八股为策论，可谓改革矣，而策论与八股何择焉？更进焉，他日或废科举为学堂，益可谓改革矣，而学堂与科举又何择焉？一事如此，他事可知。改革云，改革云，更阅十年，更阅百年，亦若是则已耳。毒蛇在手而惮断腕，豺狼当道而问狐狸，彼尸居余气者又何责焉？所最难堪者，我国将被天然淘汰之祸，永沉沦于天演大圈之下，而万劫不复耳！夫国民沉沦，则于君主与当道官吏又何利焉？国民尊荣，则于君主与当道官吏又何损焉？吾故曰：国民如欲自存，必自力倡大变革、实行大变革始；君主官吏而欲附于国民以自存，必自勿畏大变革且赞成大变革始。

呜呼，中国之当大变革者岂惟政治，然政治上尚不得变不得革，又遑论其余哉！呜呼！

饮冰室诗话（节选）[①]

一

我生爱朋友，又爱文学，每于师友之诗文辞，芳器悱恻，辄讽诵之，以印于脑。自忖于古人之诗，能成诵者寥寥，而近人诗则数倍之，殆所谓丰于昵者耶，其鸿篇巨制，洋洋洒洒者，行将别裒录之为一集。亦有东鳞西爪，仅记其一二者，随笔求之。

二

谭浏阳志节学行思想，为我中国二十世纪开幕第一人，不待言矣。其诗亦独辟新界而渊含古声。丙申在金陵所刻《莽苍苍斋诗》，自题为“三十以前旧学第二种”，盖非其所自憙者也。浏阳殉国时，年仅三十二，故所谓新学之时，寥寥极希。余所见惟题麦孺博扇有《感旧》四首之三，其一曰：“无端过去生中事，兜上朦胧业眼来。灯下髑髅谁一剑，尊前尸冢梦三槐。金裘喷血和天斗，云竹闻歌匝地哀。徐甲傥容心忏悔，愿身成骨骨成灰。”其二曰：“死生流转不相值，天地翻时忽一逢。且喜无情成解脱，欲追前事已冥蒙。桐花院落乌头白，芳草汀洲雁泪红。再世金环弹指过，结空为色又俄空。”其三曰：“柳花夙有何冤业，萍末相遭乃尔奇？直到化泥方是聚，只今堕水尚成离。焉能忍此而终古？亦与之为无町畦。我佛天亲魔眷属，一时撒手劫僧祇。”其言沉郁哀艳，盖浏阳集中所罕见者，不知其何所指

① 选自《饮冰室诗话》，周岚、常弘编，时代文艺出版社1998年版。

也。然遣情之中，字字皆学道有得语，亦浏阳之所以为浏阳，新学之所以为新学欤。

三

戊戌去国之际，所藏书籍及著述旧稿悉散佚，顾无甚可留恋；数年来所出入于梦魂者，惟一菊花砚。砚为唐浏阳所赠，时余承乏湖南时务学堂讲席，初与绂丞定交也。谭浏阳为之铭曰："空花了无真实相，用造莂偈起众信。任公之研佛尘赠，两君石交我作证。"其时江建霞方督湘学，受代去，濒行前一日来作别，见研与铭，乃为余刻之。今赠者铭者刻者皆已没矣，而此研复飞沉尘海，消息杳然，恐今生未必有合并时也。念之凄咽。

四

近世诗人能熔铸新理想以入旧风格者，当推黄公度。丙申、丁酉间，其《人境庐诗》稿本，留余家者两月余，余读之数过；然当时不解诗，故缘法浅薄，至今无一首能举其全文者，殊可惜也。近见其七律一首，亦不记全文，惟能诵两句云："文章巨蟹横行日，世界群龙见首时。"余甚爱之。

五

严又陵哲学大家，人多知之；至其诗才之渊懿，或罕知者。余记其《戊戌八月感事》一首云："求治翻为罪，明时误爱才。伏尸名士贱，称疾诏书哀。燕市天如晦，天南雨又来。临河呜犊叹，莫遣寸心灰。"又《绿珠词》一首云："情重身难主，凄凉石季伦。明珠三百琲，空换坠楼人。"盖哭林晚翠也。

康南海之第二女公子同璧，研精史籍，深通英文。去年孑身独行，省亲于印度，以十九岁之妙龄弱质，凌数千里之莽涛瘴雾。亦可谓虎父无犬子也。近得其寄诗二章，自跋云："侍大人游舍卫祇林，坏殿颓垣，佛法已劫。然支那女士来游者，同璧为第一人矣。”诗云：“舍卫山河历劫尘，布金坏殿数三巡。若论女士西游者，我是支那第一人。”“灵鹫高峰照暮霞，凄迷塔树万人家。恒河落日滔滔尽，祇树雷音付落花。”

七

狄平子以所著《平等阁笔记》见寄，记述两年来都中近事，字字令人刿心怵目。中一条，其事甚韵而其人甚奇者，读之亦可见中国女权消息之一斑也。录其全文如下：“庚子仲冬，由日本西京偕日友数人乘玄海丸返国，便途得游朝鲜及关东关外诸地。雨雪载途，寒风砭骨，哀鸿遍野，春燕无归，触目心伤，梦魂郁悒。余有诗云：‘关山一任谁家物，触眼吾民百感伤。雪漫长空风满地，汽车载梦过辽阳。’一日薄暮，将投逆旅，适一女子，姿容倩雅，妆服澹素，冷月凝晖，寒山蹙翠，携一姥一仆，匆匆更望北发。余心讶之。入旅店中，见壁间题诗数首，墨痕未干，字体秀逸。其一云：‘本是明珠自爱身，金垆香拥翠裘轻。为谁抛却乡关道，白雪苍波无限程。’其二云：‘明镜红颜减旧时，寒风似翦翦冰肌。伤心又是榆关路，处处风翻五色旗。’其三云：‘无计能醒我国民，丝丝情泪搵红巾。甘心异族欺凌惯，可有男儿愤不平？’尚有一首，字体潦草，不能辨识。噫嘻！此何人也？问之逆旅主人，茫然不答。”

八

希腊诗人荷马（旧译作和美耳），古代第一文豪也。其诗篇为今日考据希腊史者独一无二之秘本。每篇率万数千言。近世诗家，如莎士比亚、弥儿敦、田尼逊等，其诗动亦数万言。伟哉！勿论文藻，即其气魄固已夺人矣。中国事事落他人后，惟文学似差可颉颃西域。然长篇之诗，最传诵者，惟杜之《北征》、韩之《南山》。宋人至称为日月争光；然其精深盘郁雄伟博丽之气，尚未足也。古诗《孔雀东南飞》一篇，千七百余字，号称古今第一长篇诗；诗虽奇绝，亦只儿女子语，于世运无影响也。中国结习，薄今爱古，无论学问文章事业，皆以古人为不可几及。余生平最恶闻此言。窃谓自今以往，其进步之远轶前代，固不待蓍龟，即并世人物亦何遽让于古所云哉？生平论诗，最倾倒黄公度，恨未能写其全集。顷南洋某报录其旧作一章，乃煌煌二千余言，真可谓空前之奇构矣。荷、莎、弥、田诸家之作，余未能读，不敢妄下比骘。若在震旦，吾敢谓有诗以来所未有也。以文名名之，吾欲题为《印度近史》，欲题为《佛教小史》，欲题为《地球宗教论》，欲题为《宗教政治关系说》；然是固诗也，非文也。有诗如此，中国文学界足以豪矣。因亟录之，以饷诗界革命军之青年。

锡兰岛卧佛

大风西北来，摇天海波黑；茫茫世界尘，点点国土墨。虽曰中国海，无从问禹迹。近溯书南蛮，远逮汉西域。旧时职贡图，依稀犹可识。自明遣郑和，使节驰络绎。凡百马流种，各各设重驿。金叶铸多罗，玉环献摩勒；每以佛光明，表颂帝威德。苏禄率群臣。渤泥挈尽室；阑斑披宝缦，扶服拜赤帘。是虽蛮夷长，窃号公侯伯；比古小诸侯，尚足称蒲璧。其他乌了帅，争亦附商舶。有诏镇国山，碑立高百尺；以此明德意，比刻之罘石。及明中叶后，朝贡暂失职。岂知蕞尔国，既经三四摘。铁围薄福龙，大半供鸟食。我行过九真，其次泊息力；婆罗左右望，群岛比虮虱；咸归西道主，尽拔汉赤帜。日夕兴亡泪，多于海水滴。行行复行行，便到狮子国。

浩浩象口水，流到殑伽山。遥望窣堵坡，相约僧跻攀。中有卧佛像，丈六金身坚。右叠重累足，左握光明拳。虽具坚牢相，软过兜罗绵。水田脱净衣，鬈云堆华鬘。大青发屈蠡，团金耳垂环。就中白毫光，普照世大千。八十种好相，一一功德圆。是谁摄巧匠，上登忉利天；刻此牛头檀，妙到秋毫颠。或言佛涅槃，婆罗双树间；此即荼毗地，斯语原讹传。惟佛有神力，高据两山颠；至今双足迹，尚隔十由延。或言古无人，只有龙鬼仙；其后买珠人，渐次成市廛。此亦造妄语，有如野狐禅；实则经行地，与佛大有缘。参天贝多树，由此枝叶繁。独怪如来身，不坐千叶莲。既付金缕衣，何不一启颜？岂真疲津梁，老矣倦欲眠？如何沉沉睡，竟过三千年？

吁嗟佛灭度，世界眼尽灭。最先王舍城，大辟禅师窟。迦叶与阿难，结集佛所说。尔来一百年，复见大会设。恒河左右流，犍椎声不绝。其后阿育王，第一信佛法。能役万鬼神，日造八万塔。举国施与佛，金榜国门揭。九十六外道，群言罢一切。复遣诸弟子，分授十万偈。北有大月氏，先照佛国月。四开无遮会，各运广长舌。汉家通西域，声教远相接。金人一入梦，白马来负笈。绳行复沙度，来往踵相蹑。总持四千部，重译多于发。华言通梵语，众推秦罗什。后分律法论，宗派各流别。要之佉卢字，力大过仓颉。南有狮子王，凿字赤铜鍱。当时东西商，互通度人筏。但称佛弟子，能避鬼罗刹。遂使诸天经，满载商人箧。乌喙筛子洲，畏鬼性骇怯。一闻地狱说，心畏睒摩杀。赖佛得庇护，无异栖影鸽。国主争布金，后妃亦托钵。尊佛过帝天，高供千白氎。乐奏梵音曲，讼听番佛决。向来文身人，大半著僧衲。达摩渡海来，一花开五叶。语言与文字，一扫付抹摋。十年勤面壁，一灯传立雪。直指本来心，大声用棒喝。非特道家流，附会入庄列。竟使宋诸儒，沿袭事剽窃。最奇宗喀巴，别得大解脱。不生不灭身，忽然佛复活。西天自在王，高踞黄金榻。千百氈裘长，膜拜伏上谒。西戎犬羊性，杀人日流血。喃喃诵经声，竟能消杀伐。藏卫各蕃部，无复事鞭挞。即今奔巴瓶，改法用金筷。论彼象教力，群胡犹震慑。综佛所照临，竟过九州阔。极南到朱波，穷北逾靺鞨。大东渡日本，天皇尽僧牒。此方护佛齿，彼土迎佛骨。何人得钵缘，某日是箭节。庄饰紫金阶，供养白银阙。倒海然脂油，震雷响金钹。香云幢幡云，九天九地彻。五百虎狮象，遍地迎菩萨。谓此功德盛，当历千万劫。有国赖庇护，金瓯永无缺。岂知西域贾，手不持寸铁；举佛降生地，一旦尽劫夺。

我闻舒五指，化作狮子雄；能令众醉象，败窜头笼东；何不敕兽王，俾当敌人冲？我闻角大力，手张祖王弓；射过七铁猪，入地千万重；何不矢一发，再张力士锋？我闻四海水，悉纳毛孔中；蛟龙与鱼鳖，众生无不容；何不口一吸，令化诸毛虫？我闻大千界，一击成虚空；譬掷陶家轮，极远到无穷；何不气一喷，散为鞞蓝风？我闻三昧火，烧身光熊熊；千眼金刚杵，头出烟焰红；何不呼阿奴，一用天火攻？我闻安息香，力能敕毒龙；尾击须弥山，波涛声汹汹；何不呼小婢，悉遣河神从？我闻阿修罗，横攻善见宫；流尽赤蚌血，藕丝遁无踪；何不取天仗，压制群魔凶？我闻毗琉璃，素守南天封；薜荔鸠盘茶，万鬼声喁喁；何不饬鬼兵，力助天王功？惟佛大法王，兼综诸神通；声闻诸弟子，递传术犹工；如何敛手退，一任敌横纵？竟使清净土，概变腥膻戎。五方万天祠，一齐鸣鼓钟。遥望西王母，虎齿发蓬蓬。合上皇帝号，万宝河朝宗。佛力遂扫地，感叹摧肝胸。

佛不能庇国，岂不能庇教？奈何五印度，竟不闻佛号？古有《韦陀书》，云自梵天造。贵种婆罗门，挟此肆凌傲。凡夫钝根辈，分定莫能较。自佛倡平等，人各有业报。天堂与地狱，善恶人自召。卑贱众首佗，吹螺喜相告。亦有婆罗门，渐渐服教导。食屑鸲鸠行，夜行鸺鹠叫。涂灰身半裸，拜月脚左跷。各弃事天业，回向信三宝。大地阎浮提，慈云遍覆帱。何意梵志辈，势盛复鼓噪。灰死火复然，尾大力能掉。别创温都名，布以人皇诏。佛头横著粪，诃骂杂嘲诮。尽驱出家人，一一出边徼。外来波斯胡，更立祆神庙。千牛祭火光，万马拜日曜。嗣后摩诃末，采集各经要。一经衍圣传，一剑镇群暴。谓此哥罗尼，实以教忠孝。天使乘白马，口宣天所诰。从则升九天，否则杀左道。教主兼霸王，黄屋建左纛。继以蒙古主，挟势尤桀骜。以彼转轮王，力大谁敢校。迩来耶稣徒，遍传《新旧约》。载以通商舶，助以攻城炮。谓天只一尊，获罪无所祷。一切土木像，荒诞尽可笑。顶上舍利珠，拉杂付摧烧。

竞使佛威德，灯灭树倾倒。摩耶托钵哭，迦叶捧衣悼。像法二千年，今日末劫到。恶王魔波句，更使众魔娆。天龙八部众，谁不生悲恼。

喷嗟五大洲，立教几教皇。惟佛能大仁，首先唱天堂。以我悲悯心，置人安乐乡。古分十等人，贵贱如画疆。惟锦具大勇，自弃铜轮王。众生例平等，一律无低昂。罪畏末日审，报冀来世偿。佛说有弥勒，福德莫可当。将来僧祇劫，普渡胥安康。此皆大德慧，倾海谁能量。古学水风火，今学声气光。辨才总无碍，博综无不详。独惜说慈悲，未免过主张。臂称穷鸽肉，身供饿虎粮。左手割利刃，右手涂檀香。冤亲悉平等，善恶心皆忘。愈慈愈忍辱，转令身羸尪。兽蹄交鸟迹，一听外物戕。人间多虎豹，天上无凤凰。虎豹富筋力，故能恣强梁。凤凰太文彩，毛羽易摧伤。惟强乃秉权，强权如金刚。吁嗟古名国，兴废殊无常。罗马善法律，希腊工文章。开化首埃及，今亦归沦亡。念我亚细亚，大国居中央。尧舜四千年，圣贤代相望。大哉孔子道，上继皇哉唐。血气悉尊亲，声名被八荒。到今四夷侵，尽撤诸边防。天若祚中国，黄帝垂衣裳。浮海率三军，载书使四方。王威镇象主，鬼族驯狼胱。归化献赤土，颂德歌白狼。共尊天可汗，化外胥来航。远及牛贺洲，鞭之如群羊。海无烈风作，地降甘露祥。人人仰震旦，谁侮黄种黄？弱供万国役，治则天下强。明王久不作，四顾心茫茫。

九

往读明诗，见《刘诚意集》中一篇，一千三百余言，构思之奇，遣语之险，亦可为吾诗界中放一异彩。虽然，长篇诗为长短句者不难，而五言最难；为奇险语有壮采者不难，为庄严语有风格者最难。吾重公度诗，谓其意境无一袭昔贤，其风格又无一让昔贤也。

一六

谭浏阳之有得于佛学，知浏阳者皆能言之。然浏阳之学佛，实自金陵杨仁山居士。其遗诗有《金陵听说法》一章，即居士所说也。诗云："而为上首普观察，承佛威神说偈言。一任法田卖人子，独从性海救灵魂。纲伦惨以喀私德，法令盛于巴力门。大地山河今领取，庵摩罗果掌中论。"此诗无刻本，见麦孺博箑①端，浏阳手书也。

一八

谭浏阳狱中绝笔诗，各报多登之，日本人至谱为乐歌，海宇传诵，不待述矣。但其诗中所指之人，或未能知之。今录原文，略加案语。诗曰："望门投止思张俭，忍死须臾待杜根。我自横刀向天笑，去留肝胆两昆仑。"所谓两昆仑者，其一指南海，其一乃侠客大刀王五，浏阳作《吴铁樵传》中所称王正谊者是也。王五为幽燕大侠，以保镖为业，其势力范围，北及山海关，南及清江浦，生平专以锄强扶弱为事。浏阳少年尝从之受剑术，以道义相期许；戊戌之变，浏阳与谋夺门迎辟，事未就而浏阳被逮，王五怀此志不衰。庚子八月，有所布画，忽为义和团所戕，赍志以殁。呜呼！王五真男儿，不负浏阳矣。

一九

余识唐浏阳最晚。乙未秋，与谭浏阳定交，叩其友，则曰："二十年刎颈交，绂丞一人而已。"余心识之。丁酉冬，讲学长沙，谭公乃为余两人介绍焉。谭公之成仁也，唐公恸哭辞家，欲如京师收葬。至上海，则谭公忠骸已南下，因不果往，而东渡谒南海，时有挽联云："与我公别几许时，忽警电飞来，忍不携二十年刎颈交同赴泉台，漫嬴将去楚孤臣，箫声呜咽。近至尊刚十

---

① "箑"，扇子。

余日，被群阴构死，甘永抛四百兆为奴种长埋地狱，只留得扶桑三杰，剑气摩空。”至今读之，犹字字精神活现，凄人心脾。盖唐公所以继谭公之志者，早于二十年前矣。唐公流血后，同人复有诵其诗者，仅记二句云：“剩好头颅酬死友，无真面目见群魔。”此诗余未之见也。在南洋时，□□□属余写之，余为续成一绝句云：“道高一尺魔一丈，天地无情独奈何！”

二八

昔尝推黄公度、夏穗卿、蒋观云为近世诗界三杰。吾读穗卿诗最早，公度诗次之，观云诗最晚。然两年以来，得见观云诗最多，月有数章。公度诗已如凤毛麟角矣。穗卿时，则分携以来，仅见两短章耳；团沙之感，云何可言！近观云以其四长篇见贶，则《己亥秋别天津有感寄怀严蒋陈诸故人》之作也。读竟，如枯肠得酒，圆满欣美，爰急录之如下：“暮雨掩柴门，秋声满庭树。瑟瑟纸屏间，一灯静如鹭。仿佛少年时，读书未驰骛。即此感生平，流转亡吾故。乙未在武昌，始与吴生（樵）遇。丙申在密云，闭户互朝暮。丁酉在京师，张赵日相晤。新机始萌芽，祷祀润雨露。戊戌在天津，大梦正惊寤。素筝载浊酒，慷慨登楼赋（在天津时，与蒋性才、陈澜深等时相过从饮酒，各有诗记之）。今年在乡闻，过此将焉驻？人生几中秋？何者为我素？问天天不闻，听雨雨不住。”“束发抱流略，辛勤三十年。一日不忍舍，颇欲窥高坚。才短衣食迫，穷老仍愚颛。慨然望六合，岂无豪与贤？间关十数载，所在穷山渊。山阳一闻笛，中策从此捐。时会既未至，盛业由书传。旁行百万卷，精诣穷人天。舌人十万辈，瞠目无媸妍。学未闻大道，岂能事言诠？昔者山海隔，今有车与船。今者文字隔，谁施蹄与筌？事穷我公起，（谓侯官严氏）吾族殆帝怜。公学岂在此，而此世所先。国狗素狂瘈，眈眈吻常涎。兴亡有一定，名世独见全。冥冥津门树，日暮起苍烟。扁舟载吾逝，不复相流连。何时一尊酒，黾勉为执鞭。”“蒋子（智由）起寒素，姓名世不张。乞食走燕野，扫尘书一床。过从日抵掌，每觉芝兰芳。《农宗》（己辰秋间，蒋子著有《农宗篇》）发大义，精谊贯百王。持此照震旦，可谓见膏肓。陈子（锦涛）墨者杰，与蒋相翱翔。畴人振绝诣，哲学搜旁行。余事托雄剑，赴难甘探汤。嗟吾二三子，于世诚蚊虻。然而贞元际，舍此谁与商？艰难困一饱，口呿舌为僵。浮云起西北，俄顷满八荒。潇潇凉风至，白露降为霜。蒲柳与松柏，于理岂久藏？为我蓄明德，毋亟耀其光。”“湛湛一尊酒，渊渊千卷书。萧萧两株树，寂寂三间庐。微材岂有竞，即此亦足娱。所嗟时日迫，言将戒征车。征车亦何为，穷达非我图。但恨万山外，朋友日夜疏。滔滔浙江水，亘古不得徐。东流到黄海，应潆故人居。登楼望不见，天海摇空虚。旋归对尘俗，积懑聊一舒。侘傺独就枕，梦见游天衢。九奏动万舞，熊罴自我涂。丘聃并千古，畴能辨有无？”

二九

黄公度集中，名篇不少。至其《今别离》四章，度曾读黄集者，无不首记诵之；陈伯严推为千年绝作，殆公论矣。余向者每章能举其数联，顾迄不能全体成诵，愤恨无任。季廉不知从何处得其副本，写以见寄，开缄不自知其距跃三百也；亟为流通之于人间世，吾以是因缘，以是功德，冀生诗界天国。“别肠转如轮，一刻既万周。眼见双轮驰，益增心中忧。古亦有山川，古亦有车舟。车舟载离别，行止犹自由。今日舟与车，并力生离愁。明知须臾景，不许稍绸缪。钟声一及时，顷刻不少留。虽有万钧柁，动如绕指柔。岂无打头风，亦不畏石尤。送者未及返，君在天尽头。望影倏不见，烟波杳悠悠。去矣一何速，归如留滞不？所愿君归时，快乘轻气球。”“朝寄平安语，暮寄相思字。驰书迅如电，云是君所寄。既非君手书，又无君默记；虽署花字名，知谁钳纸尾？寻常并坐语，未遽悉心事；况经三四译，岂能达人意？只有斑斑墨，类似临行泪。门前两行树，离离到天际；中央亦有丝，有丝两头系。如何君寄书，断续不时至？每日百须臾，书到时有几？一息不见闻，使我容颜悴。安得如电光，一闪至君旁。”“开函喜动色，分明是君容。自君镜奁来，入妾怀袖中。临行翦中衣，是妾亲手缝。肥瘦妾自思，今昔将毋同。自别思见君，情如春酒浓。今日见君面，仍觉心忡忡。揽镜妾自照，颜色桃花红。开箧持赠君，如与君相逢。妾有钗插鬟，君有襟当胸。双悬可怜影，汝我长相从。虽则长相从，别恨终无穷。对面不解语，若隔山万重。自非梦来往，密意何由通？”“汝魂将何之，欲与君追随。飘然渡沧海，不畏风波危。昨夕入君室，举手牵君帷；披帷不见人，想君就枕迟。君魂倘寻我，会面亦难期；恐君魂来日，是妾不寐时。妾睡君或醒，君睡妾岂知？彼此不相闻，安怪相参差？举头见明月，明月方入扉。此时想君身，侵晓刚披衣。君在海之角，妾在天之涯。相去三万里，昼夜相背驰。眠起不同时，魂梦难相依。地长不能缩，翼短不能飞。只有恋君心，海枯终不移。海水深复深，难以量相思。”

三二

黄公度尝语余云：“四十以前所作诗多随手散佚。庚辛之交，随使欧洲，愤时势之不可为，感身世之不遇，乃始荟萃成编，藉以自娱。”即在湘所见之稿也。公度既不屑以诗人自居，未肯公之同好。余又失之交臂。未录副本。近于诗话中称其诗，海内外诗人贻书索阅者甚多，然急切无从觅致也。念其官日本参赞时，如重野安绎、森春涛、龟谷行诸君，皆有唱酬，又闻天南某氏曾在新加坡领事署钞存《人境庐诗》一卷，余因征之东瀛南岛，幸得数十篇。自今以往，每次诗话中可必有一鳞一爪矣。但所刊录，未必为公度得意之作。要之，公度之诗，独辟境界，卓然自立于二十世纪诗界中，群推为大家，公论不容诬也。

三四

顷得上海一匿名书，自题“东亚伤心人”者，内新乐府一章，属登报。读之，香山、西堂不是过也，因急攫以实我诗话。诗如下：

哀星轺讥辱国也

使臣怒，使臣怒，使臣怒阿谁？不怒赤阪妓，不怒新桥女大夫。学生汝太不晓事，长揖空阶求不已。不是龙门汝误投，市侩认作韩荆州。从来市侩得志惯横行，未闻献媚蓄意杀学生。使臣当日好肩背，南洋负米东洋卖。相公堂前，袖献票纸。王爷膝下，跪呈扇子。王爷心绪忧，肥奴旁侍喘如牛，亲捧留声机器奏床头。翁在街头卖卦命，儿走上房司门政。儿今作贵人，紫绶金章衬绿巾；绿巾耻富贵，功名由巾起。吁嗟乎！君名不愧替钱死。

三九

吾尝推公度、穗卿、观云为近世诗家三杰，此言其理想之深邃闳远也。若以诗人之诗论，则邱仓海（逢甲）其亦天下健者矣。尝记其《己亥秋感八首》之一云：“遗偈争谈黄檗禅，荒唐说饼更青田。戴鳌岂应迁都兆？逐鹿休讹厄运年。心痛上阳真画地，眼惊太白果经天。只愁谶纬非虚语，落日西风意惘然。”盖以民间流行最俗最不经之语入诗，而能雅驯温厚乃尔，得不谓诗界革命一巨子耶？仓海诗行于世者极多，余于前后《秋感》各八首外，酷爱其《东山感秋诗六首》，诗云：“痛哭秋风又一年，觚棱梦落楚江天；拾遗冷作诸侯客，袍笏空教拜杜鹃。”“天涯心逐白云飞，瑟瑟秋芦点客衣；回首大宛山上月，更无缄札问当归。”“斜日江声走急滩，残棋别墅局方难；后堂那有残丝竹，陶写东山老谢安？”“寒蛟海上趁人来，漠漠秋尘扫不开；满目桑田清浅水，五云楼阁是蓬莱。”“冷落山斋运甓身，天门八翼梦无因；西风吹起神州恨，麈尾清谈大有人。”“老树秋声撼睡童，读书情趣逊欧公；挑灯自写纫兰句，一卷《离骚》当《国风》。”

四十

自唐人喜以佛语入诗。至于苏（东坡）王（半山），其高雅之作，大半为禅悦语。然如“溪声便是广长舌，山色岂非清净身”之类，不过弄口头禅，无当于理也。《人境庐集》中有一诗，题为《以莲菊桃杂供一瓶作歌》，半取佛理，又参以西人植物学、化学、生理学诸说，实足为诗界开一新壁垒。“女娲炼石补天处，石破天惊逗秋雨。”吾读此诗，真有此感。诗如下：

南斗在北海西流，春非我春秋非秋。人言今日是新岁，百花烂漫堆案头。主人三载蛮夷长，足遍五洲多异想；且将本领管群花，一瓶海水同供养。莲花衣白菊衣黄，夭桃侧侍添红妆。双花并头一在手，叶叶相对花相当。浓如旃檀和众香，灿如云锦纷五色；华如宝衣陈七市，美如琼浆合天食。如竞笳鼓调筝琶，蕃汉龟兹乐一律。如天雨花花满身，合仙佛魔同一室。如招海客通商船，红黄白种同一国。一花惊喜初相见，四千余岁甫识面。一花自顾还自猜，万里绝域我能来。一花退立如局缩，人太孤高我惭俗。一花傲睨如居居，了更妩媚非粗疏。有时背面互猜忌，非我族类心必异。有时并肩相爱怜，得成眷属都有缘。有时低眉若饮泣，偏是同根煎太急。有时仰首翻踌躇，欲去非种谁能锄。有时俯水瞋不语，无滋他族来逼处。有时微笑临春风，来者不拒何不容。众花照影影一样，曾无人相无我相；传语天下万万花，但是同种均一家。古言猗傩花无知，听人位置无差池；我今安排花愿否，拈花笑索花点首。花不能言我饶舌：花神汝莫生分别！唐人本自善唐花，或者并使兰花梅花一齐发。飙轮来往如电过，不日便可归支那；此瓶不干花不萎，不必少见多怪如橐驼。地球南北倘倒转，赤道逼人寒暑变；尔时五羊仙城化作海上山，亦有四时之花开满县。即今种花术益工，移枝接叶争天功；安知莲不变桃桃不变为菊，回黄转绿谁能穷？化工造物先造质，控抟众质亦多术；安知夺胎换骨无金丹，不使此莲此菊此桃万亿化身合为一？众生后果本前因，汝花未必原花身。动物植物轮回作生死，安知人不变花花不变为人？六十四质亦么么，我身离合无不可；质有时坏神永存，安知我不变花花不变为我？千秋万岁魂有知，此花此我相追随；待到汝花将我供瓶时，还愿对花一读今我诗。

四五

《人境庐集》中，性情之作，纪事之作，说理之作，沉博绝丽，体殆备矣；惟绮语绝少概见，吾以为公度守佛家第七戒也。顷见其《都踊歌》一篇，不禁抚掌大笑曰："此老亦狡狯乃尔！"歌有序，序云："西京旧俗，七月十五至晦日，每夜亘索街上，悬灯数百，儿女艳装靓服为队，舞蹈达旦，名曰都踊。所唱皆男女猥亵之辞，有歌以为之节者，谓之音头。译而录之，其风俗犹之唐人《合生歌》，其音节则汉人《董逃行》也。”诗云：“长袖飘飘髻峨峨，荷荷。裙紧束兮带斜拖，荷荷。分行逐队兮舞傞傞，荷荷。往复还兮如掷梭，荷荷。回黄转绿兮同挼莎，荷荷。中有人兮通微波，荷荷。贻我钗鸾兮馈我翠螺，荷荷。呼我娃娃兮我哥哥，荷荷。柳梢月兮镜新磨，荷荷。鸡眠猫睡兮犬不呵，荷荷。待来不来兮欢奈何，荷荷。一绳隔兮阻银河，荷荷。双灯照兮晕红涡，荷荷。千人万人兮妾心无他，荷荷。君不知兮弃则那，荷荷。今日夫妇兮他日公婆，荷荷。百千万亿化身菩萨兮受此花，荷荷。三千三百三十二座大神兮听我歌，荷荷。天长地久兮无差讹，荷荷。”

五四

中国人无尚武精神，其原因甚多，而音乐靡曼亦其一端，此近世识者所同道也。昔斯巴达人被围，乞援于雅典，雅典人以一眇目跛足之学校教师应之，斯巴达人惑焉。及临阵，此教师为作军歌，斯巴达人诵之，勇气百倍，遂以获胜。甚矣，声音之道感人深矣。吾中国向无军歌，其有一二，若杜工部之前后《出塞》，盖不多见，然于发扬蹈厉之气尤缺。此非徒祖国文学之缺点，抑亦国运升沉所关也。往见黄公度《出军歌》四章，读之狂喜，大有“含笑看吴钩”之乐，尝以录入《小说报》第一号。顷复见其全文，乃知共二十四首，凡出军、军中、还军各八章。其章末一字，义取相属，以“鼓勇同行，敢战必胜，死战向前，纵横莫抗，旋师定约，张我国权”二十四字殿焉。其精神之雄壮、活泼、沉浑、深远不必论，即文藻亦二千年所未有也，诗界革命之能事至斯而极矣。吾为一言以蔽之曰：读此诗而不起舞者必非男子。录全文如下：

出军歌

四千余岁古国古，是我完全土。二十世纪谁为主？是我神明胄。君看黄龙万旗舞。鼓鼓鼓！

一轮红日东方涌，约我黄人捧。感生帝降天神种，今有亿万众。地球蹴踏六种动。勇勇勇！

南蛮北狄复西戎，泱泱大国风。蜿蜒海水环其东，拱护中央中。称天可汗万国雄。同同同！

绵绵翼翼万里城，中有五岳撑。黄河浩浩流水声，能令海若惊。东西禹步横庚庚。行行行！

怒搅海翻喜山撼，万鬼同一胆。弱肉磨牙争欲啖，四邻虎眈眈。今日死生求出险。敢敢敢！

剖我心肝挖我眼，勒我供贡献。计口缗钱四万万，民实何仇怨。国势衰微人种贱。战战战！

国轨海王权尽失，无地画禹迹。病夫睡汉不成国，却要供奴役。雪耻报仇在今日。必必必！

一战再战曳兵遁，三战无余烬。八国旗飏笳鼓竞，张拳空冒刃。打破天荒决人胜。胜胜胜！

军中歌

堂堂堂堂好男子，最好沙场死。艾灸眉头瓜喷鼻，谁实能逃死？死只一回毋浪死。死死死！

阿娘牵裾密缝线，语我毋恋恋。我妻拥髻代盘辫，濒行手指面：败归何颜再相见？战战战！

戟门乍开雷鼓响，杀贼神先王。前敌呜笳呼斩将，擒王手更痒。千人万人吾直往。向向向！

探穴直探虎穴先，何物是险艰？攻城直攻金城坚，谁能漫俄延？马磨马耳人磨肩。前前前！

弹丸激雨刃旋风，血溅征衣红。敌军昨屯千黑熊，今日空营空。万旗一色盘黄龙。纵纵纵！

层台高筑受降城，诸将咸膝行。降奴脱剑鞠躬迎，单于颈系缨。四围鼓吹铙歌声。横横横！

秃发万头缠黑索，多少戎奴缚。绯红十字张油幕，处处夷伤药。军令如山禁残虐。莫莫莫！

不喜封侯虎头相，铸作功臣像。不喜燕然碑百丈，表示某家将。所喜军威莫敢抗。抗抗抗！

旅军歌

金瓯既缺完复完，全收掌管权。胭脂失色还复还，一扫势力圈。海又东环天右旋。旋旋旋！

犨金如山铜作池，债台高巍巍。青蚨子母今来归，偿我民膏脂。民膏民脂天鉴兹。师师师！

玺书谢罪载书更，城下盟重订。今日之羊我为政，一切权平等。白马拜天天作证。定定定！

鸷翼横骞鹰眼恶，变作旄头落。盖海艨艟炮声作，和我凯旋乐。更谁敢背和亲约？约约约！

秦肥越瘠同一乡，并作长城长。岛夷索虏同一堂，并作强军强。全球看我黄种黄。张张张！

五洲大同一统大，于今时未可。黑鬼红番遭白堕，白也忧黄祸。黄祸者谁亚洲我。我我我！

黑山绿林赤眉赤，乱民不算贼。镌羌破胡复灭狄，虽勇亦小敌。当敌要当诸大国。国国国！

诸王诸帝会涂山，我执牛耳先。何洲何地争触蛮，看余马首旋。万邦和战奉我权。权权权！

六〇

复生自憙其新学之诗。然吾谓复生三十以后之学，固远胜于三十以前之学；其三十以后之诗，未必能胜三十以前之诗也。盖当时所谓新诗者，颇喜挦扯新名词以自表异。丙申、丁酉间，吾党数子皆好作此体。提倡之者为夏穗卿，而复生亦綦嗜之。此八篇中尚少见，然“寰海惟倾毕士马”，已其类矣。其《金陵听说法》云：“纲伦惨以喀私德，法会盛于巴力门。”喀私德即Caste之译音，盖指印度分人为等级之制也。巴力门即Parliament之译音，英国议院之名也。又赠余诗四章中，有“三言不识乃鸡鸣，莫共龙蛙争寸土”等语，苟非当时同学者，断无从索解；盖所用者乃《新约全书》中故实也。其时夏穗卿尤好为此。穗卿赠余诗云：“滔滔孟夏逝如斯，亹亹文王鉴在兹。帝杀黑龙才士隐，书飞赤鸟太平迟。”又云：“有人雄起琉璃海，兽魄蛙魂龙所徙。”此皆无从臆解之语。当时吾辈方沉醉于宗教，视数教主非与我辈同类者，崇拜迷信之极，乃至相约以作诗非经典语不用。所谓经典者，普指佛、孔、耶三教之经。故《新约》字面，络绎笔端焉。谭、夏皆用“龙蛙”语，盖时共读约翰《默示录》，录中语荒诞曼衍，吾辈附会之，谓其言龙者指孔子，言蛙者指孔子教徒云，故以此徽号互相期许。至今思之，诚可发笑。然亦彼时一段因缘也。

六二

此类之诗，当时沾沾自憙，然必非诗之佳者，无俟言也。吾彼时不能为诗，时从诸君子后学步一二，然今既久厌之。穗卿近作殊罕见，所见一二，亦无复此等窠臼矣。浏阳如在，亮亦同情。

六三

过渡时代，必有革命。然革命者，当革其精神，非革其形式。吾党近好言诗界革命。虽然，若以堆积满纸新名词为革命，是又满洲政府变法维新之类也。能以旧风格含新意境，斯可以举革命之实矣。苟能尔尔，则虽间杂一二新名词，亦不为病。不尔，则徒示人以俭而已。侪辈中利用新名词者，麦孺博为最巧，其近作有句云：“圣军未决蔷薇战，党祸惊闻瓜蔓抄。”又云：“微闻黄祸锄非种，欲为苍生赋《大招》。”皆工绝语也。吾自题所著《新中国未来记》二诗，有云：“青年心死秋梧悴，老国魂归蜀道难。”亦颇为平生得意之句。

六七

乡人有自号“珠海梦余生”者，热诚爱国之士也，游宦美洲，今不欲著其名。顷仿《粤讴》格调成《新解心》数十章，且自为题词六首，词曰：“百粤雄藩镇未开，寻春怕上越王台。可堪流尽珠江水，犹有秦筝洗耳来。”（一）“乐操土音不忘本，变徵歌残为国殇。如此年华悲锦瑟，隔窗愁听杜秋娘。”（二）“软红何处醉花仙，一掬胭脂洒大千。不见秦时旧明月，鹧鸪啼破梦中天。”（三）“万花扶起醉吟身，想见同胞爱国魂。多少皂罗衫上泪，未应全感美人恩。”（四）“小蛮妆束最风华，螺髻香盘茉莉花。除却后庭歌《玉树》，不教重谱入琵琶。”（五）“当筵谁唱《望江南》，传遍珠江亦美谈。一样侠情今日记，箫声吹满白鹅潭。”（六）芳馨悱恻，有《离骚》之意，吾绝爱诵之。其《新解心》有《自由钟》《自由车》《呆佬祝寿》《中秋饼》《学界风潮》《唔好守旧》《天有眼》《地无皮》《趁早乘机》等篇，皆绝世妙文，视子庸原作有过之无不及，实文界革命一骁将也。

七七

去年闻学生某君入东京音乐学校，专研究乐学，余喜无量。盖欲改造国民之品质，则诗歌音乐为精神教育之一要件，此稍有识者所能知也。中国乐学，发达尚早。自明以前，虽进步稍缓，而其统犹绵绵不绝。前此凡有韵之文，半皆可以入乐者也。《诗》三百篇，皆为乐章，尚矣（孔子称诵诗三百，歌诗三百，弦诗三百，舞诗三百）。如《楚辞》之《招魂》《九歌》，汉之《大风》《柏梁》，皆应弦赴节，不徒乐府之名如其实而已。下至唐代绝句，如“云想衣裳”“黄河远上”，莫不被诸弦管。宋之词，元之曲，又其显而易见者也。盖自明以前，文学家多通音律，而无论雅乐、剧曲，大率皆由士大夫主持之，虽或衰靡，而俚俗犹不至太甚。本朝以来，则音律之学，士夫无复过问，而先王乐教，乃全委诸教坊优伎之手矣。读泰西文明史，无论何代，无论何国，无不食文学家之赐；其国民于诸文豪，亦顶礼而尸祝之。若中国之词章家，则于国民岂有丝毫之影响耶？推原其故，不得不谓诗与乐分之所致也。郑夹漈有言："古之诗曰歌行，后之诗曰古、近二体。歌行主声，二体主文。诗为声也，不为文也。浩歌长啸，古人之深趣。今人既不尚啸，而又失其歌诗之旨，所以无乐事也。凡律其辞则谓之诗，声其诗则谓之歌，诗未有不歌者也。（中略）呜呼！诗在于声不在于义。孔子曰："《关雎》乐而不淫，哀而不伤。"亦为《关雎》之声和平，能令闻者感发而不失其度耳。若诵其文，习其理，能有哀乐之事乎？二体之作，失其诗矣。"（《通志乐略》）其言可谓特识。夹漈时已然，挽近乃益甚。至于今日，而诗、词、曲三者皆成为陈设之古玩，而词章家真社会之虱矣。顷读杂志《江苏》，屡陈中国音乐改良之义，其第七号已谱出军歌、学校歌数阕，读之拍案叫绝，此中国文学复兴之先河也。惜余亦一门外汉，仅如夹漈所谓诵其文习其理而已。寄语某君，自今以往，更委身于祖国文学，据今所学，而调和之以渊懿之风格，微妙之辞藻；苟能为索士比亚、弥儿顿，其报国民之恩者，不已多乎？

七八

近年以来，爱国之士，注意此业者，渐不乏人，而黄公度其尤也。公度所制《军歌二十四章》《幼稚园上学歌》若干章，既行于世；今复得见其近作《小学校学生相和歌十九章》，亦一代妙文也。其歌以一人唱，章末三句，诸生合唱。今亟录如下：

来来汝小生，汝看汝面何种族。芒砀五洲几大陆，红苗蜷伏黑蛮辱；虬髯碧眼独横行，虎视眈眈欲逐逐。於戏我小生！全球半黄人，以何保面目。

来来汝小生，汝所践土是何国。身毒沦亡犹太灭，天父悲啼佛祖默；四千余岁国仅存，盖地旧图愁改色。於戏我小生！胸中日芥蒂，芒芒此禹域。

来来汝小生，人于太仓稊米身。人非群力奚自存，裸虫三百不能群；菹龙柙虎人独尊，非众生恩其谁恩？於戏我小生！人不愿同群，世界人非人。

来来汝小生，汝之司牧为汝君；尊如天帝如鬼神，伏地谒拜称主臣。汝看东西立宪国，如一家子尊复亲。於戏我小生！三月麛裘歌，亦曾歌维新。

来来汝小生，汝身莫作瓶器盛。牛儿马儿堕地鸣，能饮能食能步行；三年鞠我出入腹，须臾失母难生成。於戏我小生！佛亦报亲恩，忘亲乃畜生。

听听汝小生，人各有身即天职；一身之外皆汝敌，一身之内皆汝责。人不若人吾丧吾，怙父倚天总无益。於戏我小生！绝去奴隶心，堂堂要独立。

听听汝小生，天赋良能毋自弃。谁能三头与六臂？谁不一心辖百体？听人束缚制于人，是犬絷尾牛穿鼻。於戏我小生！汝非狼疾人，奈何不自治？

听听汝小生，汝辈即是小团体；相亲相爱如兄弟，相友相助如盟会。一群苟败羊尽亡，敢惮为牺私断尾？於戏我小生！《六经》新注脚，要补合群谊。

听听汝小生，人不可无谋生资。嘴短懒飞雀啼饥，游手坐食民流离。黄金世界正在手，人出只手能维持。於戏我小生！而今廿世纪，便是工战期。

听听汝小生，人人要求普通学。不愿百鸟出一鹗，不愿牛毛变麟角；空谈高论不中书，一任代薪束高阁。於戏我小生！三年几巍科，何补国昏弱？

听听汝小生，我爱我书莫如史。此一块肉抟抟地，轩顼传来百余世；先公先祖几经营，长在我侬心子里。於戏我小生！开卷爱国心，掩卷忧国泪。

听听汝小生，人言汝国多文辞。彼尖尖笔毛之锥，此点点墨染于丝。何物蟹行肆蚕食，努力努力争相持。於戏我小生！世无文弱国，今非偃武时。

听听汝小生，欲求国强先自强。食案以外即战场，剑影之下即天堂。偕行偕行若赴敌，朝歌夕舞裸两裆。於戏我小生！生当作铁汉，死当化金刚。

听听汝小生，雪汝国耻鼓汝勇。芙蓉薰天天梦梦，鬼幽地狱随地涌；吸我脂膏扼我吭，使我健儿不留种。於戏我小生！谁甘鱼烂亡，忍此饮鸩痛。

勉勉汝小生，同生吾国胥吾民。南音北音同华言，左行右行同汉文；索头椎髻古异族，久合垆冶归陶甄。於戏我小生！愿合同化力，抟我诸色人。

勉勉汝小生，既为国民忍作贼？国民贵保民资格，国民要有民特色。任锄非种任瓜分，心肝直比黑奴黑。於戏我小生！焚尽白降幡，有我无他国。

勉勉汝小生，汝读何书学何事？佛经耶约能救世，宗教神权今半废；莫问某甲圣贤书，我所信从只公理。於戏我小生！口唱汉儿歌，手点《尧典》字。

勉勉汝小生，汝当尽职务民义。嬴颠刘蹶几兴废，蚩蚩不问官家事；栋折榱崩汝所知，天坠难逃天压己。於戏我小生！誓竭黔首愚，同救苍天死。

勉勉汝小生，汝当发愿造世界。太平升平虽有待，此责此任在汝辈。华胥极乐华严庄，更赋六合更赋海。於戏我小生！世运方日新，日进日日改。

惜公度亦不解音律，与余同病也。使其解之，则制定一代之乐不难矣。此诸编者，苟能谱之，以实施于学校，则我国学校唱歌一科，其可以不阙矣。抑吾犹有一说焉：今日欲为中国制乐，似不必全用西谱。若能参酌吾国雅、剧、俚三者而调和取裁之，以成祖国一种固有之乐声，亦快事也。将来所有诸乐，用西谱者十而六七，用国谱者十而三四，夫亦不交病焉矣。但语此者，非于中西诸乐神而明之不能；吾侪门外汉，盖无取喋喋云尔。

七九

公度之诗，诗史也。顷检其旧集，有《朝鲜叹》七解，盖癸未所作，距今二十有一年矣。朝鲜迄今犹拥虚号，当亦作者当时所不及料也。乃者俄、日战机，悬于眉睫，区区朝鲜，朝露之命，盖可知矣。而随朝鲜之覆辙者，复将有一巨灵在。以吾侪居今日而读此诗，其感慨更何如！诗曰："有北有北鄂罗斯，展翼巨鹫张牙狮，欲囊六合鞭四陲；梦中伸脚直东下，谅尔无过土耳其。吁嗟乎朝鲜！吾为朝鲜危。"（一解）"雌王宝剑猴王刃，迩来又唱征韩沦，踌躇四顾权且忍；有人欲杀西邻牛，宰肉平分先一分。吁嗟乎朝鲜！何以待日本？"（二解）"四夷交侵强邻逼，皇皇者华黯无色，保藩字小有何力？黄龙府又黑龙江，方醢小龙供鸟食。吁嗟乎朝鲜！汝毋恃上国。"（三解）"前有檀君后卫满，夜郎自大每比汉，几经内属几外叛；黄幄拜天九叩头，受降又留百世患。吁嗟乎朝鲜！恨不改郡县。"（四解）"尊汉如天使如父，前儿在子求保护，四邻环伺眈眈虎；不能鸡口作牛后，高下句骊定谁土。吁嗟乎朝鲜！奈何不自主？"（五解）"山中之天海中市，中央如砺可辟世，列强画作局外地；嬴颠刘蹶百兴亡，任我华胥闭门睡。吁嗟乎朝鲜：安得如瑞士！"（六解）"峨冠博带三代前，蜷伏蠔息海中间，犹欲锁港坚闭关；土崩瓦解纵难料，不为天竺终波兰。吁嗟乎朝鲜！朝鲜吾忍言？"（七解）

八六

湘潭杨晰子度，王壬秋先生大弟子也。昔卢斯福演说，谓欲见纯粹之亚美利加人，请视格兰德；吾谓欲见纯粹之湖南人，请视杨晰子，顷晰子以新作《湖南少年歌》见示，亟录之，以证余言之当否也。"我本湖南人，唱作湖南歌。湖南少年好身手，时危却奈湖南何。湖南自古称山国，连山积翠何重叠；五岭横云一片青，衡山积雪终年白；沅湘两水清且浅，林花夹岸滩声激；洞庭浩渺通长江，春来水涨连天碧；天生水战昆明沼，惜无军舰相冲击。北渚伤心二女啼，湖边斑竹泪痕滋；不悲当日苍梧死，为哭将来民主稀；空将一片君山石，留作千年纪念碑。后有灵均遭放逐，曾向江潭葬鱼腹；世界相争国已危，国民长醉人空哭；宋玉招魂空已矣，贾生作吊还相渎；亡国游魂何处归，故都捐去将谁属；爱国心长身已死，汨罗流水长呜咽；当时猿鸟学哀吟，至今夜半啼空谷。此后悠悠秋复春，湖南历史遂无人；中间濂溪倡哲学，印度文明相接触；心性徒开道学门，空谈未救金元辱。惟有船山一片心，哀号匍匐向空林；林中痛哭悲遗族，林外杀人闻血腥；留兹万古伤心事，说与湖南子弟听。于今世事翻前案，湘军将相遭诃讪；谓彼当年起义师，不助同胞助胡满；夺地攻城十余载，竟看结局何奇幻：长毛死尽辫发留，满洲翎顶遍湘州；捧兹百万同胞血，献与今时印度酋。英狮俄鹫方争跃，满汉问题又挑拨；外忧内患无已时，祸根推是湘人作。我闻此事心惨焦，赧颜无语谢同胞；还将一段同乡话，说与湘人一解嘲。洪杨当日聚群少，天父天兄假西号；湖南排外性最强，曾侯以此相呼召；尽募民间侠少年，誓翦妖民屏西教；蚌鹬相持渔子利，湘粤纷争满人笑；粤误耶稣湘误孔，此中曲直谁能校？一自西船向东驶，民教相仇从此起；此后纷纭数十春，割土赔金常坐此；北地终招八国兵，金城坐被联军毁；拳民思想一朝熄，又换奴颜事洋鬼；国事伤心不可知，曾洪曲直谁当理？莫道当年起事时，竟无一二可为师：罗山乡塾教兵法，数十门生皆壮儿；朝来跨马冲坚阵，日暮谈经下讲帷；今时教育贵武勇，罗公此意从何知。江彭游侠时惟耦，不解忠君惟救友；意气常看匣里刀，肝肠共矢杯中酒；江公为护死友骨，道路三千自奔走；曾侯昔困南昌城，敌垒如云绕前后；彭公千里往救之，乞食孤行无伴偶；芒鞋踏入十重围，大笑群儿复何有。桂阳陈公慕嚣述，湘乡王公兵反侧；大势难将只手回，英雄卒令吞声没。更有湘潭王先生，少年击剑学纵横；游说诸侯成割据，东南带甲为连衡；曾胡却顾咸相谢，先生笑起披衣下；北入燕京肃顺家，自请轮船探欧亚；事变谋空返湘渚，专注《春秋》说民主；廖康诸氏更推波，学界张皇树旗鼓。呜呼吾师志不平，强收豪杰作才人；常言湘将皆伧父，使我闻之重抚膺。吁嗟往事那堪说，但言当日田间杰：父兄子弟争荷戈，义气相扶团体结；谁肯孤生匹马还，誓将共死沙场穴；一奏军歌出湖外，推锋直进无人敌；水师喷起长江波，陆军踏过阴山雪；东西南北十余省，何方不睹湘军帜。一自前人血战归，后人不叹《无家别》：城中一下招兵令，乡间共道从军乐；万幕连屯数日齐，一村传唤千夫诺；农夫释耒只操戈，独子辞亲去流血；父死无尸儿更往，弟魂未返兄逾烈；但闻嫁女向母啼，不见当兵与妻诀；十年断信无人吊，一旦还家谁与诘；今日初归明日行，今年未计明年活；军官归为灶下养，秀才出作谈兵客。只今海内水陆军，无营无队无湘人；独从中国四民外，结此军人社会群。茫茫回部几千里，十人九是湘人子；左公战胜祁连山，得此湖南殖民地。欲返将来祖国魂，凭兹敢战英雄气。人生壮略当一挥，昆仑策马瞻东西；东看浩浩太平海，西望诸洲光陆离；欲倾亚陆江河水，一洗西方碧眼儿。于今世界无公理，口说爱人心利己；天演开成大竞争，强权压倒诸洋水；公法何如一门炮，工商尽是图中匕；外交断在军人口，内政修成武装体；民族精神何自生，人身血肉拼将死；毕相拿翁尽野蛮，腐儒误解文明字。欧洲古国斯巴达，强者充兵弱者杀；雅典文柔不足称，希腊诸邦谁与敌？区区小国普鲁士，倏忽成为德意志；儿童女子尽知兵，一战巴黎遂称帝；内合诸省成联邦，外与群雄争领地。中国于今是希腊，湖南当作斯巴达；中国将为德意志，湖南当作普鲁士。诸君诸君慎于此，莫言事急空流涕。若道中华国果亡，除是湖南人尽死。尽掷头颅不足痛，丝毫权利人休取。莫问家邦运短长，但观意气有终始。埃及波兰岂足论，慈悲印度非吾比。我家数世皆武夫，只知霸道不知儒；家人仗剑东西去，或死或生无一居。我年十八游京甸，上书请与倭奴战；归来师事王先生，学剑学书相杂半；十载优游湘水滨，射堂西畔事躬耕；陇头日午停锄叹，大泽中宵带剑行；窃从三五少年说，今日中原无主人；每思天下战争事，当风一啸心纵横。地球道里凭空缩，铁道轮船竞相逐；五洲四入白人囊，复执长鞭趋亚陆；探马惟摇教士钟，先锋只著商人服；邮航电线工兵队，工厂矿山辎重续。执此东方一病夫，任教数十军人辱；人心已死国魂亡，士气先摧军势蹙。救世谁为华盛翁，每忧同种一书空；群雄此日争追鹿，大地何年起卧龙。天风海潮昏白日，楚歌犹与笳声疾。惟恃同胞赤血鲜，染将十丈龙旗色。凭兹百战英雄气，先救湖南后全国。破釜沉舟期一战，求生死地成孤掷。诸君尽作国民兵，小子当为旗下卒。”

九七

上海曾志忞，留学东京音乐学校有年，此实我国此学先登第一人也。今日不从事教育则已，苟从事教育，则唱歌一科，实为学校中万不可阙者。举国无一人能谱新乐，实社会之羞也。曾君顷编一书，名曰《教育唱歌集》：凡为幼稚园用者八章，寻常小学用者七章，高等小学用者六章，中学用者五章；皆按以谱，而于教授方法，复恳切说明。凡教师细读一过，自能按谱以授。从此小学唱歌一科，可以无缺矣。吾见刻本，不禁为之狂喜。原诗卷首有“告诗人”一条，足为文学家下一针砭而增其价值，兹录如下：

曰恋，曰穷，曰狂，曰怨，四者古今诗人之特性，舍此乃不足以成诗人。其为诗也，非寒灯暮雨，即血泪冰心；求其和平爽美，勃勃有春气者，鲜不可得。且好为微妙幽深之语，务使妇孺皆不知，惟词章家独知之，其诗乃得传于世。总言之，诗人之诗，上者写恋穷狂怨之态，下者博渊博奇特之名，要皆非教育的、音乐的者也。近数年有矫其弊者，稍变体格，分章句，间长短，名曰学校唱歌，其命意可谓是矣。然词意深曲，不宜小学，且修辞间有未适，于教育之理论实际病焉。虽然，是皆未得标准以参考之耳。欧美小学唱歌，其文浅易于读本。日本改良唱歌，大都通用俗语。童稚习之，浅而有味。今吾国之所谓学校唱歌，其文之高深，十倍于读本；甚有一字一句，即用数十行讲义，而幼稚仍不知者。以是教幼稚，其何能达唱歌之目的？谨广告海内诗人之欲改良是举者，请以他国小学唱歌为标本，然后以最浅之文字，存以深意，发为文章。与其文也宁俗，与其曲也宁直，与其填砌也宁自然，与其高古也宁流利。辞欲严而义欲正，气欲旺而神欲流，语欲短而心欲长，品欲高而行欲洁。于此加意，庶乎近之。

其所编之歌，亦煞费苦心，如其《告诗人》篇中之言。兹摘录数折：

老鸦（幼稚园用）

老鸦老鸦对我叫，老鸦真正孝。老鸦老了不能飞，对着小鸦啼。小鸦朝朝打食归，打食归来先喂母，自己不吃犹是可，母亲从前喂过我。

马蚁（寻常小学校用）

马蚁马蚁到处有，成群结队满地走。米也好，虫也好，衔了就往洞里跑。谁来与我争，一齐出仗，大家把命拼。不打胜仗不肯回，守住洞口谁敢来？好好好！他跑了。得胜回洞好。有一处，更好住，要做新洞大家去。

莫说马蚁马蚁小，一团义气真正好。人心齐，谁敢欺？一朝有事来，大家都安排。千千万万都是一条心，邻舍也是亲兄弟，朋友也是自家人。你一担，我一肩，个个要争先。你莫笑，马蚁小，义气真正好。

黄河（中学校用）

黄河黄河出自昆仑山，远从蒙古地，流入长城关。古来圣贤，生此河干。独立堤上，心思旷然。长城外，河套边，黄沙白草无人烟。思得十万兵，长驱西北边。饮酒乌梁海，策马乌拉山。誓不战胜终不还。君作铙吹，观我凯旋。

九八

有自南昌以谭壮飞遗诗一章见寄者，盖戊戌入都留别友人之作云。吉光片羽，愿与来者共宝之。诗云："家国两愁绝，人天一粲然。只余心独在，看汝更千年。世界几痕梦，微尘万座莲。后来凭吊意，分付此山川。"

一〇〇

美人香草，寄托遥深，古今诗家一普通结习也。谈空说有，作口头禅，又唐宋以来诗家一普通结习也。狄楚卿之诗，殆兼此两种结习而和合之，每诗皆含有幽怨与解脱之两异原质，亦佳构也。兹录其近作一章："又有东风拂耳过，任他飞絮自蹉跎。金轮转转牵情出，帝网重重酿梦多。珠影量愁分碧月，镜波掠眼接银河。为谁竟著人天界，便出人天也奈何。”此体殆出于谭浏阳。浏阳诗：“无端过去生中事，兜上胧朦业眼来。”“徐甲倘容心忏悔，愿身成骨骨成灰。”“死生流转不相值，天地翻时忽一逢。却喜无情成解脱，欲追前事已冥蒙。”等句，皆是也。

一一六

有投笺者曰：“公洒沥热血，唤起国魂，爱国之杰，今古推敬。贵报曲终奏雅，附列诗歌，最发深省。友人唾莽者，长沙志士。感种族之将烬，代一棒于当头，撰有诗歌，不忍独嗜，谨介贵报，以备采登。此君于戊戌之变，有句云：‘石气古逾劲，兰心秋岂摇？’志士诵之，多泣下者。渠游日本东京，它日相逢，此其媒介。”谨读所寄有《灭种吟》十二章，以乐府体，熔铸进化学家言，而每章皆有寄托，真诗界革命之雄也；具录之：《悲恐龙》：“哀龙哀龙，产于美国槐衣乌密洲，长三丈兮高丈五；前短肢兮后长肢，尾大脊巨气虎虎。借问此种何处寻？石垩层中时太古。吁嗟乎！此鸟非无同种禽，始祖鸟兮名最尊。无嘴之口森利齿，强莫强兮皆不存。汝与哀龙共血族，恐龙殄灭何速速。白华丽国好战场，得毋同种相鱼肉？”《莫捕猫》：“请君莫捕猫，留猫捕野鼠。君不见，吉黎山下一丛兰，移向纽西仑中翻失所。莽莽平原野鼠狂，蜜蜂游此填贪肠。吁嗟乎！蜜蜂游此填贪肠，雄茎雌蕊空开张；谁衔花粉于其房，兰种将绝余心伤。又不见，纽西村落兰欲语，蜜蜂翩翩故容与，传精送子全恃汝；食蜂野鼠何独无？此间赖有猫逼处。请君莫捕猫，留猫捕野鼠（原注：此诗感戊、庚之交捕党人而作）。”《东市骨》：“地中海旁风泱泱，麦痕东市磷火凉。中有一洞穿地核，多少遗骨纵横僵。洞熊洞狮与犀牛，其骨庞大无与行。昔时强梁兽中杰，群兽咋舌神颓唐。汝既不能智，兼之不能群；平生伎俩弱同种，可怜断送强中强。兽兮无知不足语，胡为人也瘗其旁？昂昂须眉丈夫子，额高于鼻身手长；千五九六立方糎，是为脑髓头中藏；昔年血族衍何许，得毋如兽先自戕？吁嗟乎！洪积时代已如此。茫茫来日心焉伤。”《无针蜂》：“澳洲土蜂古无针，小小世界容浮生。胡为有针之窝蜂，拦入尔界强哉争？有针者胜无者沦，天演之律胡不平？吁嗟乎！土蜂身后无子孙，窝蜂徒党方纵横。”《大蟋蟀》：“俄罗蟋蟀大且长，秋宵月冷登战场。笼中骨肉方斗力，谁知安息新种侵其疆。旧种昂昂犹自戕，谓汝新种身小乌敢当。吁嗟乎！古今胜负洵无常，大者长者翻灭亡，小而智者进化还未央。”《善鸣鸟》：“西瀛苏格兰，有鸟名画眉；善鸣之技擅一世，自谓雄长枝中枝。何方更产斑画眉，群群而来光奇离。鸣者鄙其不善鸣，嘈嘈唧唧咸忽之。居无几何彼族滋，昔时故族晨星稀。”《枝寄生》：“昔年一林青葱葱，廿余种木杈枒撑；不雹不凌年数更，只余数木交纵横。中有一种奇绝伦，十余新种枝寄生。”《甘穆番》：“伯令海峡万态碧，甘穆斯岛水中宅。土民十万孳洪荒，酋长团体矜地僻。谁知他族来绵绵，强权个个主为客；薙之吸之牛马之，可怜血洒乾坤赤。借问番种赢几何，数万愚奴待天择。”《煤层空》：“丛林既灭生莓苔，莓苔灭后生微虫。飞鱼灭虫鸟灭鱼，更产他种亡哀龙。非禽非兽过渡时，惟有蝙蝠凌长风。自此递生鼠兔□，虎豹犀象犬与熊。迭生迭灭杀气横，惟熊稍近人乃雄。熊渐灭兮猿愈灵，乃与其所余禽兽，誓扫山都木客称霸于山中。吁嗟乎！山都木客战胜方告终，毛氏猺獠翻战攻。就中数种心文明，絷之逐之戮之开鸿蒙。吁嗟乎！黄白二种争主盟，危乎一发樱黑红。高等人朽煤层空，生灭灭生何时穷？”《前猿劣》：“人兮人兮猿化身，人与人猿争乾坤。后优前劣力不敌，世界猿种几希存。亚洲之猿亦多族，至今惟余吉贲、倭兰两种猿；斐洲有何猿？名者仅遗戈栗金木之孙子。其余近人之智猿，惟有美门僻岭而已矣。吁嗟呼！猿猿战罢人战猿，同种异种多战死。请问猿猿人猿权力强弱何以逼？脑髓重轻比比比。”《悲旧兽》：“君不见，李徒尼亚之野牛，苏格兰国之赤鹿；当时强硕无与京，同种寒心咸侧目。更有庞熊产诺威，同此冥顽自鱼肉。借问状态今何衰，他种炎炎来大陆。况乃生聚繁哉繁，危乎危乎汝旧族。”《长角牛》：“黑牛戴长角，群中称卓卓。栏边沧海无波澜，谁知短角来相残。昔年雄态渺何处，祇今遗骨寒灰寒。约师克见人何愚，佥谓毒疫戕其躯。吁嗟造化胡为乎，能使短角之牛同时同地灾独无。”

一一九

乐学渐有发达之机，可谓我国教育界前途一庆幸。苟有此学专门，则吾国古诗今诗，可以入谱者正自不少；如岳鄂王《满江红》之类，最可谱也。近顷横滨大同学校为生徒唱歌用，将南海旧作《演孔歌》九章谱出，其音温以和；将鄙人旧作《爱国歌》四章谱出，其音雄以强：能叶律如是，是始愿所不及也。推此以谱古诗，何忧国歌之乏绝耶？今录其谱如下：

演孔歌谱之一

C调 4/4

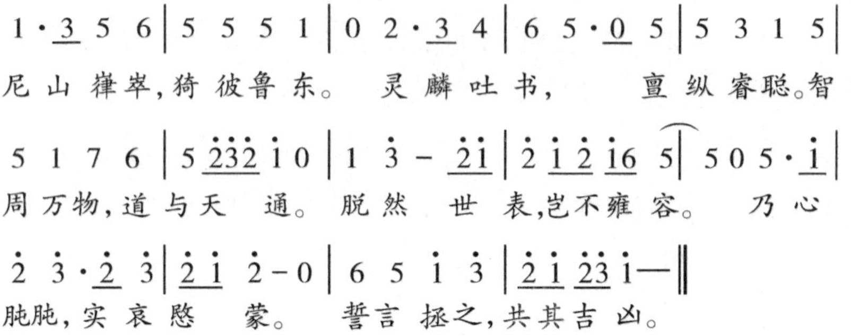

爱国歌谱之一

C调 4/4

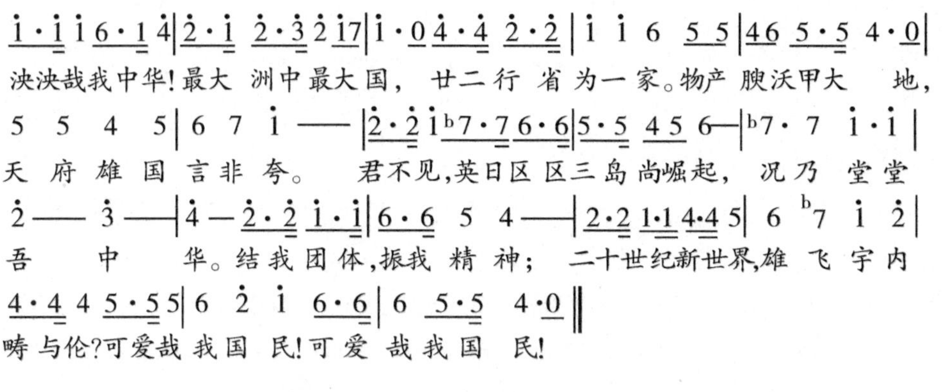

一二〇

今欲为新歌，适教科用，大非易易。盖文太雅则不适，太俗则无味。斟酌两者之间，使合儿童讽诵之程度，而又不失祖国文学之精粹，真非易也。杨晰子之《黄河》《扬子江》诸作，庶可当之。亚雅音乐会之成立，鄙人尝应会员诸君之命，撰《黄帝》四章。该会第一次演奏，即首唱之；和平雄壮，深可听，但其词弗能工也。今将谱与文两录之：

一　赫赫我祖名轩辕，降自昆仑山。北逐獯鬻南苗蛮，驰驱戎马间。扫攘异族定主权，以贻我子孙。嗟我子孙无忘无忘乃祖之光荣！

二　温温我祖名轩辕，世界文明先。考文教算明历元，还将医药传。科学思想寻厥源，文明吾最先。嗟我子孙遗传继续乃祖之光荣！

三　巍巍我祖名轩辕，明德一何远。手辟亚洲第一国，布地金盈寸。山河锦绣烂其明，处处皆遗念。嗟我子孙保持勿坠乃祖之光荣！

四　绳绳我祖名轩辕，血胤多豪俊。秦皇、汉武、唐太宗，寰宇威棱震。至今白人说黄祸，闻者颜为变。嗟我子孙发扬蹈厉乃祖之光荣！

黄帝歌谱之一

C调

2 2 2 1|2 — 3 3|5 5 6 5|3 ——·|3 3 5 5|
赫赫 我祖名　轩辕，降自 昆仑 山。　北逐 獯鬻

6 6 5 3|2 2 2 1|2 ——·|6 6 7 7|5 — 3 5|
南苗蛮，驰驱 戎 马 间。扫　攘异 族定 主　权，以

6 6 5 3|6 ——·|7 — 7 6|5 5 3 5|6 6 5 3|2 ——·‖
贻我子孙。嗟　我　子 孙 无忘 无忘乃 祖之光 荣！

又《终业式》四章：

一　国旗赫赫悬当中，华旭照黄龙。国歌肃肃谐笙镛，汉声奏

《大风》。借问仪式何其隆？迎我主人翁。於乎！今日一少年，来日主人翁。

二　五千年来文明种，神裔君传统。二十世纪大舞台，天骄君承宠。国民分子尽人同，责任君惟重。於乎！眇眇一少年，中国主人翁。

三　众生沉痛吾其恫，吾将储药笼。国民奋飞吾其雄，吾待毛羽丰。不然赤手双拳空，壮语终何用？於乎！以何一少年，成就主人翁。

四　前途进步靡有穷，一得宁自封？河伯语海含骄客，辽豕真如梦。业耶业耶终未终，来日君珍重！於乎！勉勉一少年，无忝主人翁！

终业式谱之一

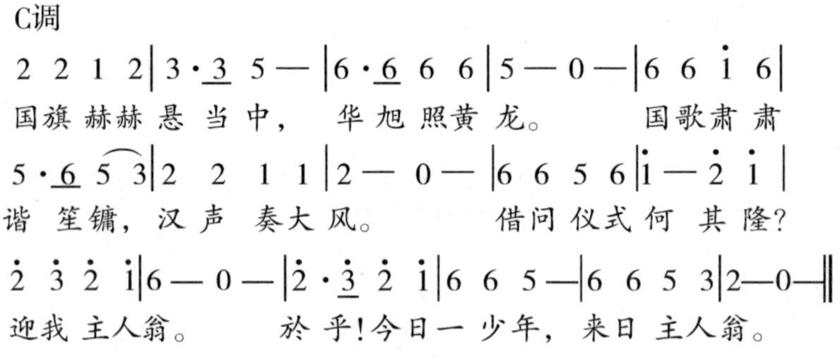

一三七

欧美学校，常有于休业时学生会演杂剧者。盖戏曲为优美文学之一种，上流社会喜为之，不以为贱也。今岁横滨大同学校年假时，各生徒开一音乐演艺会，除合歌新乐府外，更会串一戏。曰《易水饯荆卿》。其第一幕《饯别》内有歌四章，以《史记》所记原歌作尾声，近于唐突西施，点窜《尧典》；然文情斐茂，音节激昂，亦致可诵也。今录之：“等闲谭笑见心肝，壮别宁为儿女颜？地老天荒孤剑在，风萧萧兮易水寒。呜！呜！风萧萧兮易水寒，壮士一去兮不复还。（一解）啼鴂声声行路难，夕阳虽好近黄昏；不啼清泪长啼血，风萧萧兮易水寒。呜！呜！风萧萧兮易水寒，壮士一去兮不复还。（二解）天地无情岁又阑，恩仇稠叠泪阑干。男儿死耳安足道，风萧萧兮易水寒。呜！呜！风萧萧兮易水寒，壮士一去兮不复还。（三解）别时容易见时难，我欲从之路阻艰。既悲逝者行自念，风萧萧兮易水寒。呜！呜！风萧萧兮易水寒，壮士一去兮不复还。（四解）”右歌于席间酒酣唱之，前后皆唱俗乐，独此四章拍以新谱，用风琴节之。每章前四句以扮高渐离者独唱，其“呜！呜！”以下，则举座合唱，声情激越，闻者皆有躬与壮会之感。兹并录其谱：

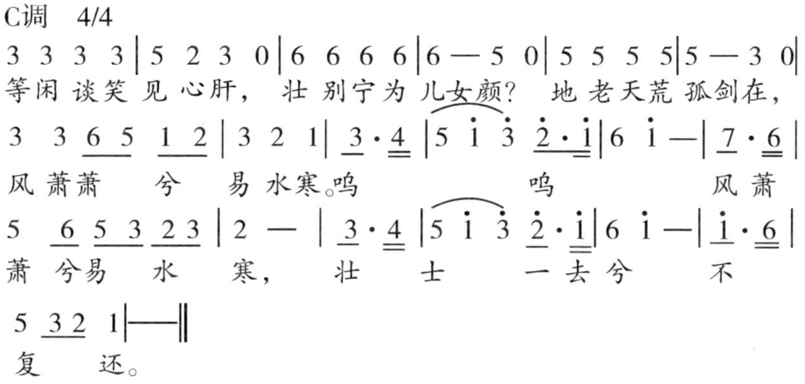

饮冰室诗话拾遗[①]

一

南海先生在美洲近寄数诗，其一题云："广陈登莱及门人陈继俨，募修白沙先生嘉会楼、楚云台，求题二额。追思与简竹居旧游，写寄二子。"诗云："世界之学派，心物别两支。希腊索格底，印度释牟尼。神我标妙谛，一切相弃遗。耶氏言灵魂，佛说出余枝。大概古教主，灵明多主之。开口讲明德，大学第一辞。孔道虽兼赅，作圣贵睿思。万物备于我，孟氏发精奇。象山遥接绪，指心之论师。江门风月深，静中养端倪。得此把柄入，万化皆我随。天地可阖辟，世界等尘微。渺绝姑射仙，绰约冰雪姿。大教移薄海，姚江醱其醨。尚想楚云台，妙契出希夷。吾缅乡先生，岭学光在兹。畴昔曾斋心，超出造物儿。既现救国身，未肯脱垢衣。不忍心难绝，且复随慈悲。大地无不到，现身无不为。猥以行患难，美洲道逶迟。前游二十年，黄云紫水湄。吾友简朝亮，硕德竹猗猗。携手登钓台，展裳谒遗祠。抚摩碧玉珪，瓣香献所思。踌躇嘉会楼，尚想旧风规。圭山端以直，紫水清以漪。方今易新世，学风尽扫披。举国饮狂泉，功利醉于饴。谁肯搜文献，拂拭有道碑。我过欧列国，好古贤是希。坏宅千百年，修旧加敬之。岂料两陈子，古义照须眉。慨修前贤迹，命我题其楣。教宗有运会，盛衰可感欷。千年太平后，心学重张施。中国学必光，视我白沙诗。"吾先生夙以陆王学迪后进，而尤契白沙。盖十年西樵，所证略

① 据张海珊辑：《饮冰室诗话拾遗》，《古代文学理论研究》第七辑，上海古籍出版社1982年11月版。

同也。读此诗犹穆然想见万木讲学时尔。

其二题云："吾曾经滑铁卢，见擒拿破仑处。及在巴黎，观其陵墓旗旌纪功坊，壮丽甚矣。及游蜡人院，见拿翁帐中殗殜状，为凄然于盖世雄也。赋诗写寄任弟。"诗云："滑铁卢中龙血黄，囚龙荒岛太苍凉。万里战云收绝海，十年霸业对斜阳。旌旗惨淡藏归椋，观阙华严指古坊。最痛缌帷殗殜处，奈何低唱月微茫。"

其三为《巴黎登汽球歌》，诗云："超超乎，我今白日上青天。杳杳乎，俯视地上山与川。身轻浩荡入云雾，脚底奇特耸峰峦。巍楼峻宇如蚁穴，车驰马跃似蚁旋。千尺铜楼宇内高第一，下览若插尖笔端。大道荡荡转羊肠，么麽牌坊拿破仑。青绿邱壑大如掌，乃是廿里裒伦大公园。巴黎天下大都会，百万户口绕风烟。人民城郭数历历，回风飘飘天上船。渺渺青霄游惝恍，不知是何世界、何川原。德英罗马皆羃羃，埃及突厥何圈豚。或者已度东亚海，临睨禹域为潸然。或者去我恶浊世，突出诸天之外焉。诸天世界多乐土，一星一界何殷繁。礼乐文章皆别特，七宝绚烂生妙莲。音声有树乐自发，其论微妙入神颠。其俗大同无争斗，其世太平人圣贤。神瀵饮罢颜色好，香积食既善见宣。但有喜乐无哀怒，长寿无量亿万千。忽视地球众生苦，哀尔多难醉腥膻。诸天亿劫曾历尽，无欣无厌随所便。不忍之心发难灭，再入地狱救斯民。特来世间寻烦恼，不愿天上作神仙。复从虚空降尘土，回望苍苍又自怜。问我何能上虚空，汽球之制天无功。汽球周围十余丈，中实轻气能御风。藤筐八尺悬球下，圆周有阑空其中。长绳絙地贯筐内，绳放球起渐渐上苍穹。长绳一割随风荡，飘飘碧落游无穷。吾后登者球堕地，诸客骨折心忡忡。吾女同璧后来游，球不复用天难通。我幸得时曾升天，天上旧梦犹迷蒙。"

其四为《加拿大海岛卧病岁暮感怀五首》，诗云："东辽鼙鼓人中立，西藏风云我不知。绝好江山谁筦领，空看书画想迷离。从何说起中朝事，日饮亡何长夜悲。忽念祖宗开国略，艰难百战是何时。""八道山川磨逻青，旧封箕子不神灵。殷商血属惟存汝，晋楚干戈可有名。保护有人宁遣使，太平无事可裁兵。汉阳姬氏於今尽，周鼎摩挲目不瞑。""王母瑶池丽上清，蟠桃正熟赐飞琼。钧天广乐闻同醉，骊火烧烽不少惊。欲劝长星来饮酒，更增围猎一开营。海枯天陨生何世，哀我蒸黎痛失声。""华胥梦入境迷蒙，又骤迷途大雾中。众瞽呶呶同论日，群雌粥粥乃无雄。狂泉大饮奇歌舞，博夜摸行失北东。独有餐毡北海者，冰天雪窖卧书空。”“纵横宙合周寰宇，飘泊身名度落机。泽畔行吟无远近，海边啮雪太支离。一年垂尽阴阳战，万树僵枯云物悲。谁识伍胥吴市日，鬓须全白异当时。”

二

有自署菊隐者，以其友山阳曹民父《感旧述怀六十韵》见寄，盖丙午上元后一日旅日京作云。余读之，盖卓然作者之林矣。亟录以谂同好。诗云：“西风思故乡，沧海八千路。去国九十日，流光一以误。志大学不足，时穷日已暮。开轩看明月，清辉满庭户。年年此元宵，月与我如故。焉知今在斯，照我廿三度。拥炉坐沈思，寒灰久埋箸。感叹忆童时，由来心力富。读书异群儿，往往邀时誉。颇闻大人言，此子资殊趣。善储羽毛丰，健翮当远翥。尔时方幼稚，意气高驰驭。无欢亦足娱，欣欣自悦豫。癸巳我十龄，始效为章句。荏苒甲乙间，俗文纷营骛。丙丁新火明，旧梦稍已悟。翻覆戊己事，新旧乃交恶。庚子奖顽民，迷惑令人惧。我时杜里门，朋辈如云聚。春风载酒游，秋雨分题赋。寻常欢会时，众人寡思虑。而我独幽忧，侘傺多愁绪。良辰未尝乐，佳节都枉负。前途何茫茫，所届未知处。横流何滔滔，欲泊不得住。淹留逮壬寅，投冠出门去。春江三月花，枝枝浥晓露。所嗟湖海大，落魄渺小杜。倦游复归来，癸卯再之沪。言从老子游（谓湘伯马师），日与新知晤（震旦诸同学）。中间一入吴，偶为十日驻。寒山夜闻钟，孤帆隔江渡。前年始南行，山水遘幽遇。盈盈青溪波，萧萧白门树。奈何大都中，贤豪亦有数。高材只舌人，名士多伧父。世浊孰能清，吾亦行吾素。世梦孰能狂，吾将挟吾具。眼高力不胜，实至名乃副。勉之爱国心，首贵识时务。东邻乞新火，末光愿依附。黑暗期尽驱，文明灿然著。溯从浮海来，烟波旷四顾。遥遥是何山，旭日笼朝雾。扶桑鸣天鸡，蓬岛泛轻鹭。触眼新山河，归梦陡惊寤。辗转更岁华，家书极盼竚。小馆雪压檐，竟日飞浓絮。岁寒迫风霜，警我心弥怖。谁能共胆肝，忧乐均相护。昔昔我犹人，牙牙初学语。晨兴理吾书，入学还就傅。惜阴如惜金，进德如进步。去冬误荒嬉，往事那可诉。少年实无谋，徒逞血气怒。倡言拂衣归，联袂互分付。毋乃空贻讥，智不若臭乳。因知智远人，为学重根据。区区小子心，绵绵尺书布。”

三

民父复有《今别离四章》，盖假人境庐也。诗成，以质陈义甯（伯严）。义甯曰：绝作不可再有，虽工亦可不存。遂自摧弃其稿。菊隐从他报捡以见寄，诵一过，理想气格，俨然人境也。今人境逝矣，此诗不可不传，乃录之：“西邻有归人，新自西洋至。昨来畀锦囊，署名诒君寄。解囊欣相看，杂然陈百戏。百戏亦寻常，就中有奇器。既非蜡丸书，陈箧讶缄秘。取置镜台前，颇与君颜类。俨具傀儡形，微嫌丰彩异。端坐澹无言，索索寡生气。离心久成灰，那有惜别泪。持以示娇儿，娇儿不解事。呼爷乃弗应，牵衣诘三四。道是刻烛成，抚视亦何济。对此恨转生，作俑谁阶厉。使妾增烦忧，人反为物累。徒以供摩挲，不如竟捐弃。”“忆君临别时，言驾沧海航。海水深难测，不及离情长。闻君惜分手，念妾心神伤。望洋每兴叹，涕泗常淋浪。妾自君之出，懒起梳新妆。门前祓除水，来自大西洋。此水不可盥，中有泪双行。妾泪与君俱，流入洋中央。燠日蒸为雨，滴到君衣裳。相思泪合并，两地徒凄凉。安得铁线桥，万里成津梁。”“大陆太无情，误煞小儿女。明月本团体，恨被地轮阻。轮转一周天，相隔不相睹。况君更远行，思之倍酸楚。对月独徘徊，有谁亲笑语。月圆得几回，地圆自终古。缺陷有情天，那见娲皇补。放眼览千秋，遗憾满寰宇。地或悲陆沈，月不常三五。但识团栾欢，畴知别离苦。聚散本靡常，成毁何足数。人生几良宵，何时共居处。愿学费长房，缩地与月距。光明无缺点，普照神州土。”“君名震环球，踪迹遍五洲。自与君离别，一日如三秋。不识君行止，安用通书邮。今晨读朝报，色喜忘忧愁。知君去非澳，游历及美欧。伦敦暂栖息，纽约逍遥游。家山未恝置，海岛时勾留。及时且行乐，人生贵自由。感君不忘妾，爱恋形诗讴。中外竞传诵，报纸称殊尤。远闻汽笛声，疑是君归舟。”

四

菊隐复寄民父二律，其一为《除夕与同郡诸子醵饮》：“江海迢迢别里门，一年事去倍销魂。残冬异国惊风雪，短夜乡朋聚酒尊。人为时穷感迟暮，独嗟岁晚恋黄昏。相怜今夕思归梦，空绕家山弟几村。”其二为《元日又雪》：“元日春声不复闻，西风小馆雪缤纷。数楼临水成珠阙，千树隔山封白云。忽忆家园初有信，最难海外合吾群。三年佳节客中负，到此羁愁更十分。”

五

与穗卿一别八年。今春正月，君东游，访余于箱根环翠楼；诵杜诗“十觞亦不醉，感子故意长”之句，不自觉其情之移也。君见赠一律云：“自从多难相离后，握手犹疑各梦魂。风雨沈沈灯火暗，杯盘草草语言温。十年旧事归青史，一卧沧江剩酒痕。扶醉登楼西望久，白云何日出山村。”

六

籚伊曾两度寄诗，余剧爱之。月前又承寄《乙巳岁暮杂感》四律，复采实诗话：“辉牖残阳乍暖人，孤城愁绝暮笳新。坐来书卷非闲日，静任衣裳住暗尘。曲巷梅苏春绰绰，霜空云薄晚鳞鳞。年光照客同消瘦，独向风前惜病身。”（《独适》）“寸心弱尽惊风雨，还折枯枝挽去春。醒醉各非甯酒怨，死生常觉与身邻。灯前突兀三年梦，话里凄惶一掬尘。此日岑楼弹指现，海天寂灭反吾真。”（《学界近事有感》）“楼冘衣单万籁稀，神州回首暮烟微。天痕隐隐疏星出，海色苍苍独鸟飞。故里欲寻真自调，残年无语当人归。裁书总被新愁误，无那相思两地违。”（《登大森海楼有怀伯兄津门》）“江上梅花怨索居，思归无计作归无。忘情自许宜今世，投笔终惭去故都。身外惊疑因及尔，天边消息独怜吾。玉关未绝征鸿信，一夜寒声起岸芦。”（《思家》）

七

菊隐复以民父无题集句六律见寄。盖所集者限于坊本唐诗三百首云。集句本游戏之作，大雅弗尚。然佳者殊能令人相说以解。若此六章，真可谓裁缝灭尽针线迹者矣。亟录之：“小姑居处本无郎，拟托良媒亦自伤。蜡烛有心还惜别，罗衣欲换更添香。斑骓只系垂杨岸，海燕双栖玳瑁梁。吊影分为千里雁，江流曲似九回肠。”“银烛秋光冷画屏，碧天如水夜云轻。扇裁月魄羞难掩，泪尽罗巾梦不成。九月寒砧催木叶，三边曙色动危旌。天长地远魂飞苦，别有幽愁暗恨生。”“更问神仙还不还，故园东望路漫漫。鸳鸯瓦冷霜华重，络纬秋啼金井阑。芳草独寻人去后，夜吟应觉月光寒。身无彩凤双飞翼，独宿江城蜡炬残。”“蓬莱此去无多路，不惜珊瑚赠与人。神女生涯原是梦，贾生才调更无伦。红颜未老恩先断，流水无情草自春。寂寂江山摇落处，渭城朝雨浥轻尘。”“桃李阴阴柳絮飞，碧阑干外绣帘垂。花开堪折只须折，君问归期未有期。顾我无衣搜尽箧，怜君何事到天涯。此情可待成追忆，临别殷勤重寄词。“缓歌漫舞凝丝竹，公主琵琶幽怨多。直道相思了无益，空令岁月易蹉跎。玉颜不及寒鸦色，媚眼唯看宿鹭窠。行到中庭数花朵，水晶帘卷近秋河。”

八

有自署秋华者，以其友敬庵诗一首见寄。题云：“读饮冰室诗话中曹民父《感旧述怀六十韵》感赋，并述余之志。”读竟，觉与曹作工力正相敌，亟录之。诗云：“苍山十万重，明月八千里。人生二十年，奈何一弹指。秋宵夜雨长，春日风情绮。感之最难忘，盈盈爱河水。忆余幼年时，由来痴顽子。攀屋每折足，入学多提耳。顾闻大人言，此子质良美。超奇逸惊尘，综密近文史。当时虽不解，张口窃自喜。壬寅年十六，陡悟俗学耻。仓皇理征装，长驱从此始。初泛鄂江湄，旋游浉水涘。首读政变书，乃识民权理。癸卯入金陵，问学多疑似。其年秋冬间，始交钟毛氏。二子志良殷，高言汉宋髓。思想既全更，性情乃自矢。萧条明故宫，犹余钟山屺。败石咽寒泉，残月照秋垒。伤心孝陵土，颓然已半圮。我昔发幽情，泪下不可止。自从来东邦，倏忽一年矣。政论服时贤（谓新会梁任公先生），教宗契高士（九江桂君柏华去年在东余曾向问佛教概旨）。尤有新知乐，日文渐可拟。粗识学海阔，愧奋益难已。亦尝闭门坐，凝神收听视。默念国前途，忧爱情并起。溯从有文明，已历四百纪。环顾五大洲，后进谁能比。流风虽暂歇，盛德乌可靡。况有众国民，宁容逞奸宄。独怪留学界，迩来象何否。日日言民德，日日行卑鄙。日日言士气，又流为嚣侈。东扶却西倒，南挽更北驶。伤哉贤者心，抚□[①]嗟无技。小子每自思，责人先责己。志节苟坚定，圣贤岂难企。我躬苟不恤，哓哓徒为耳。立兹自鞭策，切勿偶自弛。敬告天下人，返躬最足恃。岳岳泰山高，清清长河弥。中国傥真亡，除是藐躬死。”

九

有不署名者，以其友井无诗四章见寄，盖学道有得之言也。录之：“有感情时悲欲死，无因缘处却偷生。灵山十万八千路，仍是尘中碌碌行。”“漫漫长夜旦何时，挥日阳公事转奇。惟有惺惺常不昧，悲歌慷慨听邻鸡。”“盲人瞎马夜临池，不著惊忙不意迷。时念弥陀时勒辔，自然光照大千区。”“烈火烧空剧可哀，梵王天上跳身来。灰飞片片原酬愿，却悔当初却转回。”

十

今诗皆不能歌，失诗之用矣。近世有志教育者，于是提倡乐学。然乐已非尽人能学，且雅乐与俗乐，二者亦不可偏废。俗乐缘旧社会之嗜好，势力最大，士大夫鄙夷之。而转移风化之权，悉委诸俗伶。而社会之腐败益甚。此亦不可不察也。客岁横滨大同学校生徒，开音乐会，欲演俗剧一本以为余兴，请诸余。余为撰《班定远平西域》六幕，自谓在俗剧中开一新天地也。中有从军

① 在张海珊辑录《饮冰室诗话拾遗》中，此处有一墨块，以致“抚”字之后的字被遮盖，故而以“□”代替。

乐十二章，乃用俗调十杯酒（又名梳妆台）所谱。虽属游戏，亦殊自憙。乃录其词与其谱：

从军乐，告国民：世界上，国并立，竞生存，献身护国谁无份？好男儿，莫退让，发愿做军人。

从军乐，初进营。排乐队，唱万岁，送我行，爷娘慷慨申严命。弧矢悬，四方志，今日慰生平。

从军乐，乐且和。在营里，如一家，龚厮磨，同生共死你和我。有前进，无后退，行得也哥哥。

从军乐，乐野营。平沙白，灶烟细，月华明，令严夜寂人初静。划然啸，天地肃，奇气与云平。

从军乐，前敌时。枪林立，硝云涌，弹星驰，我军一鼓进行矣。望敌营，白一色，片片是降旗。

从军乐，乐如何？乘雪夜，追敌骑，渡交河，名王系颈帐前坐。下征鞍，了无事，呼酒倡军歌。

从军乐，乐且奇。决死队，摩敌垒，树国旗，黄龙光影蟠空际。十万军，齐拍手，啧啧好男儿。

从军乐，乐无穷。人一世，死一遍，难再逢，男儿死有泰山重。为国民，舍生命，含笑为鬼雄。

从军乐，乐功成。追逐北，横绝漠，扫王庭，敌人城下盟初定。守载书，遵约束，罗拜汉威灵。

从军乐，报国仇。瓜分论，保全说，何纷呶，睡狮一吼惊群兽。六七强，走相告，黄祸正横流。

从军乐，乐太平。弱之肉，强之食，岁靡甯，堂堂一战全球定。主齐盟，洗兵甲，世界永文明。

从军乐，乐凯旋。华灯张，彩胜结，国旗悬，国门十里欢迎宴。天自长，地自久，中国万斯年。

从军乐

C调 2/4

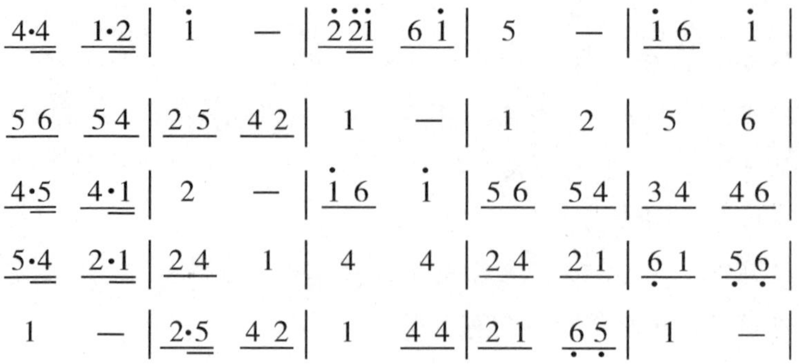

十一

公度先生《拜曾祖母李太夫人墓》一章，集中最得意之作也。其文云：“郁郁山上松，呀呀林中乌。松有荫孙枝，乌非反哺雏。我生堕地时，太婆七十五。明年阿弟生，弟兄日争乳。太婆向母怀，伸手抱儿去。从此不离开，一日百摩抚。亲手裁绫罗，为儿制衣裳。糖霜和面雪，为儿作饦馆。发乱为梳头，脚腻为暖汤。东市买脂粉，靧面日生香。头上盘云髻，耳后明月珰。红裙绛罗襦，事事女儿妆。牙牙初学语，教唱月光光。一读一背诵，清如新炙簧。三岁甫学步，送儿上学堂。知儿故畏怯，戒师莫严庄。将出牵衣送，未归踦闾望。问讯日百回，赤足足奔忙。春秋多佳日，亲戚尽团聚。双手擎掌珠，百口百称誉。我家七十人，诸子爱渠祖。诸妇爱渠娘，诸孙爱渠父。因裙便惜带，将缣难比素。老人性偏爱，不顾人笑侮。邻里向我笑，老人爱不差。果然好状貌，艳艳如莲花。诸母背我骂，健犊行破车。上树不停脚，偷芋信手爬。昨日探鹊巢，一跌败两牙。噀血喷满壁，盘砖画龙蛇。兄妹昵我言，向婆乞金钱。直倾紫荷囊，滚地金铃圆。爷娘附我耳，劝婆要加餐。金盘脍鲤鱼，果为儿下咽。伯叔牵我手，心知不相干。故故摩儿顶，要图老人欢。儿年九岁时，阿爷报登科。剑儿大父旁，一语三摩挲。此儿生属猴，聪明较猴多。雏鸡比老鸡，异时知如何。我病又老耄，情知不坚牢。风吹儿不长，那见儿扶摇。待儿胜冠时，看儿能夺标。他年上我墓，相携着宫袍。前行张罗缴，后行鸣鼓箫。猪鸡与花果，一一分肩挑。爆竹响墓背，墓前纸钱烧。手捧紫泥封，云是夫人诰。祖孙共罗拜，焚香向神告。儿今幸胜贵，颇如母所料。世言鬼无知，我定开口笑。大父回顾儿，此言儿熟记。一年记一年，儿齿加长矣。儿是孩提心，那知太婆事。但就儿所见，依稀记一二。太婆每出入，笼东拄一杖。后来杖挂壁，时见垂帷帐。夜夜携儿眠，呼娘搔背蛘。展转千捶腰，殷殷春雷响。佛前灯尚明，窗隙见月上。大父搴帘来，欢笑时鼓掌。琐屑及乡邻，讥诃到官长。每将野人语，眩作鬼魅状。太婆悄不应，便知婆欲睡。户枢徐徐关，移踵车轮曳。明朝阿娘来，奉匜为盥洗。欲饭爷捧盘，欲羹娘进匕。大父出迎医，舰缕讲脉理。咀嚼分尝药，斟酌共量水。自儿有知识，日日见此事。几年举场忙，几年绝域使。忽忽三十年，光阴迅弹指。今日来拜墓，儿既须满嘴。儿今年四十，大父七十九。所喜颇聪强，容颜类如旧。周山看松柏，不要携杖走。拜跪不须扶，未觉躬伛偻。挂珠碧霞犀，犹是母所授。绣补炫锦鸡，斯自粤西购。一手搴颔须，一手振袍袖。打鼓唱迎神，红毡齐泥首。上头爇红香，中间酌黄酒。青箬苞黍粽，紫丝络莲藕。大父在前跪，诸孙跪在后。森森排竹笋，依依伏杨柳。新妇外曾孙，是婆定婚媾。阿端年始冠，昨年已取妇。随兄擎腰扇，阿和亦十五。长穋次当菻，此皆我儿女。青青秀才衣，两弟名谁某。少者新簪花，捧觞前拜手。次第别后先，提抱集贱幼。一家尽偕来，只恨不见母。母在婆最怜，刻不离左右。今日母魂灵，得依太婆否。树静风不停，草长春不留。世人尽痴心，乞年拜北斗。百年那可求，所愿得中寿。谓儿报婆恩，此事难开口。求母如婆年，儿亦奉养久。儿今便有孙，不得母爱怜。爱怜尚不得，那论贤不贤。上羡大父福，下伤吾母年。吁嗟无母人，悠悠者苍天。”陈伯严评云：“孔雀东南飞、木兰辞后，乃有此奇作绝技，公之斯文若元气，敢诵斯言。”吴季清评云：“独漉王将军歌，石笥李烈女行，表扬忠烈，极雄厚之致。然不能无摹拟之迹。此篇琐述家常，纯用今事，语语从肺腑间流出，貌不袭古，而温柔敦厚之意味，沈博绝丽之词采，又若兼综国风、离骚、乐府酝酿而融化之。陈伯严谓二千年来仅见之作，信然信然。”此诗经两公评骘，鄙人复何能赞一辞。惟读至下半，辄使我泪承睫不能终篇。龚定广诗云：“天亦无母之日月，地亦无母之山川。”以此思哀，哀可知矣。先慈生忌后五日记此。

十二

南海先生以长歌一章见寄，题曰“巡览全美还穿落机山顶放歌”，读之亦可见先生近来志事之一斑也。录入诗话：“祖龙华盛顿开美，十三州凭西洋隅。新蕾百年前未辟，乃为班法之耘耡。南北战余四拾载，西来万里未通车。苍莽落机山，只有荒林穴狐猪。眇眇太平洋，只有烟剪晨捕鱼。三藩息士高与乾沙，五十年前无人家。而今人居拾万户，画楼廿层耸云霞。罗生新辟十八载，公囿华握可惊嗟。拨伦舍路凭山海，市里繁庶亦怪讶。盐湖大镇开自摩门教，多妻被逐来作家。沿海数州皆腴壤，绿阴秀野铺麦麻。麦粉商估遍大地，以农富国机交加。新墨西哥宜水稻，沟洫旧迹出吾华。落机山中数州地，五金煤铁大地夸。余者亦复宜畜牧，牛羊遍野蔽草沙。回顾我中国，三代文化卓。江南粤蜀闽，尚为蛮夷穴。罗施南诏在宋时，犹为鬼国之部落。寰中开辟艰迟犹如此，何况长城外，东西北三角。欧洲大陆罗马初，混混草昧无人觉。日曼森林晋世开，英伦海贼宋末作。埃及以南莽万载，眇眇撒拉大沙漠。统观大地开辟皆甚迟，无有若美之速攫。仗剑草创数郡土，辟莱顺成万里国。盖从机器备文明，更赖铁轨缩地岳。一通气车四十年，万里山河野蛮成神仙。农家楼阁丹青丽，工人士女衣带鲜。小家琴声弄娟娟，熙熙妇子自姿妍。礼容体态中法律，皆从学校通文篇。自从北购亚拉士驾，富庶雄大无伦边。地势东西凭两海，亚欧交通左右便。我惊开辟进化速，时哉时哉，华盛顿林肯之生焉。力少效大古无比，太祖美洲汝为先。往来全美南北路，东西经过三周穿。行道略返五万里，度尽落机四回旋。两洋目极曾登岸，密士失必与微苏剌皆泛船。东方登臼山，西游黄石园。日日抚地图，昔昔考山川。甚妒华盛顿，甚思开新天。横观大地中，岂无荒地翳榛烟。高视霸王图，时来治教起圣贤。波士顿摩新世石，初祖舍我其谁先。从来争内地，尺寸皆奇艰。一城流血以亿万，两雄互得守已单。春秋晋楚争虎牢，三国六朝江淮间。欧洲日曼千里土，千年战血流斑斑。直布罗陀与旅顺，英班俄日争几年。鲁卫宋郑盛文化，地居中原无由前。晋楚燕秦齐强大，处于西陲易拓边。欧陆德法与意奥，千年雄争兵气缠。相吞相割千百里，凯歌高奏称霸尊。师丹焚杀数拾万，所得有几何惨旃。拿破仑志一欧土，万战不就身窜国犹偏。岂若俄辟鲜卑地，英攫澳洲印度与加拿大焉。

萄班地小迫于海，注意新地开最先。只今国弱地频削，散布全美皆孙玄。万年英班必不灭，以种遍地皆根萌。古今国势可以鉴，勿争朝市弃荒原。英智或失愚或得，放逐或福王或怜。南米有大荒，逝将辟地开坤乾，楼船航渡岁亿千。树我种族播我学，存我文明拓我田。移民迅速殖千万，立新中国光亘天。既救旧国辟新国，我族既安强且坚。虽未大同天下乐，我愿庶几救颠连。呜呼！不知何时偿此愿，突兀独立落机雪峰巅。”

十三

雪如复以《虫天》二十三章见寄，以简单之辞，说微妙之法，得未曾有也。视昔人禽言之作霄壤矣。爱不忍释，录饷同嗜：

萤，尔不弢尔明而戕尔生。吁嗟乎！萤，明固尔之天职也，尔乌能全尔生以弢尔明？（《萤》）

蛛，尔之智不如愚。尔智在杀尔，其智之贼乎？（《蛛》）

蠹，尔祸文字耶？文字祸尔耶？抑尔之嗜耶？（《蠹》）

蝜蝂蝜蝂，尔之劳劳。尔谁逸也？蝜蝂蝜蝂，尔之劳劳。尔其性耶？抑尔习也？（《蝜蝂》）

尔巢于人睫，人不尔麾也。为尔之琐琐无可疑也。尔恃而不戒，岌岌其终危也。（《蟭螟》）

一切众生，各有倚著。师尔之智，自茧自缚。（《蚕》）

火炎炎而扑之，而勇可师也。而无成可悲。虽然，天下事未可知也。而之成其终有时。（《蛾》）

尔饮尔啄膏与脂，尔瘠所天以自肥。呜呼！青与脂至有限也，尔胡为乎来蚩蚩。（《虱》）

尔不知生事难耶？尔以一刹那之生，作无量寿观耶？抑无可如何而自闲耶？（《蜉蝣》）

尔腹有物，尔能字之。化非类为类，惟至诚而无私。呜呼，尔之仁可师。（《蠮蛣》）

蜂，尔之劳逸谁所均也？岂尔君之所役，尔为其顺民也。嗟乎！尔之有君，将以群其群也。尔之劳逸，胡不均也。（《蜂》）

伏尸百万，转战千里。异族用命，遇灾知徙。殊能可惊，奇慧可喜。嗟嗟！慧为戎首兮，能为祸舆。自殄其类兮，作俑可诛。（《蚁》）

尔朋游而不争，尔翔洽乎天和。尔逍遥其乐生，尔幸福其最多。（《蝶》）

供汝食者有阿屯之微生，汝曷为终日营营？汝不终日营营，其不能厉彼以自养也。蝇，吾不汝憎。（《蝇》）

尔与龟之相怜，其合以天。伟哉造化，不期然而然，曷所名其蚩妍。（《蛇》）

尔雄伏而雌飞。尔雄粥粥，尔雌跂跂，伊尔之自为。（《蟋蟀》）

而不自有其明，而假目以为生。目之去汝兮，而谁与行？（《水母》）

尔自味其味也。虽享尔以八珍，不能夺尔嗜也。尔自臭其臭也，虽薰尔以都梁，不能易尔鼻也。（《蜣螂蝍且》）

天不可信而可信也，而无营而不饥。天可信而不可信也，而之族将夷，而咨嗟而涕洟，而虽悔何追。（《信天翁》）

尔之相依不可离也，相生相养无差池也。能自爱爱他，谁谓尔无知也。造化之所为耶？抑缺陷尔自弥也？（《海葵海和尚》）

嗟尔之微，能造世界。不可思议，尔何狡狯。我佛有言，是不足怪。纳须弥山，我仅一芥。（《珊瑚虫》）

芸芸大千，微尔无生。尔虽渺乎，是生生之所萌。鲲鹏虽巨，而难尔争。（《阿弥巴》）

尔何所慕，而幻人相。尔如脑镜，能纳万状。何所构造，而孕诸妄。佛说羯摩，为尔凄怆。人类万年，厥荄无恙。（《精虫》）

十四

有自署爱智庐主人者，以《中夜不寐偶成》八章见寄“天下几人学杜甫，谁得其皮与其骨”此诗近之矣。爱不忍释，录入诗话：“扣角悲长夜，迷阳发短吟。英雄欺世惯，（汉高赤帝子之事，彼岂不知其伪？而班彪乃称王命，真腐儒也。）贤圣误人深。（君亲无将之说，苟非本于孔子，霸者亦无所挟持以制后世。故豪杰之误人浅，而贤圣之误人尤甚于庸众也。）地狱谁真入，神州竟陆沉。始知称盗跖，微意费推寻。（庄周愤世既深，而玩圣人亦特甚。知后世霸者有盗跖之行而无盗跖之才，非藉圣人之言以自文不能自恣，故取孔子首攻之。苏轼谓盗跖等篇为后人伪作，欲为庄周讳，必欲琢人于诗礼间，斯不免后世文士之见也。”）“湖海元龙气，销磨益自伤。淮南招隐士，（孔教之国，专制政体之下必多隐逸。盖从孔教，则君臣之义无所逃于天地之间，所谓不仕无义也。而置身专制污君之朝，又节侠之士所鄙夷而不屑，功人功狗皆不能为，故独行隐逸之传史不绝书也［廿四史中无隐逸传者不过一二］）。冀北想孙阳。不索胡奴米，终焚僧达床。作缘殊未易，今日忆真长。”“试数浮图级，曾升第几层。道心常淡泊，傲骨转崚嶒。理解空文字，疏狂愧友朋。阮公时越礼，应自逊孙登。（谓虎柔）”“未能为善恶，生世太无端。梦觉殊难定，轮回若是观。圆球终混沌，方寸有波澜。何必灵椿寿，朝阳（花名）转耐看。”“奇情聊自负，独坐且捶琴。不有忘机者，谁知物外心。龙蛇生大泽，斥鷃喜榆林。性质由来异，相逢谩赏音。”“现在原无我，人生定几回。多情期转世，私语若闻雷。美恶从心理，称讥是祸胎。（利害毁誉，称饥苦乐，能动摇人，释氏谓之八风。而孔子成春秋，专以褒讥为旨，更倡为责备贤者之说，于是中人之材既不敢出其范围，而贤者亦束缚于名教。究之大奸大恶，本非空言所能惧。若下愚不移之小人，又非褒讥之所得施。故孔子以后无圣人，而所谓乱臣贼子仍不绝于世。吾国之退化，毋亦圣人之过欤。）华胥与乌托，惟待梦游来。”“悟道输年少，（孔子三十而立，释迦出家时年二十九，皆少年也。）繁华揽镜看。耶稣多霸气，（建部遯吾思想家年表云，耶稣霸气太棱棱，故不免祸甚。）我佛富悲观。扫荡从根底，清虚到涅槃。生前与死后，来去两无端。（佛言吾人生命之两端实不可思议。）“万物为刍狗，无知愍众生。孔尼空好礼，摩罕独能兵。遣祸庸奴少，违时处世轻。最怜平等义，耶佛墨同情。（佛云众生可愍，互相吞食。老云天地不仁，以万物为刍狗。王弼注：地不为兽生刍，而兽食刍。不为人生狗，而人食狗。无为于万物，而万物各适其用。严又陵以为括尽达尔文新理，天演家开宗语也。孔教讲尊卑贵贱，故重在齐之以礼，至曾子遂言军旅之事未之学。是以儒教最便于专制，且既不尚武，尤专制之所喜，而亦弱中国之一大原。因以视老子之深远，回教之精神，固已远逊。若平等之义，愈瞠乎后矣。）

十五

雪如以《新无题》十二章见寄，录七："太阳与地隔，念七千万程。不因相吸力，那得爱潮生。""侬与郎相欢，辟如地与月。时时绕郎行，掩蔽有圆阙。""侬与郎相慕，如地与火星。暗中作标志，对面未能明。""朝朝电讯通，万里亦何有。恨是郎语言，不是郎声口。""客从郎所来，遗我留声器。是郎旧时声，非郎今时意。""郎情太缠绵，缠绵如春雨。丝丝复丝丝，积合乃成缕。""郎情如春雨，春雨何缠绵。热蒸与寒冱，尝尽酸苦甜。"

十六

乡人忏余生，以使事驻美洲之古巴。顷以《纪古巴乱事有感》十律见寄，且媵以笺云："古巴民政两党，因争选举构乱，美国遽以兵舰相加，夺其政柄。虽以美总统卢斯福之义侠，或不致显背万国平和约章，古岛容有珠还之日。然党界之足以亡国，内乱之足以召外兵，则南美洲一带诸国，覆辙甚多，不独古巴为然，正不可不为我国人警告也。云云。"此真有心人之言，不能徒以诗目之。即以诗论，杜陵诗史，亦不是过矣。亟录实诗话："环岛一万一千里，纪年四百十四春。人传罗马旧遗种，地辟阁龙新殖民。突屹霸图开锁钥，繁华夜气泄金银。剧怜海上田横客，隶作秦王羁旅臣。""幅员三倍我台湾，尚有强梁起揭竿。半世纪曾争独立，（古巴五十年中革命军凡三起）几英雄已受招安。血流枯草无穷碧，心死降旛有底丹。寂寞山城吹画角，王师高唱大刀镮。”“鱼丽于网雉罹罗，只怨嬴秦法太苛。铤鹿失途终走险，战龙流血渐成河。奇儿帐下头颅贱，（革命军初起，党首为西班牙政府捕逮者三百余人，尽以鸟铳击杀。）老将灯前涕泪多。（一千八百十三年，土人揭竿再起，主动者多三十年前革命旧人，盖世代与政府为仇者。麦时母高摩斯与今总统巴尔玛年皆七十余。）欲作包胥何处哭，那堪衢巷有笙歌。（时西班牙督师巴兰谷用兵镇静，每夜公园陈军乐，游女如云，又开跳舞会以安民心。）”“一声霹雳浪花飞，铁舰沉江召衅奇。（美国战舰名棉者，泊海湾城保护商民，忽为炸弹轰沉，美班兵衅由此遂开。）探穴遂成骑虎势，蹊田奚恤夺牛讥。杯中影讶弓蛇现，（美舰之沉，美国以为乱党所为，而西班牙政府则谓美与乱党有谋，藉此遣兵相助，至今犹存疑案。）局外棋看鹬蚌持。监国五年勤远略，门罗主义至今疑。”“香花祝鼓迓儿童，铸像巍峨纪战功。政界脱离专制轭，国魂敲起自由钟。归元先轸都无恨，（麦时母高摩斯山度明古岛人，两佐古巴革命军，土人自立后，麦死，舆榇归葬以总统之礼。）殉国离骚尚可风。（古巴文豪河西玛帝以民权独立鼓吹国民，卒为西班牙所杀。）恼煞共和闲岁月，萧墙无故仗兵戎。”“强邻战舶急南行，为践当年白马盟。（美古专约本有代平内乱之权，此约即所称勃勒阿缅文也。）谕蜀相如偏有檄，（美总统卢斯福致书驻美京古使，令其传谕岛人，谓美之遣兵不得已也。）出师诸葛岂无名。庸知卧榻滋他族，谁遣开门召寇兵。忽听途人惊走告，将军旧部又从征。（美舰中多昔年美班战时旧将，卢斯福又谕前古巴总督胡德节制诸军，识者已知其有干预古政之意矣。）”“来朝走马转仓皇，父老攀辕泣数行。（美遣陆军大臣塔扶监古巴国政，古总统巴尔玛退位。后乘火车还乡，部臣议绅率国人送行，途为之塞，无不泣数行下，有议绅某竟哭至失声。）亡国大夫甯有勇，阋墙兄弟忒无良。四年纪念留残碣，半壁苍茫剩夕阳。忍听军前还奏乐，黄尘不见旧沙场。”“报说城头赵帜存，（塔扶传檄岛中，仍留古巴国旗，以示必交还意。）部民犹感汉家恩。寒沙当日曾埋戟，细柳今时复驻军。（美撤古巴驻兵仅三年耳）未必田真归郓阐，可怜车欲裂商君。（副总统格勃提为土人所愤，每欲得而甘心之。）鲁连义士先逃海，（将军缅那嘉者，辞官隐山寮中，素为民政党所信服。此次出而调和党界，美干预后已航海赴他国矣。）谁与人间再解纷。”如此膏腴一片土，鲸吞蚕食已分明。强权世界忘公理，大演生存起竞争。几见中原还逐鹿，颇闻列国渐销兵。频年无限沧桑感，懒与闲鸥海上盟。”“今古兴亡付酒杯，闲愁淘尽海潮来。未归辽鹤家何在，已变沙虫劫尚灰。大地人才一炉冶，当年王气半蒿莱。夜来凄绝闻邻笛，故国山河更可哀。”

十七

忏广复有《湾城竹枝词》若干首。湾城者，古巴首都也。其词亦感韵顽艳，且可作地志读。词云：“音乐亭西映夕曛，如云士女集公园。香闺纪念哥仑布，簇簇花毬挂墓门。”“衣香鬓影趁风斜，十里沙堤赛汽车。到底玉颜怕吹皱，桃花人面薄笼纱。”“夜凉爱纳海边风，数骑香尘牡蛎宫。（海旁新筑马路曰牡蛎宫，蜿蜒十余里，夕阳西下，游人如鲫，夜深始散。）不怯露寒怯月晕，（岛中妇女最畏月，谓月晒人面目黧黑也。）归来一路上车篷。”“歌场散后不胜情，罗绮丛中逐队行。生怕教郎见憔悴，街前背立电灯明。”“帘栊望见屋如舟，（楼下居人临街开窗，行人从窗外望见卧室中陈设，故虽小户贫家，其榻帐屏橱皆极整饰。）一笑嫣然阿帝优。（见面颂祝之词，言上帝庇祐也）侬是小家名碧玉，此间聊借筑香巢。”“小立窗櫺月色明，（闺中人每黄昏时辄倚窗以待所欢之至，至则立窗外谈至夜深。）喁喁私语口脂馨。昨宵阿母叮咛嘱，莫浪敲门唤妾名。（男女虽极相悦，无父母命不得擅自订婚，男来访则屏诸门外，不许入室升堂也。）”“弦管清宵聒耳嘈，大宫戏院月轮高。（院规模壮丽，为城中戏院之冠。）风流裙展花园角，（院前公家花园，四面酒楼，茶馆林立。纨袴少年，猎艳其间，终宵征逐，华人目为花园角人物，盖轻之也。）挽臂来餐慢地糕。（即英语埃士忌廉也，花园傍某酒肆制者极佳，欧美人来游者谓甲地球云。）”“百万青蚨不翼飞，繁华浪说小巴黎。一衣竟耗中人产，怪底街名散拉挥。（妇女衣饰店多设在此街。）”“邻家姊妹舞婆娑，斗得纤腰一搦多。况更弓鞋似缠足，窅娘流毒较如何。（岛中妇女自幼以极小革靴约足，使纤如中国缠足者然。）”“酥胸微袒艳如仙，长曳罗裙顾影翩；跳舞归来花露重，绣巾斜搭护香肩。”“村姬争羡效颦妍，别有生涯胜拣烟。盼到明朝刚礼拜，香囊积得买花钱。（烟行雇女工拣烟叶，休息日则尽以所得佣值购粉奁脂盝及一切玩物，华商业此者获利颇厚。）”“鬼脸佯装谏那哗，（每岁二月间，有节名谏那哗，痴儿女皆戴面具作种种怪状，游行街市，举国若狂，盖乡人傩之滥觞耳。）妍媸摸索费疑猜。（是月城中俱乐部皆开跳舞会，赴会者男女皆戴面具，或以帕蒙首，不使人见。幽期密约，掩耳盗铃，不知凡几，洵恶俗也。）车中果漫潘郎掷，多少游人认易差。（接连十日，红男绿女，游骑如云，皆以五色纸条或丝带花果之属，逢人抛掷，遇素识者掷之愈狂，佻仗少年以得女郎掷已多者为荣。）”“径寸朱唇齿雪般，目光炯炯发拘挛。笑他漆靥涂脂泽，粉本初临墨牡丹。（当隶西班牙国时，黑人最受约束，足不许踏公园，衣服不许丽都。自主以后，黑白平权矣。而黑妇效颦，尤足令人喷饭。）”灯光四壁整容堂，一色玻璃大镜镶。翦发匠都浑解事，多将香粉傅何郎。（男子剪发后以香粉搽面，为他国所无。）”“沉沉院落撤灯光，（岛中天气溽暑，人家夜静，虽客至不掌灯，畏火气薰蒸也。西人戏谓妇女藏拙之道云。）笑语深宵过隔墙。吸到椰浆冰雪冷，可怜风味似南洋。（岛中多椰树，人家多吸椰子浆以解渴。）”“雪谷冰绡鞕透风，香肌熨贴转玲珑。销魂十字耶稣架，绣到闺人夹臂松。（妇人内衣也。奢侈之家制以纱绸，刺花朵名字其上，亦有刺作十字架形者，示崇奉宗教之意。）”“一丈红墙覆落花，美垸居住最奢华。（城外十余里地名美垸，多富贵人家住宅。）小姑休道无郎惯，昨与姨夫坐马车。（岛俗闺女不许踽踽独行，每出入，非父母则必有亲眷男女相伴。）”“有约来观沧海日，相将跃入华清池。西风吹岸绿波皱，知是杨妃出浴时。（美垸一带跨海筑室为浴堂，盛夏时，男女结队，平明而往，海日东升则浴罢而归矣。）”妾住剑茆郎隔河，（距城五十里外村落名剑茆，有波罗园，环居多小户人家。隔河为汽机制酒工厂。）荒畦十亩种波罗。郎今爱啖波罗蜜，怪底甜言饵妾多。”“漫将夫婿问罗敷，似海侯门镇日趋。娇憨那知黄种贵，上街人笑拜山奴。（华人业货郎者，谓之上街拜山奴，犹言乡人也。先是华人与华人遇，互相称谓，土人遂沿以为华人之名称。）”“家家闺阁供慈悲，（人家闺阁供一女神像，华人辄称为观音菩萨，殊可笑也。）龛镂沉檀像绣丝。一样神权笑迷信，岂惟中土有淫祠。”“丰年景象自悬殊，夸说烟糖价有余。座满几家凉水馆，闲谈细嚼淡巴菰。（湾城之有凉水馆，犹沪上之有茶馆也。）”

十八

曹民父以其友淮南剑客集昌谷十三律见寄，与民父集唐诸什，可称双绝。而昌谷集存诗既鲜，近体尤寥寥，益复难能可贵也。亟录之："津头送别唱流水，家住钱唐东复东。白袷王郎寄桃叶，庞眉书客感秋蓬。飞窗复道传筹饮，晓月当帘挂玉弓。我有迷魂招不得，明朝归去事猿公。""台前斗玉作蛟龙，曼倩诙谐取自容。雨冷香魂吊书客，蛾鬟醉眼拜诸宗。临歧击剑生铜吼，帐底吹笙香雾浓。莫道韶华镇长在，幽愁秋气上清峰。""坠红残萼暗参差，曲岸回篙舴艋迟。桂叶水葓春漠漠，女垣素月角咿咿。愿携汉戟招书鬼，斫取清光写楚词。看见秋眉换新绿，金盘玉露自淋漓。""左魂右魄啼肌瘦，白日长饥小甲蔬。嬴女机中断烟素，卫娘发薄不胜梳。报人义士深相许，索米王门一事无。谁念幽寒坐呜呃，空将笺上两行书。""芦洲客雁报春来，小白长红越女腮。掷置黄金解龙马，先将芍药献妆台。浓娥叠柳香唇醉，箨落长竿削玉开。世上英雄本无主，芒砀云气抱天回。""何事还车载病身，茂陵归卧叹清贫。衰灯络纬啼寒素，御水鸡鹕暖白蘋。有酒惟浇赵州土，今朝谁是拗花人。可怜日暮嫣香落，屈膝铜铺锞阿甄。""草梢竹栅锞池痕，寒入罘罳殿影昏。半卷红旗临易水，独携大胆出秦门。窗含远色通书幌，水灌香泥却月盆。垂雾妖鬟更相语，嫣红落粉罢承恩。""劳劳谁是怜君者，骨兴牵人马上鞍。眼大心雄知所以，青钱白璧买无端。落花起作回风舞，隙月斜明刮露寒。共宴红楼最深处，香鬟雾髻半沈檀。""彭祖巫咸几回死，颜回廿九鬓毛斑。九州人事皆如此，数子将为倾盖间。自履藤鞋收石蜜，高悬银榜照青山。昆仑使者无消息，仙妾采香垂珮环。""珠帷夜卧不成眠，斫桂烧金待晓筵。小玉开屏见山色，长绳系日乐当年。横楣粗锦生红纬，断烬遗香袅翠烟。况是青春日将暮，有时半醉百花前。""塘水漻漻虫啧啧，荒畦九月稻叉牙。芳溪密影成花洞，白昼千峰老翠华。试向酒旗歌板地，岂知斸地种田家。主人劝我养心骨，自课越侬能卖瓜。""金鱼公子夹衫长，禁苑悬帘隔御光。落蒂枯香数分在，楚腰卫鬟四时芳。一泓海水杯中泻，十夜铜盘腻烛黄。宫锦千端买沈醉，阿侯系锦觅周郎。""玉壶银箭稍难倾，白日萧条梦不成。洛苑香风飞绰绰，清琴醉眼泪泓泓。御沟泉合如环素，银浦流云学水声。凭仗东风好相送，雄光宝业献春卿。"

十九

蜀人吴又陵（虞）以题吴铁樵画秋海棠三绝见寄，其一云："萧瑟江关恨未穷，春风不爱爱秋风。一腔热血知何用，洒作冰绡数点红。"其二云："金粉阑珊夕照残，风枝雨叶写清寒。他年若化苌弘碧，定有英雄揾泪看。"其三云："蓬莱同调久飘飖，（原注谓谭壮飞）海外金徽咽暮涛。（原注谓梁任公）碧杜红蘅寄幽怨，为君重咏左徒骚。"亡友固以余技善画，而余未得宝存其一缣，读此绝无任泫然。

二十

腾越李根源（字印泉），以学军留东在联队，志士也。以其同里杨发锐（字贡诚）所辑关于腾越之诗歌若干首见寄。或足供种俗之调查，或足补历史之残缺，皆瑰宝也。乃录入诗话以广其传，且志搜讨之勤。

王尧衢咏腾越边地种人诗十首。（一）爨蛮（爨在大金沙江内外，有七十余种，性刚悍，好居高躁地，以生畜射猎为业。）"爨字彝经蝌蚪精，也知天象断阴晴。觋皤若用鸡为卜，何似天台祷太清。"（二）妙猡猡（妙猡猡皆土蛮官舍之裔，与黑白诸种猡猡迥异。耳圈环，常服用梭罗布。妇人衣胸背妆花，前不掩胫，后长曳地。衣边弯曲如旗尾，无襟带，上作井口，自头笼罩而下，桶裙细摺，专资射猎为生活。有丧则阖寨醵资为助。）"官娜营长异诸蛮，胸背妆花妇女颜。跣足踏歌真个妙，芦笙吹罢舞衣还。"（三）僰彝（僰彝在大金沙江内外，有百余种。性柔弱，好居旱地。火炙肉食，不求其熟。或取蜂槽而食之。习缅字，器用盆磁，以纺织稼穑为业。）"酋长之妻数百多，竹楼茅舍娶娇娥。鸧鹏不用疗彝妒，奈尔中华狮吼多。"（四）蒲人（蒲即古百濮人，误濮为蒲，腾永西南一带所在多有。形貌袒黑，男女皆束发为髻。男以青布裹头，腰系线绳，膝下系黑藤。妇人脑后戴青绿珠，以花布围腰为裙，上系海贝十数围，系莎罗布于肩上。皆勤力耐劳，苦事耕作。所种苦荞线花黑豆等类。知汉语，通贸易。）"微庐彭濮载周书，百濮为蒲西徼居。贵者看头绳百结，那堪贱膝黑藤余。"（五）缅人"贝叶传经金字光，椰浆树酒共传觞。国人槃首皈依佛，花落香台顾象王。”（六）羯些子（羯些子种出孟养宣慰司地，以象牙为大环，从耳尖穿至颊。以红花布一丈许裹头，而垂带于后。衣半身衫，而袒其右肩。米肉不烹而食，勇健熟枪刀敢战，喊声如犬吠。）“鸟喙何如古越王，可缝尺布不成装。出关若事当年事，也傍鸡鸣学孟尝。”（七）野人（野人居无屋庐，多有茅棚，好迁移。赤发黄睛，以树皮毛布为衣，掩其脐下。首戴骨圈，插野鸡毛，缠红藤。执长矛勾刀猎捕禽兽，食蛇鼠。性凶悍，涉险峻如平地。居茶山里麻之外，有离腾越一二千余里者，有离腾越二三百里者。统计此种人口，不下二三十万。）“狼人无甑竹筒炊，采取蛇虫佳馔奇。木叶蔽身林作屋，授衣刮尽树头皮。”（八）地羊鬼（地羊鬼短发黄睛，性奸狡嗜利。习邪太，出没不常。居猛密木邦两土司地一带。）“惯行妖术胜尸蛮，木石能移人肺肝。任尔通身浑是鬼，可能换我寸心丹。”（九）遮些（遮些绾发为髻，男女皆贯耳佩环。性喜华彩，衣仅蔽体。战斗长于弓矢，倚恃象铳，与缅人同。孟养宣慰司一带皆其种类。）“佩鬟绾髻性豪奢，也学中州斗丽华。衣彩食甘骑坐象，种人丛里五侯家。”（十）阿昌（阿昌一名娥昌，耐寒畏暑，喜燥恶湿，好居高山。刀耕火种，嗜养犬。妇人以红藤为腰饰，采野葛为衣。嗜酒，背负不担，觅禽兽虫豸密生啖之，弗择污秽。今户撒腊撒陇川南甸四司地，多此种人，约有十余万。）“生平畏湿好居山，火种刀耕不暂闲。无似阿昌随处好，红藤腰束葛衣斑。”其余种人犹有白猡猡、黑猡猡、摆夷、崩竜、貅貅、克猎、戛喇、缥人、莽人、卡瓦、小伯夷等数十种类云。又《火把节》古风一篇云：（火把节亦名星回节。汉代元封间叶榆有曼阿娜，为汉裨将郭世忠所害，并欲得其妻阿南。南约以三事：一设幕祭故夫；一焚故夫衣易新衣；一令国人遍知郭以礼娶。郭皆如其言。于六月二十五日，聚国人张松幕，置火其下。阿南俟火炽，焚夫衣，遂跃入死焉。国人哀之，每岁燃炬吊之。其后唐开元间，有邓赕诏者，六诏之一也。南诏欲并五诏，因星回节召五诏会饮松明楼。邓赕诏妻慈善，惧难止夫勿行。不听。乃以铁钏约夫臂而别。比至，南诏火其楼。诸诏妻寻夫骸不可识，独慈善以钏故得其骸以归。南诏异其慧以币聘之，善以夫未葬为辞。既葬，乃撄城自守。南诏以兵攻之。三月食尽，善饿死。南诏寻悔，旌其城曰德源。今云南六月二十四五两日，比户斫松为燎，高丈余，入夜争先燃之，用以照田祈年，以炬之明暗，卜岁之丰歉。戚友会聚，割生饮酒，全省皆然。间有知两烈妇故事者。）“六月廿四日，金鵶西昆。维南赤熛怒，是夕临朱幡。引以绛玉节，融风自翩翩。燎薰羃四野，芬茀腾九阍。下乃烛六幽，牵连导孤魂。阿南抗前旌，慈善扶后轩。玉貌宛无恙，杂佩锵玙璠。故衣尚堪著，不辨残烧痕。皓腕约单钏，应自临别存。城郭已非是，何处寻荒窀。时见烈焰中，闪烁青磷昏。村甿聚歌哭，血膋盛瓦盆。不知汉与唐，遗事信口论。上言阿娜妻，次及封德源。一如苍松枝，乃以松自燔。一甘绝粒死，至今芳草蕴。生未啮贼肉，地下含烦冤。我与赤手剥，视此羔与豚。照田岁有例，妇孺咸趋奔。寒食吊介子，竞渡招屈原。再拜两婵娟，惠我禾黍繁。芦笙转凄咽，蒿火弥腾掀。我亦坐达旦，醉来舞蹲蹲。作诗纪旧俗，未肯同陆浑。曰觇民力勤，曰励民风敦。”

明陈瑊《正统七年从征麓川入腾冲》一律云：“路入腾阳望眼赊，壮怀激烈不须嗟。时闻鬼啸兼闻鸟，鲜见民居频见花。废寺荒凉衔落日，空城寂寞锁残霞。天戈奋迅边尘静，六合车书总一家。”

明卢瑄《从征麓川宿腾越龙江驿》一律云：“驻马龙江日已阑，江皋风静渡舟闲。参差云树山重叠，零落村居室几间。戍鼓递敲来木枕，野霜飞冷透边关。明朝拟上平蛮策，万里清尘按辔还。”又《夜闻麓川贼思氏就擒》一律云：“谯鼓初敲月上时，三传边报决群疑。生俘献捷归明主，远地观光习汉仪。霹雳军声威海徼，星驰露布达京畿。师旋乐奏平蛮曲，制作中惭雅颂诗。”

王景昭咏尚书营云：（尚书营在腾越厅城南五里来凤山后，明兵部尚书王骥征麓川时屯师处。）“我闻尚书营，不识尚书面。杀声雷震来，虎豹皆股战。营高压麓川，营长亘缅甸。麓川如振槁，缅甸如掣电。七纵俨天威，南中永不变。更拂平蛮碑，依稀如公见。”

明陆芸《腾越龙洞河》一律云：“古树青松最上头，荒原白骨动边愁。石根僧定云常护，谷口龙眠水不流。日落草黄平淡淡，风长溪碧去悠悠。天涯杯酒成何意，塞上音书谩未休。”

明《史旌贤悲蛮暮》一律云：（蛮暮属腾越州六慰三宣之一，在大金沙江内。田土饶沃，风俗与陇川猛密同。东有等练山，环以那暮江，直走金沙江，当滇缅水陆要冲。万历间屡为缅甸莽氏所陷。）“万里雄藩计转非，疮痍满眼泪沾衣。千秋天地龙堪卧，百战河山鸿未归。白骨阵云横睥睨，青磷瘴雨失霏微，似闻蛮暮归侵地，几得休戈更被围。”

明张文耀《游宝峰寺》一律云：“绛节群仙彩阁雄，孤峰一眺大荒空。西天日月消兵气，南纪山川渐帝风。细路白沙瑶草合，危崖苍藓石坛通。淮人鸿宝何人握，咫尺云璈下八公。”

黔国公沐璘《军至缅甸望西海》一绝云：“蛇首楼船十丈长，船头铙鼓乐笙簧。篙师百橹齐摇出，阿瓦城边水似汤。”

漆文昌《复过沙木陇》一绝云：“断崖巉石水流溪，曾与将军指路迷。今日重跻思铲削，阴风暗雨暮云低。”

明童蒙正《贺滇抚周嘉谟中丞平定陇川》一绝云：“蛮烟起处咽悲笳，十月南天雪不花。汉相遥挥白羽扇，乘风一夜渡金沙。”

刘綎字省吾，少豪纵，躯貌雄伟，眉宇若神。能用镔铁刀，重百二十觔，马上轮转如飞，时称刘大刀。装束临阵，神彩忽变，如俗所画关壮缪像。自结发从戎，所著战功甚多。而其平陇川木邦蛮暮孟密诸夷，直抵缅都阿瓦，受缅王莽瑞体之降，尤为第一伟勋。綎平定缅甸后凯旋，大会文武于永昌，晏集赋诗。以属綎，意谓其不能也。綎吮笔辄而书云：“祖习干戈未习词，诸公席上命留题。琼林宴会君先到，关塞烽烟我独知。剪发接缰牵战马，折衣抽线补征旗。貔貅百万临城下，谁问先生一首诗。”一座皆惊。后綎由腾越调辽东，与满洲战，阵亡。世传其死时，犹著形天干戚之异云。

明邓子龙，万历间缅甸犯边，子龙为参将。诏移赴永昌，为金腾参将。耿马罕虔与兵凤通，犯姚关湾甸，景宗真等助之。子龙大破贼于攀枝树下，斩宗真虔。会刘綎亦俘兵凤父子以献，进子龙副总兵官。缅复入寇，孟密（孟密为腾越六慰三宣之一）把总高国春大破之。以犄角功，子龙优叙，旋为总兵官。值猛硔土司思仁烝其嫂甘线姑，欲妻之，勿克偕，其党丙测叛入缅，为边患，蛮暮土司奔等练。子龙击败之，复猛硔蛮暮两土司数千里地。子龙老将，爱与文人交欢。其在腾越筑万华馆居之，自称武桥主人。尝于九日登万仞关，题云：“边关不见白衣来，万仞岗头独举杯。西望浮云遮落曰，南来蜃气出楼台。自怜短发酬残骨，谁说长缨负将才。何处西风催铁马，败髅衰草不胜哀。”又《别清平洞》云：“开尔清平记六年，许多盘错破中坚。梅根挂壁全无土，石乳为门别有天。释子好看池上树，莽生休据洞前田。我去莫教棋石烂，有山亭上月长圆。”《题下关万人冢》云：“天宝南征已捷闻，谁怜枯骨卧黄昏。惟有苍山公道雪，年年披白吊忠魂。”又《病中闻西腾兵挫》云：“病眼慵看老莫邪，西南转运不胜嗟。谁怜十万长平恨，只为当年说赵奢。”盖悲指挥吴继勋等之败也。时卫所不足用，故以赵括议之。当刘綎平缅露布之传也，师凯旋而莽应里复叛。子龙有忧之，登镇南楼题云：“丈夫生世间，岂为儿女谋。纲常七尺躯，何不觅封侯。仗剑眼空天下事，浩然之气凌青霄。百战身被数十疮，手开双石三夺弰。义胆忠肝格鬼神，叱咤咆哮走雷电。醉来解带大树眠，诗成落笔杨雄辩。君不见：滇南财竭苦用兵，遐天耳目遥金殿。永平夫少妇运多，腾越米贵彝金贱。潞江初瘴鸟不飞，猛林旧垒乌欲啼。晓传露布晚报警，平民疲困何时醒。愿将一阵百蛮空，笑谭颠倒乾坤整。”大抵伤边臣之怯懦，朝廷不知，所谓遐天耳目遥金殿也。其征缅时，缅驱象进，子龙足起蹋一象，即死，缅大惊，奔溃。世传邓将军一脚踢死象，盖知象胆之所在，伤即毙也。

明马继龙《澜沧江怀古》一律云：“孤城铁锁跨长虹，鸟道从天一线通。树响龙来陵谷雨，山空猿啸石楼风。百蛮南诏襟喉地，万木荒祠鼓角中。象马何年归贡赋，土人犹说武侯功。”《慰留邓子龙将军》一律云：“万里驱兵入不毛，横溪毒水瘴烟高。风霆一鼓空蛮垒，雷雨千山洗贼巢。众口任教谗薏苡，南人直解颂功劳。边庭见说还多事，谁许先生解战袍。”

明张含《谒方忠毅都督祠》一律云：“都督祠堂秋可怜，萧萧落木石城边。山河空抱孤臣恨，勋业从教太史编。铁马有时嘶汉月，偏师何处哭蛮烟。忠魂千载风云护，况及金貂奕世传。”又《兰津渡二首》云：（一）“山形宛抱哀牢国，千崖万壑生松风。石路真从汉诸葛，铁柱或传唐鄂公。桥通赤霄俯碧马，江含紫烟浮白龙。鱼梁鹊架得未有，绝顶咫尺樊桐宫。”（二）“黑水之西哀牢东，岧峣山色开鸿蒙。鱼龙战斗日月暗，鹳鹤喧呼烟雾浓。水阁倚石架朱凤，铁索横空飞彩虹。江流迸激待禹凿，百蛮琛赀梯航通。”

明郭春雷《哀牢故县》一首云：“駉马南嘶欲尽天，哀牢城外吐番连。空江暮雨沈虹影，古洞春流杂蜃涎。高下人家多傍箐，寻常客路半侵烟。相逢莫笑无拘束，绩草耕山亦自便。”

明曹遇《诸葛营》一绝云："孟获生擒雍闿平，永昌南下一屯营。僰人也解前朝事，立向斜阳说孔明。"永昌词一首云："汉武穷边开永昌，哀牢部落散丁当。流人不学蛮花语，城郭风烟半建康。"永昌故哀牢国也，明初流配独多吴人，故语言风俗宛似南都云。又《宝井词》一绝云："缅中花落满蛮山，千两鸦青马上还。寒食雨飞防瘴疠，汉人不敢出姚关。"（宝井在姚关数千里外，猛密土句界内。鸦青宝石重一两三钱，约值黄金三十贯云。）又《白石寺》一绝云："点苍山势如游龙，踏破烟霞第几重。十九峰连青欲滴，深藏一朵玉芙蓉。"

吴执斋先生（先生名璋，腾越人。嘉靖时，过浙闻学于王阳明先生之门，居三年，所养益邃。归，倡明理学于边城荒服之中，教人以致知力行为主旨，学者称执斋先生。）《高黎贡山》一首云："高黎贡山花正红，千岫万岫烟云中。险道岧峣锁眉黛，绝巘突兀摩穹窿。莺声鹊声满丹峤，远色近色皆苍松。记取此景付彤管，豪吟野眺生春风。"《毗卢阁》一首云："好山齐立玉栏东，老眼闲凭兴不穷。地僻暑收晴雨后，人幽凉堕晚来风。古城鹤去青松独，方丈云归翠嶂空。几度吟成下楼去，满身花露月明中。"《来凤寺》一首云："云散烟消万境开，一天清气拥楼台。小桥送客携壶过，幽境寻僧煮茗回。流水似龙随化去，远山呈凤欲归来。夕阳莎草游人醉，几点寒鸦落古苔。"

明李定国其先本滇人，初从为贼。张献忠死，与其党孙可望、刘文秀、艾奇能、白文选、冯双礼等由蜀奔滇。既擒沙定洲，与孙可望迎永明王于粤，封定国为国公。后永明为可望所制，驻安笼，急密封定国为晋王，使来迎。时定国在广西屡败，以得王密敕，赴安笼奉王西行。至滇，与刘文秀共辅之。孙可望既投诚于长沙，大清军营，进贵州伐滇，定国屡大败，奉王走楚雄永昌。时戊戌十二月十五日也。又走腾越，先令王宫眷出三宣六慰地，入缅甸。定国督兵三万余人扼磨盘山（在腾越分水岭古关之北），与赵布太、吴三贵力战十余昼夜，败绩，兵士死伤殆尽。定国曰：吾焉从？从帝而追及之，俱死无益也，乃入孟艮，屡举不克。及爱兴阿、吴三贵大兵次缅，缅自顾国弱不敢与抗，杀永明宗室吉王、松滋王、瑞王及黔国公沐天波、叙国公马维兴等六百余人，从臣宫眷等殉难者一千余人，遂献永明帝。吴三贵缢之。定国在景线躃踊号哭，自掷于地百十次，不食者三日，两眼惟流血珠，至七日而死。后有腾越人刘彬吊之云：“凛凛孤忠志独坚，手持一木欲撑天。磨盘战地人犹识，磷火常同月色鲜。”定国墓在景线地方，至今寸草不生，诸种夷人过者，必稽颡拜跪，大呼李将军三声而后去，故至各边地一带有举定国事实问者，即妇孺亦能道之。

又刘彬《读残明遗事漫纪》十二首之五云：（一）“仓促乘舆异域巡，每从草莽认君臣。中原尚少藏身地，缅甸谁为报国人。”（二）“航海勤王事事空，将军血泪洒西风。彝歌缅酒朝朝乐，何用飞章达帝聪。”（三）“悮国欺君死尚迟，釜鱼几肉竟无知。不思出险扶危计，国玺能充几日饥。”（四）“休从缅甸忆中华，舍死全身事可嗟。当日香魂犹在否，至今谁吊汉娇娃。”（五）“万里投身虎口中，身亡国破两成空。可怜忠义同时尽，血溅番城岁岁红。”余七首不传，盖必有触新朝之事。惜哉。

陈佐才哭黔国公沐天波七绝一首云：（天波从桂王奔缅，爱兴阿追至缅，缅酋杀之以献清军。）“战马嘶归还汉地，将军枯骨在蛮城。招魂惟有沙洲水，日夜呜呜作哭声。”

昆明王思训《夹江二士歌》云：（夹江举人王运开与弟运闳以文章气节相砥砺。明崇祯末，运开挈弟来官永昌推官。值鼎革，无兵不能任战守，人情汹惧，咸以降请。运开誓不屈，握符命，自缢死。运闳曰：吾素师吾兄，兄既为国死节，已成仁矣，吾忍负兄地下乎？亦投沧江而死。人哀而葬之，题曰夹江兄弟之墓。）“锦江水，何潾潾，走万里，入兰津。兰津扞罗些，突遭鬼弹过。毒焰能焚山，触石无不破。谁能撄其锋，虚声犯坎坷。王生兄弟鱼凫来，徒手扶天恐其堕。兄握金腾符，雄怀视虏如婴奴。家无罴虎噬铜马，裂冠怒发空拳呼。詈虏投缳毕臣志，身骑箕尾游天衢。厥弟书生可勿死，不忘夷也西山孤。杜衡薜芷埋蜀客，梁鸿长伴要离侧。岿然双冢峙江浔，月明时听埙篪音。夹江高寒杳归计，夜夜猿啼招望帝。”又《三忠墓》云：（在保山城东北官坡，明鼎革时死国者。）“天柱西倾日欲黑，破碎金城不留尺。乱离荒遁势莫支，寸铁何人持拒贼。金齿惨寂杀气横，虎昼入城肆威逼。大夫抱篆哭向天，眦裂发指憾无力。血战不可守不能，惟有一死报君父。双忠遥结潞江魂，孝廉凛凛偕殉国。当日承恩盛儒服，奋臂几人誓马革。守土义当不顾身，谁肯轻身埋异域。三仁慷慨成一心，身落南荒心向北。至今合墓起悲风，三百年间增壮色。”

二十一

曹民父以近作五律见寄，并醇厚娟妙。其一为《假休期中内渡返里喜晤伯时出示近作读而好之即和其〈重客江宵〉韵》：“逢君言笑情犹昔，开卷诗篇墨未干。双袖携来春海月，十觞醉遣夜堂寒。蛙缘藻井萦蛮吹，鸟敌风沙损健翰。物外闲吟只随分，黄钟高调且休弹。”其二为《日京客中阅天津报纸见载有同人所作诸什怅触旧游遂成一律即寄诸子》：“小别经年罢唱酬，流传佳句到瀛洲。清樽读曲淮阴月，细雨横舟白下秋。欲挽去尘还迅电，空余孤海感浮沤。何时重把故园酒，同醉湖头续旧游。”其三为《日京旅居秋兴》：“午梦空斋睡起初，开帘斜日晒残书。客来酒渴茶逾好，鸟散烟销树更疏。懒觅真游人事外，暂排饱食野行余。亲朋尺素今如束，穷海差堪一慰余。”其四为《休日独登芝区丸山》：“久思散发白云间，才得抛书一日闲。扶步短筇能伴我，入山秋色便开颜。丹枫的的和霞斗，素瀑溅溅引涧环。稍喜此时足狂放，翛然尽兴不知还。”其五为《旅夜苦雨感作》：“山馆宵多雨，村醪醉尚寒。残灯心上影，断雁梦边翰。索寞虚芳序，支离念旧欢。书城枯坐里，和墨涕痕干。”

二十二

民父又以其友淮南剑客诗见寄，诗品亦颉颃民父。其一为《重客江宵感作》：“谁知重客江城日，蹑屐无聊雨不干。春枕梦回花独笑，风窗灯烬晓逾寒。奇鸧九首惊婴孺，大鸟三年短羽翰。霄汉虽遥蓬颗在，蒯缑珍秘莫轻弹。”其二为《赠某君》：“三年消息杳人海，一笑苍凉倾酒卮。画地指天仍故态，建牙吹角总无期。江城寥阒怜君在，春鬓飘萧愧剑知。可惜黄衫成浪著，不曾勋伐但新诗。”（其人颇亦好为诗。）

二十三

客有自黔来者，述其乡有幻云女士，好学善属文，尤嗜新籍。适某氏，生子至慧，不幸夭折。哭之恸，适值所天自汴京归，乃成二律云："忽地盲尘牵马迹，如天魔力葬兰荪。饮将多瑙河边恨，沁入天涯梦里魂。恶感情随秋气死，好头面作雪泥痕。西河一掬伤心泪，遮莫夜台何处村。""怀人无计卜金钱，噩梦惊心破昼眠。疏雨梧桐肠寸断，秋风兰蕙泪和煎。教儿至此甯予罪，忍死逢君又月圆。已分孝慈无所补，可堪刹那丈愁田。"其诗哀惋动人，直是宋体中绝妙之什，岂图得诸闺秀。

二十四

有以其友曹东敷《徂东杂感》十二首见寄者，风格遒绝，吾至爱之。"自我徂东国，月盈已再亏。撚眉思故土，摧结薄蛮畿。学道千秋在，寻师万里岐。稻粱虽已熟，付与鼠牙肥。""天地方酣战，浮生信轗轲。薜萝山鬼哭，芄蔓野狐多。共蜡游山屐，谁挥指日戈。江心罗刹石，止水自扬波。""黑水度阴山，涓流接两关。全球推上国，三岛峙狂澜。顾我频弹泪，依人强敛颜。骅骝奔未已，岂羡蹇驴间。""麟也空余泪，凤兮莫与闻。世方起大道，天欲丧斯文。难托春秋例，甯同鸟兽群。苍生奈何许，回首仰南云。""披发胡为者，甯知断尾牺。不文身用隐，枉道世无违。地着狂且易，天铸大任稀。耻将忧国泪，洒上左衽衣。""世态趋儇薄，跻跄我用忧。难禁桀犬吠，乃与舜豕游。钻李伤中核，牵羊饮上流。中东同一致，相对好相尤。""永夜歌行露，当年郑卫同。寻芳斯陌上，采麦出桑中。南望伤乔木，东来指蝃蝀。是非何足定，文野若为通。""西顾方多事，偷闲梦不酣。锁江来一筏，望海失千帆。三咽实螬李，双携听鹂柑。兰成哀思尽，何以慰江南。""季世干戈扰，吾生忧患余。川流悲逝者，岁暮羡归与。非我安知我，多予渺愁予。但看泾以渭，终自涅泥淤。""闻有鱼糜衅，愈深蚕食愁。绿林逃菜色，赤县隙韦韝。箕子为人役，富辰即我谋。飘萧双锦带，珍重系吴钩。""名士千言策，先生七里滩。不谋羁鹤俸，那对沐猴冠。混迹何尤奈，高歌别有端。夜来理秦镜，非复旧时颜。”“世乱文素贱，何当忧患成。歌因狂当泣，酒以醉为醒。危燕安巢幕，惊鸿苦恋衡。可怜枯树尽，小草寄余情。”

二十五

南海先生以近作《睹荷兰京博物院制船型长歌》见寄。感念海权之消长，思所以唤起吾国民之海事思想者，意至厚也。录之：“苍茫浩荡大嬴海，全球土地供吐吞。吞为天地周四极，据地太半无有垠。吐为五洲各洲渚，齐烟九点眇川原。一洲割据无数国，有若池中石山蚁垤繁。有能通海任所往，五洲陆岛皆听我盘桓。种类传散布大地，一听海王割据权。是在大舰能制造，破浪万里忘澜汗。中国海疆七千里，太平洋岸临紫澜。大地全势惟我有，楼舰可以笞百蛮。大陆丰饫自饱足，不思开辟徒闭关。惜哉海禁二千年，珠崖犹捐况大秦。腐儒不通时势变，泥古守经成弱孱。坐令大地主人位，甘让碧眼红髯高步于其间。迄今楼舰二万吨，甲板二尺铁为藩。横绝大海孔龙战，吓取土地谈笑间。乃逢诸雄竞争日，庞然大国无海军。如鸟无翼鱼无翅，人无手足仅有身。身愈肥盾割愈易，其形类瓜最宜分。嗟尔谋国肉食者，狂泉醉酒何浓熏。昔自科轮布寻地，班葡辄收大陆新。荷兰先觉逐其后，聚精制舰成殊勋。明末创自地劳打，船制钝拙无可云。然已遍收南洋岛，朝贡诸国亡纷纭。彼得雄心变服学，胡俄遂霸波海滨。英人旁窥得心法，专意制舰肆斧斤。即取印度澳洲加拿大，遍夺南阳诸海门。舰队第一为海霸，能擒陆霸拿破轮。故知海力最无上，于今新世尤居尊。纵览荷兰船嶋型，感叹彼得木屋勤。藐尔荷兰强若此，况于中华万里云。嗟哉谁为海王图，铁舰乃是中国魂。何当忽见铁舰五百艘，龙旂翩荡四海春。呜呼！安得眼前突兀五百舰，横绝天池殖我民。”

二十六

先生复寄一长歌，题曰《太平洋东岸南北米洲皆吾种旧地》，非徒为考古界之一新发明，抑所以诱导国民之自觉心者，其影响不鲜也。诗如下：“吾游加拿大，古迹忽有李陵台。好事徐维经，购得埋地古钱之一枚。传闻古钱埋一瓮，名字皆自中国来。我曾摩抄墨榻之，视为异宝藏于怀。米北亚拉士加人，面貌酷似中原胎。新蕾我遇水利长，口称新墨西哥稻田开。其地沟洫似中土，定是华人移殖回。墨西文明尤古出，遗殿百级高崔嵬。百器制作颇类我，旧民相见情亲哉。吾人呼叔似南越，特留酒食意徘徊。秘鲁文化亦相似，今虽代远存刦灰。麦秘中间称盛世，惜遭蛮乱毁嵩来。我将南游亲考验，益见吾种滂远无不赅。想见飓风吹渡海，二万里远难重回。或者三苗旧蛮族，或者渤海扶余栽。或者文身断发出吴越，少被文化无通裁。各以国风与野俗，行之新陆传云来。文者开文明，野者山泽化日颓。总之太平洋岸东米洲五万里，落机安底斯以西之草苔，皆吾华遗种之土地，证据确凿无疑猜。科轮布寻远在后，先者为主后者随。彼挟国力推智者，欧土又近来相偕。遂令光光新大陆，客作主人先安排。赫赫欧洲鼓与旂，树遍南北米洲煦电雷。从来得失多反覆，天道人事古今可相推。我华人类数万万，横绝地球吾为魁。他日中兴楼船破海浪，水滨应问吾故壤。北亚拉士驾南智利，故主重来龙旂飏。”

二十七

何翙高部郎藻翔，吾乡骨鲠士也。客秋持节入藏，于对藏政策，大有所经画。近顷以《西行杂诗》见寄，非徒词采斐然，抑亦輶轩实录也。亟录以饷关心边事者。《芝鸭加船上见粤佣自鬻赴荷兰充苦力者感赋》：“瓦盆铜钵朝分水，腌菜干鱼午吃餐。莫纂黑奴吁天录，猪圈还有甲不（叶平）丹。（船上人言某京卿某观察均以猪奴至甲不丹）使节初闻赴荷兰，（去年初派陆征祥充荷使）百年喜见汉衣冠。输边十万咄嗟办，海外于今觅食难。”《七月十三夜过婆罗洲海峡赠船主》：“月黑天阴渡海腰，婆罗洲外五更潮。白头浪蹴舵楼过，风雨篝灯立铁桥。”《槟榔屿江干晚步》：“五月星洲舶艥归，开春天气雨霏霏。（庇能以华历六月为开春）胡椒椰叶江干路，芒果熟黄鱼正肥。”（芒果鱼以六月芒果熟时登市最肥美）“合是前身张黑女，茜裙窣地影惊鸿。珠题金纽冲凉屐，（土妇晚浴穿冲凉履，饰以金珠）口吃槟榔去食风。”（江干纳凉谚称食风）《过方伯第门首》（闽粤巨商甲第云连，榜门金字，大书方伯第、观察第，门外印兵持枪鹄立，家家有山园十余亩，果树荫翳。）："此间乐已不思蜀，海外还堪种子孙。金字榜门方伯第，红毛丹熟满山园。"（红毛丹似荔枝而多刺）《留连子（留连子味甜俗而臭恶初食之下咽辄呕久客南洋者有嗜痂之癖谚言吃之令人留连忘归）》："自别唐山（华侨称中国曰唐山）两鬓霜，衣冠未改土音忘。（华佣娶印妇育子女，仍华装，而多不解汉语。）劝君莫吃留连子，富贵他年归故乡。"（极乐寺闽粤商鸠资建为游宴之所，土木三十万，楼观幽邃，康南海题楹额勿忘祖国四字，所感深矣。）《闻星坡海客谈保护华侨回国事有感》："少年无赖走南洋，海禁森严诏捕亡。白发重谈嘉道事，田庐无地感沧桑。"《恒河口夜泊候带水船未至》："横海东风吹浪颠，桅灯明灭乱流船。脚缘铁锁猱缘上，人命黑奴不值钱。"《印度河口》："河流九曲濙天堑，七十二沽形势同。（印度河口旋曲七百里，形势似直沽。）无量恒河无量劫，夕阳遗甃故王宫。"（海口有废宫，英人拘囚印度土王于此，尝与藏官噶布伦游此，述遗事泫然。）《自大吉岭入哲孟雄境》："漠北峰峦万马奔，（由冈底斯山山脉蜿蜒而来）西金（英于十六年占领哲孟雄，立碉堡巩印度后路屏障以防俄。）锁钥控乌孙。漫山岚涌云成海，（四山云气溟濛中洼如海西人谓之云海）惊瀑雷鸣石有门。（瀑数道，出西金山涧，湍激雷吼，英人因石势修闸，以渟滀之，上设木皮桥。）泰华一丸伸右臂，（中原五岳发脉于此）江河两派入中原。恒沙无量胡僧劫，兴废何因问世尊。"（西金即阿育王降生地，现夺颠佛教尚众。去年英太子至印度，议收回夺颠佛地事，请西藏班禅为印属黄教之主，其谋诡矣。）《石塘遇雨（离噶伦绷约六十里）》："转马出松顶，鬟髻裹烟雨。不见云里人，但闻云外语。"《竹色道中（布丹西南鄙毗连春丕，地气和暖，禾麦畅茂，英人以为占领春丕后，可以贱价向布丹购地，联成一片大陆者此也。）》："叠巘参天入布丹，（自大吉岭起程，计十站，日日盘山，直出天表，入春丕后始见山坳，一片平壤。）竹笆头目献蔬盘。（牛羊肉贱，唯蔬果至难得，近英人百计笼络布丹四头目，今竹芭头目闻使节至，特献蔬果，至可感也。）嵌岩三五板皮屋，（土人穴山以木皮为屋）木客山都趁地摊。"（无阛阓蛮妇藉草摆布摊子）《多打塘即目》："野鸽巢云多似蚁，（野鸽巢山洞千万，群飞蔽日）蹇驴喘月瘦于柴。（由亚东关至此，人马皆喘，尝一日六点钟登高六千尺。）儿茶黄脸巴塘女，（藏女以儿茶涂脸，腰鼓摇铃踏歌，步步自成音节，巴渝舞之遗也。）腰鼓摇铃踏绣鞋。”《唐纳山口望诸莫拉利雪山诸峰（唐纳山高一万六千尺，诸莫拉利雪山最高峰二万三千尺，为地球上第二高山。）》：“喜马峰头作重九，四千年来得未有。（使节由印度入藏者此为第一人，登地球上第二高峰，足自豪矣。）壮游应在元奘前，山贼不居灵运后。咳唾落地成江河，蜿蜒五岳皆培塿。地平线已没西极，天枢夜不见北斗。（入藏后不见北斗）凌晨云气排海出，白昼怪风吹石走。（午后辄有怪风从北徼诸山土囊口而来，人马或吹至数十里外）百道飞泉出树杪，白沙银砾声细吼。石闸漩洑螺旋深，古涧断冰铁寸厚。坏碉榛棘窜狐兔，阴岩磷骨喂鹰狗。（英军破藏，碉堡残毁，人马骨狼藉。又藏俗以尸喂鹰狗，名天葬。）中亚屋瓴天下脊，北徼屏障土囊口。白头胡贾出波斯，欧亚孔道通枢纽。（英图并后藏阿里，越帕米尔阿富汗以通波斯湾，与俄西伯利亚铁路争衡，非徒窥川滇也。）天竺迤北葱岭东，宗教佛回居八九。神奈山头十字军，苍头突起破械杻。吁嗟乎！二十世纪秘密国，（南斐北美觅地殆尽，尚留此大陆，咄咄怪事。）中原鼾睡无人守。泰西多少地学探险家，足迹未到管窥牖。（自十六世纪，欧人探藏者十一家，能至者四五人而已。）我来一万六千尺，雪山森峙惊奇陡。（藏中雪山触目皆是，以诸莫拉利为最。）岩腹雷火烧虬松，石罅人臂攫僵柳。斜缘险仄不容脚，下瞰巉岩敢回首。磨驴旋转蛇盘上，东歪西倒谁援手。十步九喘竹筒吹，倚树小立憩复久。下坡险似上坡难，石破马腹人折肘。（驮行李马坠涧，石破腹立毙，沿途驴马骨狼藉。）山湖周回六百里，（循客木湖周回二十四站。）野凫黄白成渊薮。（湖中野鸭，黄白千万，藏人以为喇嘛所化，相戒不敢食。）破驿香火狐鬼庙，（野庙及岩腹多画魑魅百怪之像）垒石膜拜土木偶。（跆卒沿山垒石成冢塔数十座，悬纸幡膜拜其下。）黄昏言投喇嘛寺，人面皲裂发蓬垢。（下马错愕，几不相识，面目似印度人矣。）氆氇方褥绣佛龛，（寺僧以古锦裹四壁，上设绣龛，氆氇方褥，为余卧室。）且吃酥茶食蛮酒。”（以牛奶油入竹筒，和炉茶搅数千杵，成红黄色。藏俗嗜酡酒，以青稞酿成，浓浆如雪球。）《客木湖令寺僧种柳万株》：“他年十万何郎柳，两岸阴环客木湖。补入三招图画里，溪山得似白隄无。”《帕克里》：“翅如车轮眼如火，霜鹏人立蓦惊马。废碉茗碛无人烟，三日盘旋雪山下。”《登色拉寺西望（在拉萨北，寺僧三千余人，与别蚌寺、甘丹寺名三大寺，参议政之权焉。）》："三千五寺塔黄红，六十八城烟雨中。欲访康乾旧碑碣，老僧遗事说双忠。"（双忠祠在宠斯冈。乾隆时，朱尔墨特之乱，传拉二公殉难，唐古特立庙祀之。）《札什城（国初藏臣衙署在焉今废）》："药王山（在拉萨东）下卖春饧，钺斧跳归札什城。（元旦后二日，童男女戴假面蟒衣，扮诸魔戏，名跳钺斧。）屋脊竿幡灯似海，（上元夕及唐公主得道日，家家屋脊悬灯千万。）夜深唯有木鱼声。"《以绿松石屏供养大诏寺泫然有感（寺祀唐文成公主像）》："喜马峰头夜陨星，铿然成石松绿屏。眉黛点点中珑玲，千年岩璞云闭扃。山灵呵护烟冥冥，匠石惊眴按图形。猫儿眼（石名）碧鸭头青，云母屏点翡翠翎。绿螘新熟泛湘醽，青铜松根劚茯苓。古苔绣蚀金带钉，桐鱼细扣声玲玎。闪山云（石名）火失晶荧，铜绿斑驳新磨硎。石骨坚缜难镌铭，东坡玉带怀前型。山门镇压假惺惺，神教忽感雍和瓶。文成遗履（藏人幞头仿公主履造）阅千龄，妆楼（寺后有公主妆楼唪经处）香火供姈娉。昭陵石马荒郊垌，唐家天子爱黄庭，唐家公主爱佛经。吁嗟乎！汉番两戒判渭泾，至今中原柱下毒雾昼晦暝。（时论以中国至今受老子之毒）金银法轮天西宁，净土一片仗佛灵。夜叉罗刹惊奔霆，靴刀帕首吹膻腥。龙头（山名，印藏第一重门户。）天险开五丁，西金鹰旗屋建瓴。恒河牛皮风扬舲，（藏俗支牛皮为船四柱支竹）活佛北走散沤萍。我来凭吊涕欲零，沈沈大诏双柳厅。（寺前有公主手植柳两株）丹珠梵呗戎服听，白昼灵飙吹塔铃。"《乾隆初，唐古特户口百八十万，今仅存百万，其喇嘛之众欤！昔日本僧空海离鸾改定僧律，不禁蓄发（藏人发终身不梳洗，蓬垢可憎，不如剃去）娶妻食肉，一时社会推为广大教主，遂成富庶之业。尝标此义以劝达赖，噶勒丹池巴期期以为不可。考印度史，释迦十六岁娶首布罗驮那国王女耶素陀罗为妻，妃妾骈侍，亦足为佛教不禁嫁娶之证。因拈此示之，以俟后之达者。（初到藏，发善后问题二十四条，交商上三大寺会议，末一条即此义。不意驻藏大臣联豫于除夕差急足至巴塘密电奏参：勒令喇嘛尽数还俗，改易洋装，恐操切激变云云。不知是何居心。意盖别有在也。初七日奉廷寄诘问，两宫亦知其诬矣。附志于此。）》："周妻何肉不妨禅，微笑拈花袒右肩。但祝家家欢喜佛，痴男怨女总生天。夜阑烛炧问陀罗，嚼蜡横陈悟道多。不似野狐魔障坠，私将戒体坏阿难。生子当为舍利弗，生女当作比邱尼。不有众生安有佛，我闻法喜以为妻。赤足参禅白布妃，（白布国王女赞普之妃也，与文成公主同参净业，至今附祀大诏。）是空是色见天机。春风吹绿柳林子，（番官世家于拉萨，各辟荒园数十亩，遍植柳，名柳林子，为销夏地。）蛱蝶双双自在飞。”《攒招（自正月初七日至二十五日，藏俗于大招寺布施朝佛，名攒招）》：“不生西土亦生天，赢得摩头抱脚缘。（蒙古王公朝佛，布施动数十万，献金珠宝石无算，冀一抱释迦弥勒佛脚，或达赖以手摩其头，毕生心愿于此已足。他人布施者，亦往乞一钱焉，以为佛祐也。）青海黄公家十万，攒招来乞半文钱。”《大喇嘛》：“葱手搓香捻糌粑，（糌粑，青稞研粉，如粤俗之炒米粉，藏人以手捻糌粑和酥茶作饭。）银壶滴乳献酥茶。（富贵家以银壶玉碗饮酥茶）喃喃宣佛金轮转（无男女老幼，手持金银轮伞，日夜万千转，转一轮作为诵经一周，盖佛家为不识字者开方便法门也。）生子他年大喇嘛。”

二十八

刘裴村先生诗多古体，其近体吾乃未一见，曹民父以所得二章相示。乃置之杜集，殆乱楮叶。哲人余事，靡不能也。谨录之：“自笑狂吟如醉僧，一舟万里寄行縢。忠州酒香赛白傅，夔府日斜悲杜陵。魄力掣鲸碧海水，梦魂饮马黄河冰。山川南北有奇气，史迁疏宕吾岂能。”（右一舟）“尽唤蛮山压客舟，甲盐飞去入空遒。双崖云洗肌如铁，一石江穿骨在喉。风静鱼龙排日睡，水还巴蜀接天流。涨时倒海枯时涧，安稳哦诗答櫂讴。”（右翟塘）

二十九

吴君又陵（虞）复以所作《赠周苍度》一章惠寄。纯然初唐之音，不仅颉颃梅村而已。诗云：“微尘世界真浮沤，我居其间逍遥游。胸中浩荡九万里，眼底惨淡三千秋。高立须弥知和寡，古艳幽怀自倾写。碧血长啼蜀国鹃，黄金谁市燕台马。周郎散漫最多情，念纪怪物还并生。不露文章我能识，凿破混沌帝亦惊。为言昔走长安陌，少年同学多奇桀。（陈锡昌、匡绥福诸君）丛桂淹留解念君，香草芳菲尤爱国。风云牢落且寻春，自惜婵娟绝代人。歌成绣被思王子，唾尽明珠为洛神。迩来憔悴还乡里，种豆南山行乐耳。误煞韩非是说难，哀时庾信余新体。（苍度有庚子孤怀诗六十首，予为之序。）同调相逢堪拂衣，狷狂原不碍精微。蒙县庄休聊自恣，兰陵孙况谩相非。碔砆见容卞和陋，支颐坐看鸡虫斗。孔尼有道泣麒麟，墨翟无端诮禽兽。道裂应悲谬种兴，吹竽虽滥市人听。叔孙时务方希世，夏侯青紫愧明经。螾螘龙蛇甯用合，儒林传好兼游侠。纵饶孟轲谈仁义，讵废苏秦传捭阖。善恶参差笑两家，是非彼我正无涯。屈子离忧寄兰蕙，陶潜身世感桃花。竟将婉媚承欢爱，独持慷慨增疑怪。蛾眉一笑众女愁，却葆神明转超迈。青镫相忆雨廉纤，溷浊真羞避俗嫌。莱苦蜜甘聊自适，径须从汝证华严。”

三十

吴又陵复以杂诗四首见寄。录之：“葛相知多枉，商君莫漫轻。淹中余徇曲，稷下正枭鸣。寂寞眈玄草，遨游挟素筝。旧邦姬汉地，遥望不胜情。”“不逊真寒士，拘游岂丈夫。郭隗输死马，窦宪本孤雏。隽永非儒论，苍茫吊屈书。蛾眉空惜誓，沉痛意何如。”“刺客无荆聂，愚儒有孟荀。蟪蛄方聒耳，腐鼠亦骄人。雅意先黄老，高才隐贱贫。不须嗤佞幸，好为论钱神。（太史公佞幸传以邓通居首，然使通在今日，固多额纳税上议院议员也。）”“未献帝王凄，徒悲天地秋。此身真苦聚，现象总浮沤。肤箧应惭圣，如弦那得侯。殷勤分九品，沧海正横流。（此间主排革而讲年谊者，予甚苦之。）”

复古思潮平议

吾友蓝君，尝著论辟复古之谬，登载《大中华》第一号。海内人士读之，多骇汗谯诃，即鄙人乍见，亦不免失色相诧，思宜有所以折衷之，乃为平议如次：

吾以为蓝君所言，洵诡激而失诸正鹄，吾不能为之阿辩也。然此种诡激之言，曷为发生于今日，则固有使之者焉，亦不可不深省也。蓝君之论最骇人听闻者，彼对于忠孝节义，皆若有所怀疑，而对于崇拜孔子，亦若有所不慊。此其持论诚偏宕而不足为训也。盖忠孝节义诸德，其本质原无古今中外之可言。昔人不云乎，天下之善一也。凡道德上之抽象名词，若智、仁、勇、诚、明、忠、信、笃、敬、廉、让乃至若某若某，虽其涵孕之范围广狭全偏或有不同，然其同于为美德，则无以易。盖事理善恶之两面，譬则犹光明之与暗黑，讨论事理者，辩析若何而足为光明之标准焉可也，研究若何而能使光明之焕发赓续焉可也，若乃贱斥光明而尊尚暗黑，则岂惟螫理，实乃拂情。即如忠孝节义四德者，原非我国所可独专，又岂外国所能独弃？古昔固尊为典彝，来兹亦焉能泯蔑？夫以忠孝节义与复古并为一谈，揆诸论理，既已不辞；以厌恶复古故而致疑于忠孝节义，其瞀谬又岂仅因噎废食之比云尔！若夫孔子教义，其所以育成人格者，诸百周备，放诸四海而皆准，由之终身而不能尽，以校泰西古今群哲，得其一体而加粹精者，盖有之矣。若孟子所谓集大成，庄生所谓大小精粗其运无乎不备，则固未有加于孔子者。孔子而可毁，斯真虽欲自绝，其何伤于日月也！且试思我国历史，若将孔子夺去，则暗然复何颜色？且使中国而无孔子，则能否抟捥此民族以为一体，盖未可知。果尔，则二千年来之中国知作何状？又况孔子之教，本尊时中，非若他教宗之树厓岸、排异己，有以锢人之灵明而封之以故见也。然则居今日而教人以诵法孔子，又岂有几微足为国民进取之障者？故蓝君此论，实诡激而失正鹄，其说若昌，弊且不可纪极，吾断不能为之阿辩也。

顾以吾所知，蓝君盖粹美君子人也。其钻仰孔子之论著，且尝传诵于世（见《庸言报》）。今曷为而忽有此诡激愆谬之论？且其论既出，而国中一部分人，犹或于骇责之中含恕谅之意。吾默察世变，觉其几甚微，而逆想回环激荡之所由，乃不禁栗然以惧，是故不得不折其衷而两是正之。

夫提倡旧道德，（道德本无新旧之可言，"旧道德"三字，实不成名词，但行文之便，姑就时流之名名之耳。）宁非谋国知本之务？然此论何以忽盛于今日，则其机有不可不察者。自前清之季，举世竞言新政、新学，笃旧之徒，本大有所不慊，而壁垒无以自坚，日即靡状。虽欲靡伏，而谋所以堙遏之者，卒未尝怠，以不可堙遏之势而强事堙遏，故激而横决，以有辛亥之革命。又正惟以堙遏之结果，其迁流之势，不轨于正，故其所演生之现象，无一焉能餍人望。其间桀黠轻儇之辈，复乘此嬗蜕抢攘之隙，恣为纵欲败检之行，乃益在在惹起社会之厌苦，而予人以集矢之的。一年以来，则其极端反动力之表现时代也。是故吾辈自昔固汲汲于提倡旧道德，然与一年来时流之提倡旧道德者，其根本论点，似有不同。吾侪以为道德无时而可以蔑弃，且无中外新旧之可言。正惟倾心新学、新政，而愈感旧道德之可贵；亦正惟实践旧道德，而愈感新学、新政之不容已。今之言旧道德者不然。彼睹目前社会泯棼之象，曾不深求其所以然，不知其为种种复杂原因之所和合酝酿，而一切以府罪于其所不喜之新学、新政。其意若曰：天下扰扰，正坐此辈横议处士，兴风作浪，造言生事，苟不尔者，吾国今日固犹是唐虞三代也。又若曰：吾国自有所以善治之道，可以无所待于外，今特患不能复吾故步耳，苟其能焉，他复何求！此非吾故为深刻之言，试质旧多数老辈之良心，是否有此两种见地蟠据于其脑际而确乎不拔者？此种见地，展转谬演，于是常觉新学、新政之为物，恒与不道德相缘；欲挫新学、新政之焰而难于质言，则往往假道德问题以相压迫。坐是之故，引起新学家一部分人之疑惑，亦谓道德论与复古论相缘，凡倡道德，皆假之以为复古地也，非起而与角，则退化之运将不知所届。此所以互相搏激而异论日起也。

然则新思潮与旧道德果有不相容者存乎？道德论与复古论果有何种之缘

系乎？请得而博论之。

今都会之地，士大夫群居相语，每一矢口，辄相与太息于人心风俗之败坏。败坏云者，劣于昔之云也。吾以为全国多数小民之风俗，固不敢谓视前加良，亦未见其视前加坏，于营营蹙蹙之中，仍略带浑浑噩噩之气，与他国风俗相校，各有得失，不能尽诬也。然则今日，曷为以风俗特坏闻？曰：特坏者，惟吾曹号称士大夫者流耳。盖日日太息于人心风俗败坏之人，即败坏人心风俗之主动者也。而如吾曹者，其亦孰不诵孔氏之书，服忠孝节义之训？而其所造业，胡乃适得其反？譬言某药可以辟疫，而常备此药之家，乃即为播疫之丛。是必所备药或非其真也，或备而未尝服也，或服之不以其法也，或其他不良之起居食息与药力相消也。不探其源以治之，而但侈言置药以御疫，疫不得御，徒反使人致疑于药而已。夫孰不知提倡道德为改良风俗之大原，然以今日社会周遭之空气，政治手段之所影响，中外情势之所诱胁，苟无道以解其症而廓其障，则虽日以道德论喃喃于大众之前，曷由有效？徒损道德本身之价值耳！尤可异者，竺旧者流，侈然俨以道德为其专卖品，于是老官僚、老名士之与道德家，遂俨成三位一体之关系。而欲治革命以还道德堕落之病者，乃径以老官僚、老名士为其圣药，而此辈亦几居之不疑。夫此辈中固多操行洁白之士，吾岂敢尽诬。要之，当有清末叶，此辈固多已在社会上占优越之地位，其言论行事，本有风行草偃之资，此辈诒谋苟臧，中国岂至有今日？

平心论之，中国近年风气之坏，坏于佻浅不完之新学说者，不过什之二三；坏于积重难返之旧空气者，实什而七八。

今之论者，动辄谓自由平等之邪说，深中人心，将率天下而入于禽兽。申令文告，反复诵言，坐论偶语，群焉集矢，一若但能廓清此毒，则治俗即可立致清明。夫当鼎革之交二三年间，此种狂焰，固尝披靡一时，吾侪痛心疾首，视今之论者未多让焉。今日则兹焰殆尽熄矣，而治俗又作何象者？盖今日风气之坏，其孽因实造自二十年以来，彼居津要之人，常利用人类之弱点，以势利富贵奔走天下，务斫丧人之廉耻，使就我范围。社会本已不尚气节，遭此诱胁，益从风而靡；重以使贪使诈之论，治事者奉为信条，憸壬乘之，纷纷以自跻于青云；其骄盈佚乐之举动，又大足以歆动流俗，新进之俦，艳羡仿效，薪火相续，日以蔓滋。俗之大坏，职此之由。故一般农工商社会，其良窳无以大异于前，而独所谓士大夫者，日日夷于妾妇而沦于禽兽。此其病之中于国家者，其轻重深浅，以视众所指目之自由平等诸邪说何如？夫假自由平等诸名以败德者，不过少数血气未定之青年，其力殊不足以左右社会，若乃所谓士大夫居高明之地者，开口孔子，闭口礼教，实则相率而为败坏风俗之源泉。今谋国者方日日蹈二十年来之覆辙，汩流以扬波，而徒翘举方严广漠之门面语曰尊崇孔子、曰维持礼教者，以相扇奖，冀此可以收效。殊不知此等语者，今之所谓士大夫，人人优能言之，无所施其扇奖；其在一般社会，则本自率循，又无所深待于扇奖。而欲求治俗之正本清源，要视乎在上位者之真好恶以为祈向，义袭而取，恐未有能济者也。

读者幸勿疑吾谓此种扇奖之可以已也，吾固日日从事于扇奖之一人，此天下所共见也。顾吾谓扇奖之道，贵用其中而蕲其平，一有所倚，则弊之所届，恒出意外。譬诸树表，表之攲以分寸，影之斜以寻丈，此最不可不慎也。今指当道为有意复古，必且龂龂自辩曰：吾曷尝尔尔？然而事实所趋，遂章章不可掩也。此亦无待吾一一胪举其迹，吾但请读者闭目以思，最近一二年来，上自中央地方各级机关之组织，下逮各部大小行政之措施，曷尝有一焉非尽反民国元二年之所为？岂惟民国元二年而已，前清光、宣之交，凡所规划，所建置，殆无不废变停顿。夫光、宣之政，诚不足以餍人望也。民国初元之政，诚尤不足以餍人望也，然岂必其政之本体，绝对不适用于中国，毋亦行之非其道非其人耳？既察某制度为今后所万不可不采行，前此行之而有弊，只能求其弊之所在而更张补救之耳。若并制度其物而根本摧弃之，天下宁有此政猷？例如民选议会制度，既为今世各国所共由，且为共和国体所尤不可缺，前此议会未善，改正其选举法可也，直接、间接以求政党之改良可也，厘定其权限可也，若乃并议会其物而去之，安见其可？例如司法独立，既天下之通义，前此法庭未善，改变其级制可也，改变其程序可也，改变其任用法可也，若乃并法庭其物而去之，安见其可？推之百政，莫不皆然。彼其制度，既为早晚必须采用之制度，今虽废之，不旋踵为时势所迫，必胥谋所以复兴之。而一废一兴之际，第一，则使国运进步迟阻若干年；第二，则隳已肇之基础，将来作始更难；第三，则使人民彷徨迷惑，灭国家之威信耳。昔吴淞铁路初建，政府以二十余万金购而毁之，在彼时曷尝不以为有所大不得已者存！既毁之际，曷尝不多数人称快！由今思之，所为何来？夫今日众共集矢之制度，后之视今，必且与吴淞铁路同感，可断言也，而狐埋狐搰，天下其谓政府何？又或有所瞻顾，不敢悍然径废其名，遂复换面改头，指鹿为马，此其为弊，殆更甚焉。夫作法于真，其敝犹伪；作法于伪，敝将若之何？今凡百设施，多属创举，即非夙习，运用倍难，苟诚心以赴，期于必成，使当事者怀靖共毋忝之心，使社会作拭目观成之想，其庶黾勉，日起有功。今也不然。于其本所不欲之事，阴摧坏其实而阳涂饰其名，受其事者曰，此敷衍吾侪耳，吾毋宁以敷衍应之。而自爱之心与践职义务之观念，日趋薄弱。社会亦曰：某项事业，所以敷衍某类人耳，先怀一种轻蔑之心以对此事业；甚者从而掎之，而进行乃益以艰；及其挫跌，则抚掌称快，曰：吾固谓此种制度之不可采，今果如是也。呜呼！凡今之所以应付各种新政者，何一非尔尔耶？则旁观者嚣然以复古为疑，亦何足怪！以言夫用人耶，鼎革之交，万流杂进，羊胃羊头，见者呃逆，谋澄叙之，宜也。而一矫其弊，遂乃以前清官历为衡才独一之标准。问其故，则曰尊经验也。夫前清官吏中，其洁白干练通达治理者，原大有人在，吾诚不敢挟主奴之见，漫为抵排。虽然，其中大多数，锢蔽龌龊，愉黠偷靡，晚清之败坏，岂不以此辈？革命之局，宁非此辈实助长之？其尤无耻者，则朝失清室之官，暮入同盟之会，极口骂项，胁肩美新，及事势一迁，又反颜下石，第其品质，宜在豺虎不食之班，即予优容，亦惟高阁束之已足。而今皆弹冠联翩，专城相望，且俨然以挽回风习、主持大化自命，为上游所器赏，为社会所欢承，不旋踵而赃证狼藉，对簿跄踉，而败落相寻，继踵犹昔。叩其所谓经验，则期会簿书，钩距掊克，对面盗贼，暮夜苞苴，乃至以财政厅长而不解预算之字义，以兼理司法之知事而不知有新刑律其物。类此笑柄，更仆难罄，犹且能名鹊起，一岁屡迁，俯睨新进，视如无物。呜呼！凡今日登庸人才之标准，岂不如是耶？则旁观者嚣然以复古为疑，又何足怪！

甚矣，国人之善忘也。《记》有之："不知来，视诸往。"彼晚清以来之陈迹，岂不犹历历在人耳目耶？使其所操术而可以措国家于治安，则清室其至今存矣。二十年前，而所谓旧法者，已失其维持国家之功用，国人不胜其敝，乃骇汗号吁以求更新；今又以不胜新之敝也，乃更思力挽之，以返于二十年前之旧。二十年前所共患苦者，若全然忘却；岂惟忘却，乃更颠倒歆慕，视为盛世郅治而思追攀之。（此非吾过言，试以一年来所规划之政策，与二十年前政象比较，其刻意追攀之点不知凡几，吾他日更当为文列举评之。）夫目之于色，有同美焉。二十年前共指为甚恶者，二十年后忽能变为甚美，此宁非天下大可怪之事！而或者曰：清之亡，非亡于其恋旧也，而实亡于其骛新。使清廷非惟新是骛，而坚持其旧者以相始终，夫安得有今日？若此论者，微论其言之终不能成理也，借曰事理或然，尤当知清廷之骛新，本非其所欲也。非所欲而曷为骛之？则以旧制度之作用已穷，事势所驱，不得不出于此。譬诸行旅，所遵之路，荆棘已塞，乃始改从他途。夫在今日，彼路之荆棘，是否能刈除？能否不为事势所驱，更折而出于骛新之举？终已不能，则将来几经波折之后，卒亦取清廷所回旋之覆辙而次第一一复蹈之，可断言耳。夫清廷曷为以骛新而得亡？正以其本不改新，非徒以大势所迫勉趋于新。虽勉趋于新，而于新之性质、新之价值，实未有所了解，常以恋旧之精神牵制于其间，故新与旧之功用两相消，进退失据，而一败涂地也。今以恋旧责当局，而当局决不肯自认。虽然，试静气一自勘其心理，其有以异于二十年前老辈之心理者几何？凡所设施，又何一非新与旧功用相消者？此复古之疑，所以虽哓辩而终无以自解于天下也。

或曰：病斯有待于药，药求已病而已。复古论虽曰可议，然以药数年来骛新太过之病，安见其不可？应之曰：斯固然也，然在一二年前病象颇剧之时，服之或不失为良药，今则病征已变，犹服之不已，则药反成病矣。大抵一时偶感之病，来势虽勇，而祛除实易；积年蟠结之病，不甚惹警觉，而绵久遂不可复救。夫恋旧者人类之通性也，当其一时受刺激于外，骛新太过，就令任其自然，不加矫正。非久必为惰力性作用所支配，自能返其故态。然此惰力性作用猖獗之后，欲更从而振之，恐非加以雷霆万钧，莫之能致。夫惮于趋新而狃于安旧，圆颅通性，固已有然。况我民族尤以竺旧为特长，而以自大为夙禀，而坐谈礼教，吐弃学艺，又最足以便于空疏涂饰之辈，靡然从风，事有固然。若详推其利害之所届，则此种方严广漠之门面语，其于矫正末俗，实际上收效能几，殊未敢知；而惰力性或且缘此大增，率国人共堕入于奄奄无生气之境，此则吾所为睊睊而忧者耳。

若夫蓝君所论之诡激，吾既已不惮辞而辟之。要之此两者，皆社会心理之病征而已，而其病则不能相克而常相生。蔑古论昌，则复古论必乘之；复古论昌，则蔑古论又必乘之。以极端遇极端，累反动以反动，则其祸之中于国家社会者遂不可纪极。孟子曰：“生于其心，害于其政；发于其政，害于其事。”是以君子慎之也。

《晚清两大家诗钞》题辞

一

晚清两大家诗是什么？一部是元和金亚匏先生的《秋蟪吟馆诗》，一部是嘉应黄公度先生的《人境庐诗》。我认这两位先生是中国文学革命的先驱，我认这两部诗集是中国有诗以来一种大解放。这诗钞是我拿自己的眼光，将两部集里头最好的诗——最能代表两先生精神，而且可以为解放模范的，钞将下来，所钞约各占原书三分一的光景。

我为什么忽然编起这部书来呢？我想，文学是人生最高尚的嗜好，无论何时，总要积极提倡的。即使没有人提倡他，他也不会灭绝。不惟如此，你就想禁遏他，也禁遏不来。因为稍有点子的文化的国民，就有这种嗜好。文化越高，这种嗜好便越重。但是若没有人往高尚的一路提倡，他却会委靡堕落，变成社会上一种毒苦。比方男女情爱，禁是禁不来的，本质原来又是极好的，但若不向高尚处提，结果可以流于丑秽。还有一义，文学是要常常变化更新的，因为文学的本质和作用，最主要的就是“趣味”。趣味这件东西，是由内发的情感和外受的环境交媾发生出来。就社会全体论，各个各个时代趣味不同。就一个而论，趣味亦刻刻变化。任凭怎么好的食品，若是顿顿照样吃，自然讨厌。若是将剩下来的嚼了又嚼，那更一毫滋味都没有了。我因为文学上高尚和更新两种目的，所以要编这部书。

我又想，文学是无国界的。研究文学，自然不当限于本国。何况近代以来，欧洲文化，好像万流齐奔，万花齐茁，我们侥幸生在今日，正应该多预备“敬领谢”的帖子，将世界各派的文学尽量输入。就这点看来，研究外国文学，实在是比研究本国的趣味更大益处更多。但却有一层要计算到，怎么叫做输入外国文学呢？第一件，将人家的好著作，用本国语言文字译写出来。第二件，采了他的精神，来自己著作，造出本国的新文学。要想完成这两种职务，必须在本国文学上有相当的素养。因为文学是一种“技术”，语言文字是一种“工具”，要善用这工具，才能有精良的技术，要有精良的技术，才能将高尚的情感和理想传达出来。所以讲别的学问，本国的旧根柢浅薄些，都还可以，讲到文学，却是一点儿偷懒不得。我因为在新旧文学过渡期内，想法教我们把向来公用的工具，操练纯熟，而且得有新式运用的方法，来改良我们的技术，所以要编这部书。

二

我要讲这两部诗的价值，请先将我向来对于诗学的意见，略略说明。

诗，不过文学之一种，然确占极重要之位置，在中国尤甚。欧洲的诗，往往有很长的，一位大诗家，一生只做得十首八首，一首动辄数万言，我们中国却没有。有人说是中国诗家才力薄的证据，其实不然。中国有广义的诗，有狭义的诗。狭义的诗，“三百篇”和后来所谓“古近体”的便是。广义的诗，则凡有韵的皆是。所以赋亦称“古诗之流”，词亦称“诗余”。讲到广义的诗，那么从前的“骚”咧，“七”咧，“赋”咧，“谣”咧，“乐府”咧，后来的“词”咧，“曲本”咧，“山歌”咧，“弹词”咧，都应该纳入诗的范围。据此说来，我们古今所有的诗，短的短到十几个字，长的长到十几万字，也和欧人的诗没甚差别，只因分科发达的结果，“诗”字成了个专名，和别的有韵之文相对待，把诗的范围弄窄了。后来做诗的人在这个专名底下，摹仿前人，造出一种自己束缚自己的东西，叫做什么“格律”，诗却成了苦人之具了。如今我们提倡诗学，第一件是要把“诗”字广义的观念恢复转来，那么自然不受格律的束缚。为什么呢？凡讲格律的，诗有诗的格律，赋有赋的格律，词有词的格律；专就诗论，古体有古体的格律，近体有近体的格律，这都是从后起的专名产生出来。我们既知道赋呀词呀……呀都是诗，要作好诗，须把这些的精神都熔纳在里头，这还有什么格律好讲呢？只是独往独来，将自己的性情和所感触的对象，用极淋漓极微妙的笔力写将出来，这才算是真诗。这是我对于诗的头一种见解。

格律是可以不讲的，修辞和音节却要十分注意。因为诗是一种技术，而且是一种美的技术。若不从这两点着眼，便是把技术的作用，全然抹杀，虽有好意境，也不能发挥出价值来。所谓修辞者，并非堆砌古典僻字，或卖弄浮词艳藻，这等不过不会作诗的人，借来文饰他的浅薄处。试看古人名作，何一不是文从字顺，谢去雕凿，何尝有许多深文谜语来？虽然选字运句，一巧一拙，而文章价值，相去天渊。白香山诗，不是说“老妪能解”吗？天下古今的老妪，个个能解，天下古今的诗人，却没有几个能做。说是他的理想有特别高超处吗？其实并不见得。只是字句之间，说不出来的精严调协，令人读起来，自然得一种愉快的感受。古来大家名作，无不如是。这就是修辞的作用。所谓音节者，亦并非讲究“声病”，这种浮响，实在无足重轻。但“诗”之为物，本来是与“乐”相为体用，所以《尚书》说：“诗言志，歌永言，声依永，律和声。”古代的好诗，没有一首不能唱的，那“不歌而诵”之赋，所以势力不能和诗争衡，就争这一点。后来乐有乐的发达，诗有诗的发达，诗乐不能合一，所以乐府咧，词咧，曲咧，层层继起，无非顺应人类好乐的天性。今日我们做诗，虽不必说一定要能够入乐，但最少也要抑扬抗坠，上口琅然。近来欧人，倡一种“无韵诗”，中国人也有学他的。旧诗里头，我只在刘继庄的《广阳杂记》见过一首，系一位和尚做的，很长，半有韵，半无韵。继庄说他是天地间奇文，我笨得很，却始终不能领会出他的好处。但我总以为音节是诗的第一要素。诗之所以能增人美感，全赖乎此。修辞和音节，就是技术方面两根大柱，想做名诗，是要实质方面和技术方面都下工夫。实质方面是什么？自然是意境和资料。若没有好意境好资料，算是实质亏空，任凭恁样好的技术，也是白用；若仅有好意境好资料，而词句冗拙，音节饾饤，自己意思，达得不如法，别人读了，不能感动，岂不是因为技术不够，连实质也糟蹋了吗？这是我对于诗的第二种见解。

因这种见解，我要顺带着评一评白话诗问题。我并不反对白话诗，我当十七年前，在《新民丛报》上做的诗话，因为批评招子庸《粤讴》，也曾很说白话诗应该提倡。其实白话诗在中国并不算什么稀奇，自寒山、拾得以后，邵尧夫《击壤集》全部皆是，《王荆公集》中也不少。这还是狭义的诗。若连广义的诗算起来，那么周清真、柳屯田的词，十有九是全首白话。元明人曲本，虽然文白参半，还是白多，最有名的《琵琶记》，佳处都是白话。在我们文学史上，白话诗的成绩，不是已经粲然可观吗？那些老先生忽然把他当洪水猛兽看待起来，只好算少见多怪。至于有一派新进青年，主张白话为唯一的新文学，极端排斥文言，这种偏激之论，也和那些老先生不相上下。就实质方面论，若真有好意境好资料，用白话也做得出好诗，用文言也做得出好诗。如其不然，文言诚属可厌，白话还加倍可厌。这是大众承认，不必申说了。就技术方面论，却很要费一番比较研究。我不敢说白话诗永远不能应用最精良的技术，但恐怕要等到国语经几番改良蜕变以后。若专从现行通俗语底下讨生活，其实有点不够。第一，凡文以词约义丰为美妙，总算得一个原则。拿白话和文言比较，无论在文在诗，白话总比文言冗长三分之一。因为名词动词，文言只用一个字的，白话非用两个字不能成话。其他转词助词等，白话也格外用得多。试举一个例，杜工部《石壕吏》的“存者且偷生，死者长已矣”，译出白话来是：“活着的捱一天是一天，死过的算永远完了。”我这两句还算译得对吗？不过原文十字变成十七字了。所以讲到修洁两个字，白话实在比文言加倍困难。第二，美文贵含蓄，这原则也该大家公认。所谓含蓄者，自然非廋词谜语之谓，乃是言中有意，一种匣剑帷灯之妙，耐人寻味。这种技术，精于白话的人，固然也会用，但比文言总较困难。试拿宋代几位大家的词一看，同是一人，同写一样情节，白话的总比文言的浅露寡味。可见白话本身，实容易陷入一览无余的毛病（“容易”二字注意，并不是说一定）。更举一个切例，本书中黄公度的《今别离》四首，大众都认他是很有价值的创作，试把他翻成白话，或取他的意境自做四首白话，不惟冗长了许多，而且一定索然无味。白话诗含蓄之难，可以类推。第三，字不够用，这是做“纯白话体”的人最感苦痛的一桩事。因为我们向来语文分离，士大夫不注意到说话的进化，“话”的方面，却是绝无学问的多数人，占了势力，凡传达稍高深思想的字，多半用不着。所以有许多字，文言里虽甚通行，白话里却成僵弃。我们若用纯白话体做说理之文，最苦的是名词不够。若一一求其通俗，一定弄得意义浅薄，而且不正确。若做英文，更添上形容词动词不够的苦痛。陶渊明的“暧暧远人村，依依生晚烟”，李太白的“黄河从西来，窈窕入远山”，这种绝妙的形容词，我们话里头就没有方法找得出来。杜工部的“欲觉闻晨钟，令人发深省”，“深省”两个字，白话要用几个字呢？字多也罢了，意味却还是不对。这不过随手举一两个例，若细按下去，其实触目皆是。所以我觉得极端的“纯白话诗”，事实上算是不可能。若必勉强提倡，恐怕把将来的文学，反趋到笼统浅薄的方向，殊非佳兆。以上三段，都是从修辞的技术上比较研究。第四，还有音节上的技术。我不敢说白话诗不能有好音节，因为音乐节奏，本发于人性之自然，所以山歌童谣，亦往往琅琅可听，何况文学家刻意去做，那里有做不到的事？现在要研究的，还是难易问题。我也曾读过胡适之的《尝试集》，大端很是不错，但我觉得他依着词家旧调谱下来的小令，格外好些。为什么呢？因为五代两宋的大词家，大半都懂音乐，他们所创的调，都是拿乐器按拍出来。我们依着他填，只要意境字句都新，自然韵味双美。我们自创新音，何尝不能？可惜我们不懂音乐，只成个“有志未逮”，而纯白话体有最容易犯的一件毛病，就是枝词太多，动辄伤气。试看文言的诗词，“之乎者也”，几乎绝对的不用，为什么呢？就因为他伤气，有妨音节。如今做白话诗的人，满纸“的么了哩”，试问从那里得好音节来？我常说，“做白话文有个秘诀”，是“的么了哩”越少用越好，就和文言的“之乎者也”，可省则省，同一个原理。现在报章上一般的白话文，若叫我点窜，最少也把他的“的么了哩”删去一半。我们看《镜花缘》上君子国的人掉书包，满嘴“之乎者也”，谁不觉得头巾俗气，可厌可笑。如今做白话文的人，却是“新之乎者也”不离口，还不是一种变相的头巾气？做文尚且不可，何况拿来入诗？字句既不修饰，加上许多滥调的语助辞，真成了诗的“新八股腔”了。

以上所说，是专就技术上研究白话诗难工易工的问题，并不是说白话诗没有价值。我想白话诗将来总有大成功的希望，但须有两个条件：第一，要等到国语进化之后，许多文言，都成了“白话化”。第二，要等到音乐大发达之后，做诗的人，都有相当音乐智识和趣味。这却是非需以时日不能。现在有人努力去探辟这殖民地，自然是极好的事。但绝对的排斥文言，结果变成奖励俗调，相习于粗糙浅薄，把文学的品格低下了，不可不虑及。其实文言白话，本来就没有一定的界限。“暮投石壕村，有吏夜捉人。老翁逾墙走，老妇出门看”，算文言呀，还是算白话？“浔阳江头夜送客，枫叶荻花秋瑟瑟。主人下马客在船，举酒欲饮无管弦”，算文言呀，还是算白话？再高尚的，“行行重行行，与君生别离”“采菊东篱下，悠然见南山”，算文言呀，还是算白话？就是在律诗里头，“尚想旧情怜婢仆，也曾因梦送钱财。情知此恨人人有，贫贱夫妻百事哀”，算文言呀，还是算白话？那最高超雄浑的，“吴楚东南坼，乾坤日夜浮。亲朋无一字，老病有孤舟”，算文言呀，还是算白话？若说是定要满纸“的么了哩”，定要将《石壕吏》三、四两句改作“有一位老头子爬墙头跑了，一位老婆子出门口张望张望”，才算白话，老实说，我就不敢承教。若说我刚才所举出的那几联都算得白话，那么白话、文言，毕竟还有什么根本差别呢？老实讲一句，我们的白话、文言，本来就没有根本差别。最要紧的，不过语助词有些变迁或是单字不便上口，改为复字。例如文言的“之”“者”，白话变为“的”；文言的“矣”，白话变为“了”；文言的“乎”“哉”，白话变为“么”“吗”；文言单用“因”字“为”字，白话总要“因为”两字连用；文言“故”字“所以”字随便用，白话专用“所以”。“的”“了”“么”“吗”，固然是人人晓，“之”“者”“矣”“乎”“哉”，何尝不也是人人共晓？《论语》只用“斯”字，不用“此”字。后人作文，若说定要把“此”改作“斯”才算古雅，固然可笑，若说“斯”字必不许用，又安有此理？“能饮一杯无”，古文应作“能饮一杯乎”，白话应作“能饮一杯么”，其实“乎”“无”“么”三字原只是一字，不过口意微变，演成三体。用“乎”用“无”用“么”，尽听人绝对的自由选择，读者一样的尽人能解。近来有人将文言比欧洲的希腊文、拉丁文，将改用白话体比欧洲近世各国之创造国语文学，这话实在是夸张太甚，违反真相。希腊、拉丁语和现在的英、法、德语，语法截然不同，字体亦异，安能不重新改造？譬如我中国人治佛学的，若使必要诵习梵文，且著作都用梵文写出，思想如何能普及？自然非用本国通行文字写作不可。中国文言、白话的差别，只能拿现在英国通俗文和莎士比亚时代英国古文的差别做个比方，绝不能拿现在英、法、德文和古代希腊、拉丁文的差别做个比方。现代英国人，排斥希腊、拉丁，是应该的，是可能的。排斥《莎士比亚集》，不惟不应该，而且不可能。因为现代英文和《莎士比亚集》并没有根本不同，绝不能完全脱离了他，创成独立的一文体。我中国白话之与文言，正是此类。何况文字不过一种工具，他最要紧的作用，第一，是要把自己的思想和感情完全传达出来。第二，是要令对面的人读下去能确实了解。就第二点论，读“活着的捱一天是一天，死过的算永远完了”这两句话能够了解的人，读“存者且偷生，死者长已矣”这两句话，亦自会了解。质言之，读《水浒传》《红楼梦》能完全了解字句的人，读《论语》《孟子》也差不多都了解。《论语》《孟子》一字不解的，便《水浒》《红楼》亦那里读得下去！——这专就普通字句论。若书中的深意，自然是四种书各各都有难解处。又字句中仍有须特别注释的，四种书都有。——就第一点论，却是文言、白话，各有各的特长。例如描写社会实状，委曲详尽，以及情感上曲折微妙传神之笔，白话最擅长；条约、法律等条文，非文言不能简明正确；普通说理、叙事之文，两者皆可，全视作者运用娴熟与否为工拙。我这段话自问总算极为持平，所以我觉得文言白话之争，实在不成问题。一两年来，大家提倡白话，我是极高兴。高兴什么？因为文学界得一种解放。若翻过来极端的排斥文言，那不是解放，却是别造出一种束缚了。标榜白话文的格律义法，还不是“桐城派第二”？这总由脱不了二千年来所谓“表章什么，罢黜什么”的劣根性，我们今日最宜切戒。依我的主张，是应采绝对自由主义。除了用艰僻古字，填砌陈腐典故，以及古文家缛笔肤语，应该排斥外，只要是朴实说理，恳切写情，无论白话、文言，都可尊尚，任凭作者平日所练以及一时兴会所到，无所不可。甚至一篇里头，白话、文言，错杂并用，只要调和得好，也不失为名文。这是我对于文学上一般的意见。

专就讨论，第一，押险韵，用僻字，是要绝对排斥的。第二，用古典作替代语，变成“点鬼簿”，是要绝对排斥的。第三，美人芳草，托兴深微，原是一种象征的作用，做得好的自应推尚，但是一般诗家陈陈相袭，变成极无聊的谜语，也是要相对排斥的。第四，律诗有篇幅的限制，有声病的限制，束缚太严，不便于自由发摅性灵，也是该相对的排斥。然则将来新诗的体裁该怎么样呢？第一，四言、五言、七言、长短句，随意选择。第二，骚体、赋体、词体、曲体，都拿来入诗。在长篇里头，只要调和得好，各体并用也不妨。第三，选词以最通行的为主，俚语俚句，不妨杂用，只要能调和。第四，纯文言体或纯白话体，只要词句显豁简练，音节谐适，都是好的。第五，用韵不必拘拘于《佩文诗韵》，且至唐韵、古音，都不必多管，惟以现在口音谐协为主。

但韵却不能没有，没有只好不算诗。白话体自然可用，但有两个条件，应该注意：第一，凡字面及句法有用普通文言可以达意者，不必定换俚字俗语。若有意如此，便与旧派之好换僻字自命典雅者，同属一种习气，徒令文字冗长惹厌。第二，语助辞愈少用愈好，多用必致伤气，便像文言诗满纸“之乎者也”，还成个什么诗呢？若承认这两个条件，那么白话诗和普通文言诗，竟没有很显明的界线，寒山、拾得、白香山，就是最中庸的诗派。我对于白话诗的意见大略如此。

因为研究诗的技术方面，涉及目前一个切要问题，话未免太多了。如今要转向实质方面。我们中国诗家有一个根本的缺点，就是厌世气味太重。我的朋友蒋百里曾有一段话，说道：“中国的哲学，北派占优势。可是文学的势力，实在是南派较强。南派的祖宗，就是那怀石沉江的屈子。他的一个厌世观，打动了多少人心。所以贾长沙的哭，李太白的醉，做了文人一种模范。到后来末流，文人自命清高，对于人生实在生活，成一种悲观的态度，好像‘世俗’二字，和‘文学’是死对头一般。”（《改造》第一号《谈外国文学之先决条件》）这段话真是透辟。我少年时亦曾有两句诗，说道：“平生最恶牢骚语，作态呻吟苦恨谁。”（《饮冰室诗稿》）我想，我们若不是将这种观念根本打破，在文学界断不能开拓新国土。第二件，前人都说，诗到唐朝极盛。我说，诗到唐朝始衰。为什么呢？因为唐以诗取士，风气所趋，不管什么人都学诌几句，把诗的品格弄低了。原来文学是一种专门之业，应该是少数天才俊拔而且性情和文学相近的人，屏弃百事，专去研究他，做成些优美创新的作品，供多数人赏玩。那多数人只要去赏玩他，涵养自己的高尚性灵便够了，不必人人都作，这才是社会上人才经济主义。如今却好了，科举既废，社会对于旧派的词章家，带一种轻薄态度。做诗不能换饭吃。从今以后，若有喜欢做诗的人，一定是为文学而研究文学，根柢已经是纯洁高尚了。加以现代种种新思潮输入，人生观生大变化，往后做文学的人，一定不是从前那种消极理想。所以我觉得，中国诗界大革命，时候是快到了。其实就以中国旧诗而论，那几位大名家所走的路，并没有错。其一，是专玩味天然之美，如陶渊明、王摩诘、李太白、孟襄阳一派。其二，是专描写社会实状，如杜工部、白香山一派。中国最好的诗，大都不出这两途，还要把自己真性情表现在里头，就算不朽之作。

往后的新诗家，只要把个人叹老嗟卑，和无聊的应酬交际之作一概删汰，专从天然之美和社会实相两方面着力，而以新理想为之主干，自然会有一种新境界出现。至于社会一般人，虽不必个个都做诗，但诗的趣味，最要涵养。如此，然后在这实社会上生活，不至干燥无味，也不至专为下等娱乐所夺，致品格流于卑下。这是我对于诗的第三种见解。

金、黄两先生的诗，能够完全和我理想上的诗相合吗？还不能，但总算有几分相似了。我如今要把两先生所遭值的环境和他个人历史，简单叙述，再对他的诗略下批评。

清代学术概论（节选）①

二十五　梁启超的今文学派宣传运动

对于“今文学派”为猛烈的宣传运动者，则新会梁启超也。

启超年十三，与其友陈千秋同学于学海堂，治戴、段、王之学。千秋所以辅益之者良厚。越三年，而康有为以布衣上书被放归，举国目为怪。千秋、启超好奇，相将谒之，一见大服，遂执业为弟子，共请康开馆讲学，则所谓万木草堂是也。二人者学数月，则以其所闻昌言于学海堂，大诋诃旧学，与长老侪辈辩诘无虚日。有为不轻以所学授人。草堂常课，除《公羊传》外，则点读《资治通鉴》《宋元学案》《朱子语类》等，又时时习古礼。千秋、启超弗嗜也，则相与治周秦诸子及佛典，亦涉猎清儒经济书及译本西籍，皆就有为决疑滞。居一年，乃闻所谓“大同义”者，喜欲狂，锐意谋宣传。有为谓非其时，然不能禁也。又二年，而千秋卒（年二十二），启超益独力自任。

启超治《伪经考》，时复不慊于其师之武断，后遂置不复道。其师好引纬书，以神秘性说孔子，启超亦不谓然。启超谓孔门之学，后衍为孟子、荀卿两派，荀传小康，孟传大同。汉代经师，不问为今文家古文家，皆出荀卿（汪中说）。二千年间，宗派屡变，壹皆盘旋荀学肘下，孟学绝而孔学亦衰。于是专以绌荀申孟为标帜，引《孟子》中诛责“民贼”“独夫”“善战服上刑”“授田制产”诸义，谓为大同精意所寄，日倡道之；又好《墨子》，诵说

---

① 《清代学术概论》初稿著成于1920年12月，初连载于《改造》杂志，1921年2月由上海商务印书馆出版单行本。此节选据朱维铮导读《清代学术概论》（上海古籍出版社1998年出版）。

其“兼爱”“非攻”诸论。启超屡游京师，渐交当世士大夫，而其讲学最契之友，曰夏曾佑、谭嗣同。曾佑方治龚、刘今文学，每发一义，辄相视莫逆。其后启超亡命日本，曾佑赠以诗，中有句曰：“……冥冥兰陵（荀卿）门，万鬼头如蚁，质多（魔鬼）举只手，阳乌为之死。袒裼往暴之，一击类执豕，酒酣掷杯起，跌宕笑相视。颇谓宙合间，只此足欢喜。……”此可想见当时彼辈“排荀”运动，实有一种元气淋漓景象。嗣同方治王夫之之学，喜谈名理，谈经济，及交启超，亦盛言大同，运动尤烈。（详次节）而启超之学，受夏、谭影响亦至巨。

其后启超等之运动，益带政治的色彩。启超创一旬刊杂志于上海，曰《时务报》。自著《变法通议》，批评秕政，而救敝之法，归于废科举、兴学校，亦时时发“民权论”，但微引其绪，未敢昌言。

已而嗣同与黄遵宪、熊希龄等，设时务学堂于长沙，聘启超主讲席，唐才常等为助教。启超至，以《公羊》《孟子》教，课以札记，学生仅四十人，而李炳寰、林圭、蔡锷称高才生焉。启超每日在讲堂四小时，夜则批答诸生札记，每条或至千言，往往彻夜不寐。所言皆当时一派之民权论，又多言清代故实，胪举失政，盛倡革命。其论学术，则自荀卿以下汉、唐、宋、明、清学者，掊击无完肤。时学生皆住舍，不与外通，堂内空气日日激变，外间莫或知之。及年假，诸生归省，出札记示亲友，全湘大哗。先是嗣同、才常等，设“南学会”聚讲，又设《湘报》（日刊）、《湘学报》（旬刊），所言虽不如学堂中激烈，实阴相策应。又窃印《明夷待访录》《扬州十日记》等书，加以案语，秘密分布，传播革命思想，信奉者日众，于是湖南新旧派大哄。叶德辉著《翼教丛编》数十万言，将康有为所著书、启超所批学生札记，及《时务报》《湘报》《湘学报》诸论文，逐条痛斥。而张之洞亦著《劝学篇》，旨趣略同。

戊戌政变前，某御史胪举札记批语数十条指斥清室、鼓吹民权者具折揭参，卒兴大狱。嗣同死焉，启超亡命，才常等被逐，学堂解散。盖学术之争，延为政争矣。

启超既亡居日本，其弟子李、林、蔡等弃家从之者十有一人，才常亦数数往来，共图革命。积年余，举事于汉口，十一人者先后归，从才常死者六人焉。启超亦自美洲驰归，及上海而事已败。自是启超复专以宣传为业，为《新民丛报》《新小说》等诸杂志，畅其旨义，国人竞喜读之；清廷虽严禁，不能遏；每一册出，内地翻刻本辄十数。二十年来学子之思想，颇蒙其影响。

启超夙不喜桐城派古文，幼年为文，学晚汉魏晋，颇尚矜炼，至是自解放，务为平易畅达，时杂以俚语韵语及外国语法，纵笔所至不检束，学者竞效之，号新文体。老辈则痛恨，诋为野狐。然其文条理明晰，笔锋常带情感，对于读者，别有一种魔力焉。

三十一　前清学风与欧洲文艺复兴的异点

前清一代学风，与欧洲文艺复兴时代相类甚多。其最相异之一点，则美术文学不发达也。

清之美术（画），虽不能谓甚劣于前代，然绝未尝向新方面有所发展，今不深论。

其文学，以言夫诗，真可谓衰落已极。吴伟业之靡曼，王士祯之脆薄，号为开国宗匠。乾隆全盛时，所谓袁（枚）、蒋（士铨）、赵（翼）三大家者，臭腐殆不可向迩。诸经师及诸古文家，集中多亦有诗，则极拙劣之砌韵文耳。嘉道间，龚自珍、王昙、舒位，号称新体，则粗犷浅薄。咸同后，竞宗宋诗，只益生硬，更无余味。其稍可观者，反在生长僻壤之黎简、郑珍辈，而中原更无闻焉。直至末叶，始有金和、黄遵宪、康有为，元气淋漓，卓然称大家。

以言夫词，清代固有作者，驾元明而上，若纳兰性德、郭麐、张惠言、项鸿祚、谭献、郑文焯、王鹏运、朱祖谋，皆名其家，然词固所共指为小道者也。

以言夫曲，孔尚任《桃花扇》、洪昇《长生殿》外，无足称者；李渔、蒋士铨之流，浅薄寡味矣。

以言夫小说，《红楼梦》只立千古，余皆无足齿数。

以言夫散文，经师家朴实说理，毫不带文学臭味；桐城派则以文为“司空城旦”矣。其初期魏禧、王源较可观，末期则魏源、曾国藩、康有为。清人颇自夸其骈文，其实极工者仅一汪中，次则龚自珍、谭嗣同。其最著名之胡天游、邵齐焘、洪亮吉辈，已堆垛柔曼无生气，余子更不足道。

要而论之，清代学术，在中国学术史上，价值极大；清代文艺美术，在中国文艺史美术史上，价值极微；此吾所敢昌言也。

清代何故与欧洲之“文艺复兴”异其方向耶？所谓“文艺复兴”者，一言以蔽之，日返于希腊。希腊文明，本以美术为根干，无美术则无希腊，盖南方岛国景物妍丽而多变化之民所特产也。而意大利之位置，亦适与相类。希腊主要美术在雕刻，而其实物多传于后。故维那神像（雕刻裸体女神）之发掘，为文艺复兴最初之动机；研究学问上古典，则其后起耳。故其方向特趋重于美术，宜也。我国文明，发源于北部大平原。平原雄伟广荡而少变化，不宜于发育美术。所谓复古者，使古代平原文明之精神复活，其美术的要素极贫乏，则亦宜也。

然则曷为并文学亦不发达耶？

欧洲文字衍声，故古今之差变剧；中国文字衍形，故古今之差变微。文艺复兴时之欧人，虽竞相与研究希腊，或径以希腊文作诗歌及其他著述，要之欲使希腊学普及，必须将希腊语译为拉丁或当时各国通行语，否则人不能读。因此，而所谓新文体（国语新文学）者，自然发生，如六朝隋唐译佛经，产生一种新文体，今代译西籍，亦产出一种新文体，相因之势然也。

我国不然，字体变迁不剧，研究古籍，无待迻译。夫《论语》《孟子》，稍通文义之人尽能读也，其不能读《论语》《孟子》者，则并《水浒》《红楼》亦不能读也，故治古学者无须变其文与语。既不变其文与语，故学问之实质虽变化，而传述此学问之文体语体无变化，此清代文无特色之主要原因也。重以当时诸大师方以崇实黜华相标榜，顾炎武曰：“一自命为文人，便无足观。”（《日知录》二十）所谓“纯文艺”之文，极所轻蔑。高才之士，皆集于“科学的考证”之一途。其向文艺方面讨生活者，皆第二派以下人物，此所以不能张其军也。

亡友夏穗卿先生①

我正在这里埋头埋脑做我的《中国近三百年学术史》里头《清代学者整理旧学之总成绩》一篇，忽然接到夏浮筠的信说他父亲穗卿先生死了！

我像受电气打击一般蓦地把三十年前的印象从悲痛里兜转来！几天内天天要写他又写不出。今天到车站上迎太戈尔，回家来又想起穗卿了。胡乱写那么几句。

近十年来，社会上早忘却有夏穗卿其人了。穗卿也自贫病交攻，借酒自戕。正是李太白诗说的“君平既弃世，世亦弃君平”。连我也轻容易见不着他一面，何况别人？但是，若有读过十八九年前的《新民丛报》和《东方杂志》的人，当知其中有署名别士的文章，读起来令人很感觉他思想的深刻和卓越。“别士”是谁？就是穗卿。

穗卿是晚清思想界革命的先驱者。

穗卿是我少年做学问最有力的一位导师。

穗卿既不著书，又不讲学，他的思想，只是和心赏的朋友偶然讲讲，或者在报纸上随意写一两篇。——印出来的著作，只有十几年前商务印书馆出版的一部《中国历史教科书》，也并非得意之作。——他晚年思想到怎样程度，恐怕除了他自己外没有人知道。但我敢说：

他对于中国历史有崭新的见解——尤其是古代史，尤其是有史以前。

他对于佛学有精深的研究——近世认识“唯识学”价值的人，要算他头一个。

我将来打算做一篇穗卿的传，把他学术全部详细说明。——但不知道我

① 此文初载1924年4月29日《晨报副刊》。

能不能，因为穗卿虽然现在才死，然而关于他的资料已不易搜集，尤其是晚年。——现在只把我所谓“三十年前印象”写写便了。

穗卿和我的交际，有他赠我两首诗说得最明白。第二首我记不真了——原稿更没有。第一首却一字不忘。请把他写下来：

壬辰在京师，广座见吾子。
草草致一揖，仅足记姓氏。
洎乎癸甲间，衡宇望尺咫。
春骑醉莺花，秋灯狎图史。
冥冥兰陵门，万鬼头如蚁。
质多举只手，阳乌为之死。
袒裼往暴之，一击类执豕。
酒酣掷杯起，跌宕笑相视。
颇谓宙合间，只此足欢喜。
夕烽从东来，孤帆共南指。
再别再相遭，便已十年矣。
君子尚青春，英声乃如此。
嗟嗟吾党人，视子为泰否。

这首诗是他甲辰年游日本时赠我的，距今恰恰整二十年了。我因这首诗才可以将我们交往的年月约略记忆转来。

我十九岁始认得穗卿。——我的“外江佬”朋友里头，他算是第一个。初时不过“草草一揖”，了不相关，以后不晓得怎么样便投契起来了。我当时说的纯是“广东官话”，他的杭州腔又是终身不肯改的，我们交换谈话很困难，但不久都互相了解了。他租得一个小房子在贾家胡同，我住的是粉房琉璃街新会馆。——后来又加入一位谭复生，他住在北半截胡同浏阳馆。——“衡宇望尺咫”，我们几个没有一天不见面。见面就谈学问，常常对吵，每天总大吵一两场。但吵的结果，十次有九次我被穗卿屈服，我们大概总得到意见一致。

这会想起来，那时候我们的思想真“浪漫”得可惊！不知从那里会有恁么多问题，一会发生一个，一会又发生一个。我们要把宇宙间所有的问题都解决；但帮助我们解决的资料却没有，我们便靠主观的冥想，想得的便拿来对吵；吵到意见一致的时候，便自以为已经解决了。由今回想，真是可笑！但到后来知道问题不是那么容易解决，发生问题的勇气也一天减少一天了。

穗卿和我都是从小治乾嘉派考证学有相当素养的人。到我们在一块儿的时候，我们对于从前所学生极大的反动，不惟厌他，而且恨他。穗卿诗里头“冥冥兰陵门，万鬼头如蚁，质多举只手，阳乌为之死。”“兰陵”指的是荀卿；“质多”是佛典上魔鬼的译名，——或者即基督教经典里头的撒但。阳乌即太阳——日中有乌是相传的神话。清儒所做的汉学，自命为“荀学”。我们要把当时垄断学界的汉学打倒，便用“禽贼禽王”的手段去打他们的老祖宗——荀子。到底打倒没有呢？且不管。但我刚才说过，“我们吵到没有得吵的时候，便算问题解决。”我们主观上认为已经打倒了！“袒裼往暴之，一击类执豕。酒酣掷杯起，跌宕笑相视。颇谓宙合间，只此足欢喜”。这是我们合奏的革命成功凯歌。读起来可以想起当时我们狂到怎么样，也可以想见我们精神解放后所得的愉快怎么样。

穗卿自己的宇宙观人生观，常喜欢用诗写出来。他前后作有几十首绝句，说的都是怪话。我只记得他第一首：

> 冰期世界太清凉。洪水茫茫下土方。巴别塔前一挥手。人天从此感参商。

这是从地质学家所谓冰期洪水期讲起，以后光怪陆离的话不知多少。当时除我和谭复生外没有人能解他。因为他创造许多新名词，非常在一块的人不懂。可惜我把那诗都忘记了——他家里也未必有稿。他又有四首寄托遥深的律诗，我只记得两句：

> 阖视吾良秋柏实，化为瑶草洞庭深。

谭复生和他的是：

……金裘喷血和天斗。黄竹闻歌匝地哀。徐甲傥容心忏悔。愿身成骨骨成灰。

死生流转不相值，天地翻时忽一逢。且喜无情成解脱，欲追前事已冥濛……

这些话都是表现他们的理想，用的字句都是象征。当时我也有和作，但太坏，记不得了。

简单说，我们当时认为：中国自汉以后的学问全要不得的；外来的学问都是好的。既然汉以后要不得，所以专读各经的正文和周秦诸子。既然外国学问都好，却是不懂外国话，不能读外国书，只好拿几部教会的译书当宝贝。再加上些我们主观的理想——似宗教非宗教似哲学非哲学似科学非科学似文学非文学的奇怪而幼稚的理想。我们所标榜的“新学”，就是这三种原素混合构成。

我们的“新学”要得要不得，另一问题。但当时确用“宗教式的宣传”去宣传他。穗卿诗说“嗟嗟吾党人”，穗卿没有政治上的党，人人所共知；“吾党”却是学术界打死仗的党。

穗卿为什么自名为别士呢？“别士”这句话出于墨子，是和“兼士”对称的。墨子主张兼爱，常说“兼以易别”，所以墨家叫做“兼士”，非墨家便叫做“别士”。我是心醉墨学的人，所以自己号称“任公”，又自命为“兼士”。穗卿说：“我却不能做摩顶放踵利天下的人，只好听你们墨家排挤罢。”因此自号别士。他又有两句赠我的诗说道：

君自为繁我为简，白云归去帝之居。

这是他口里来说出我们彼此不同之点。大概他厌世的色彩很深，不像我凡事都有兴味。我们常常彼此互规其短；但都不能改，以后我们各走各路，学风便很生差别了。

穗卿又起我一个绰号叫做“佞人”。这句话怎么解呢？我们有一天闲谈，谈到这“佞”字，古人自谦便称“不佞”，《论语》又说“仁而不佞”，又说：“非敢为佞也，疾固也。”不佞有什么可惜又有什么可谦呢？因记起某部书的训诂“佞，才也”。知道不佞即不才，仁而不佞即仁而无才，非敢为佞即不敢自命有才。然则穗卿为什么叫我做佞人呢？《庄子·天下》篇论墨子学术总结一句是“才士也夫”。——穗卿当时赠我的诗有一句：“帝杀黑龙才士隐”，“黑龙”用《墨子·贵义》篇的话，才士即指墨子——他挖酷（苦）我的“墨学狂”，把庄子上给墨子的徽号移赠我，叫我做“才士”，再拿旧训诂展转注解一番，一变便变成了“佞人”！有一年正当丁香花盛开时候，我不知往那里去了，三天没有见他。回来见案头上留下他一首歪诗说道：

不见佞人三日了。不知为佞去何方。
春光如此不游赏。终日栖栖为底忙。

这虽不过当时一种绝不相干的雅谑，但令我永远不能忘记。现在三十年前的丁香花又烂漫着开，枝头如雪，“佞人”依旧“栖栖”，却不见留笺的人！

我们都学佛，但穗卿常常和我说：“怕只法相宗才算真佛学。”那时窥基的《成唯识论述记》初回到中国，他看见了欢喜得几乎发狂！他又屡说“《楞严经》是假的”，当时我不以为然，和他吵了多次。但后来越读《楞严》越发现他是假。我十年来久想仿阎百诗《古文尚书疏证》的体例著一部《佛顶楞严经疏证》。三年前见穗卿和他谈起，他很高兴，还供给我许多资料。我这部书不知何年何月才做成，便做成也不能请教我的导师了！

穗卿是最静穆的人，常常终日对客不发一言。我记得他有一句诗：

一灯静如鹭。

我说这诗就是他自己写照。从前我们用的两根灯草的油灯，夜长人寂时澄心眇虑和他相对，好像沙滩边白鹭翘起一足在那里出神。穗卿这句诗固然体物入微（原文为“人徽”），但也是他的人格的象征了。

“白云归去帝之居。”呜呼，穗卿先生归去了。

呜呼！思想界革命先驱的夏穗卿先生！

呜呼！我三十年前的良友夏穗卿先生！

十三年，四月，二十三日，穗卿死后六日。

作文教学法[1]

一

本讲义专为中学以上作文科教师讲授，及学生自习之用，主意在根据科学方法研究文章构造之原则，令学者对于作文技术得有规矩准绳以为上达之基础。

讲义开始之前，应自行划定所讲之范围及体例如下：

第一，作文第一步工夫，本应注重文法，但此事应该别有专书讲授，而且在高等小学期间内该已大略授过，所以本讲义把这部分姑且剔开，专从全篇结构上讲。

第二，本讲义所用教材，专限于文言文，其语体文一概从略。并非对于语体文有什么不满，只因为：

（一）本讲义预备中学以上教学用。假定学生在小学期间对于语体文已有相当之素养，到中学以上无专门教授语体文之必要。

（二）文言文行用已二千多年，许多精深的思想和优美的文学作品，皆用他来发表，所以学生应该学习他，最少也要能读他，能解他，学习的期间，以中学为最宜。

（三）文言和语体，我认为是一贯的，因为文法所差有限得很。会作文言的人，当然会作语体。或者可以说文言用功愈深，语体成就愈好。所以中学以上，在文言下些相当功夫，于语体文也极有益。

---

① 1922年7月、8月，梁启超先后在南开大学、东南大学讲“中学以上作文教学法”，发表在《改造》1922年第4卷第9号，后经修改增补，改题《作文教学法》，收入《饮冰室合集》。此据《饮冰室合集》专集第15册。

（四）语体尚在发达幼稚时代，可以充学校教材的作品不很多①，文言因为用得久了，名作林立，要举模范，俯拾即是，所以教授较为方便。

因为以上四种原故，所以我主张中学以上国文科以文言为主。但这是专从讲授一面说，至于学生自作，当然不妨语文并用，或专作语体亦无不可，因为会作文与否和文学作得好歹，所重不在体裁而在内容，这些道理，下文再说。

第三，文章可大别为三种：（一）记载之文。（二）论辨之文。（三）情感之文。一篇之中，虽然有时或兼两种，或兼三种，但总有所偏重，我们勉强如此分类，当无大差。作文教学法，本来三种都应教，都应学，但第三种情感之文，美术性含得格外多，算是专门文学家所当有事。中学学生以会作应用之文为最要，这一种不必人人皆学。而且本讲义亦为时间所限，所以仅讲前两种为止。至于第三种的研究法，我上半年在清华学校，曾有一篇颇长的讲义，名曰《中国韵文里头所表现的情感》，诸君若对于这方面有兴味，不妨拿来参考参考。

第四，本讲义从教授方面讲居多，但学生很可以用来自习，或者得益更多，亦未可知。

第五，所引模范文，因没有汇辑成书，故仅以最通行者为限，而且所引势难举全文，望诸君觅原本比对参考才好。

二

孟子说："能与人规矩，不能使人巧。"文章做得好不好，属于巧拙问题，巧拙关乎天才，不是可以教得来的。如何才能做成一篇文章，这是规矩范围内事，规矩是可以教可以学的。我不敢说，懂了规矩之后便会巧，然而敢说

① 有人主张拿几部有名的小说当教材，我认为不妥。因为教授国文的目的，虽不必讲什么"因文见道"，也应该令学生连带着得一点别的知识，和别的科学互相补助。像那纯文学的作品，水浒红楼之类，除了打算当文学家的人，没有研究之必要，此其一；要领略他文章妙处，非全部通读不可，如此庞大的卷帙，实不适学堂教科之用，此其二；体裁单纯，不够教授举例，此其三。——作者原注

懂了规矩之后，便有巧的可能性。又敢说不懂规矩的人，绝对不会巧，无规矩的，绝对不算巧。所以本讲义所讲，只是规矩，间有涉及巧的方面，不过作为附带。

诸君听这段话，切勿误认我所讲的与什么文章轨范，什么桐城义法同类。那种讲法，都是于规矩外求巧。他所讲的规矩，多半不能认为正当规矩，我所要讲的，只是极平实简易，而经过一番分析，有途径可循的规矩，换句话说，就是怎样的结构成一篇妥当文章的规矩。

结构成一篇妥当文章，有最低限度的要求，是“该说的话——或要说的话不多不少照原样说出，令读者完全了解我的意思”。这个要求，看似寻常，其实实行做到，极不容易。试把他分析一下。

（一）该说的话。该说的话，是构成文章必要的原料。作文第一步，先把原料搜集齐备，便要判断那种原料是要的，那种是不要的。要不要的标准，要相题而定——又要看时候如何，又要看作者地位如何，又要看读者地位如何。例如作一篇《南开暑期学校记》和作一篇《论暑期学校之功用》，关于暑期学校的原料可以彼此通用的虽然甚多，然而两篇所应去应取当然不同。同是这两个题目，今年作的，和三两年后作的，所说话当然不同。同是作记，以南开为主体，与以暑期学校为主体，所该说的话，当然各个不同。同是作论，对办学的人说，和对学生说，所该说的话当然各个不同。该说的不说，不该说的说，都是文家第一大忌。该说的不说，我们在古人文中很难举出确例。因为我们认为该说的话，也许作者当时实在没有完备的材料，然而也有许多地方可以看得出来。例如司马迁作的《孟子荀卿列传》，他所根据的资料——《孟子》《荀子》两部书现在尚存，我们仔细研究一下，便发见出传中该说而未说的话很多。不该说而说，可以算是二千年来文人通病，有名的六朝骈体文和唐宋八家文，依我看来，总是可以不说的话居十之八九，因为他们不是有话在肚子里要说才做文，乃是因为要做文才勉强找话来说。还有许多话，在这个人是该说的，在那个人是不该说的，在这时候是该说的，在那时候是不该说的。例如最近黎黄陂复职前所发的“鱼电”，可以说是人人该说的话，也可以说是黄陂无论何时都该说的话，独有黄陂自己打定主意承认复职前之数日，便不该说。学作文的人，先要自己定出个立脚点，然后根据这立脚点把该说的话定出个范围，这是第一种规矩。这种规矩是有普遍原则可以求得的。

（二）要说的照原样说出。原样有两种：（1）客观的原样；（2）主观的原样。客观的原样，指事物之纯粹客观性；像画画一般，画某人便的确是某人，画那处风景，便的确是那处风景，这是做记载文最必要的条件。主观的原样，指作者心里头的印象，要把他毫厘不爽的复现到纸墨上来。两者之中，尤以主观的为最紧要，因为任凭你如何主张纯客观的作品，那客观的事物总须经过一番观察审定别择才用来入文，不能绝对的与主观相离。文家临到下笔时，已经把一切客观的都成为“主观化”了，所以能够把主观的原样完全表出，便算尽文章能事，但这句话却很不容易实现。我们拿着一个题目，材料也有了，该说话的范围也定了，但对于所有材料，往往就苦于无法驾驭。有时材料越发多越发弄得狼狈，闹到说得一部分来丢了一部分，把原有的意思都走了。又或意思格格不达，写到纸上的和怀在心中的完全两样。想医第一种病，最紧要是把思想理出个系统来，然后将材料分种类分层次令他配搭得宜。想医第二种病，最要紧是提清主从关系，常常顾着主眼所在，一切话都拥护这主眼，立于辅助说明的地位，这又是作文最重要的规矩。这种规矩也是有普遍原则可以求得的。

（三）令读者完全了解。这句话看着像很容易，其实不然。我自己读许多有名的古文，便不了解他真意何在，所以令人不了解之故有二。其一，谬为高古，搬上满纸难字或过去的文法，令人连句也点不断，段落也分不清。其二，没有论理学的修养。

三

今论记载文作法。凡叙述客观的事实者为记载文，其种类可大别为四：

（一）记物体之内容或状态。如替一部分作提要，替一幅图画作记，说明一种制度的实质，说明一件东西的特性之类。

（二）记地方之形势或风景。记形势的，如方志之类；记风景的，如游记之类。

（三）记个人之言论行事及性格。简要的如列传之类，详细的如行状年谱之类。其中复可分为一人专传、多人合传。

（四）记事件之原委因果。小之记一人一家所发生的事件，大之记关于全国家全人类的事件。短之记以一日或几点钟为起讫的事件，长之记数千年继续关系不断的事件。

上四类中，第一类最为易记。因为范围是有限制的，观察力容易集中；性质是固定的，让我们慢慢地翻来覆去观察，不会变样子。第二类也还易记。因为性质虽然不免变化，比较的还属固定，空间的范围虽然复杂，可以由我们画出界限部分来。第三类的记载便较难。头一件，因为人类生活总须有相当的时间经过才能表明，而时间最是变动不居的。第二件，因为要想明白一个人的真相，不能光看他外表的行事还要看他内在的精神，不能专从大处看，有时还要从小处看，所以作一篇好传记，实不容易。至于第四类的记载便更难了。要知道一件事的原委因果，总要把时间关系空间关系观察清楚，把人的要素物的要素分析明白，种种极复杂状态都拼拢在一处，非大大的费一番组织功夫，不能记述得恰好。

无论做何类记载文，有两个原则总要教守的：

第一，要客观的忠实。记载文既以叙述客观的事实为目的，若所记的虚伪或讹舛或阙漏，便是与目的相反。所以对于材料之搜集要求其备，鉴别要求其真，观察要求其普遍而精密。尤要者，万不可用主观的情感夹杂其中，将客观事实任意加减轻重。要而言之，凡作一篇记载之文，便要预备传到后来作可靠的史料，一面对于事实负严正责任，一面对于读者负严正责任。学生初学作文时，给他这种观念，不惟把“文德”的基础立得巩固，即以文体论，也免了许多枝叶葛藤。

第二，叙述要有系统。客观的事实，总是散漫的断续的。若一条一条的分开胪列——像孔子作春秋一般，只能谓之记载，不能谓之文。既要作文，总须设法把散漫的排列起来，把断续的连贯起来。未动笔以前，先要观察事实和事实的关系，究竟有多少处主要脉络，把全篇组织先立出个系统，然后一切材料能由我自由驾驭。教学生作文从此入手，不惟文章容易成就，而且可以养成他部分的组织能力。

四

以上泛论记载文的纲领已完，以下便举实例分论各种作法。

记载文有把客观事实全部记载者。例如韩昌黎《画记》（《古文辞类纂》卷五一）记的是一幅田猎人物画手卷，用四百多个字，把画中人马及其他动物、杂器物五百多件全部叙入，能令我们读起来，仿佛如见原画，我常推他是《昌黎集》中第一杰作。他这篇杰作，实很费一番组织工夫才能构成。他先把全画人物分为四大部：一人，二马，三其他动物，四杂器物。第一第二部用列举的记叙法，第三第四部用概括的记叙法。他把这个组织系统先行立定，再行驾驭画中的材料。写人的状态应最详，他便用精密的列举，先写大人，后写妇人小孩；大人之中，先写骑马的，次写别种动作的；骑马之中又种种分类，别种动作中又种种分类，叙明作某种状态者若干人，某种某种状态者又若干人。而总结之以“凡人之事三十有二为人大小百二十有三而莫有同者焉”。次叙马，亦列举其状态，而不举每种状态所占之马数。总结处却与叙人同一笔法，说道：“凡马之事二十有七马大小八十有三而莫有同者焉。”次叙其他动物，则但云：“牛大小十一头，橐驼三头……”但举其数，不复写其状态。次叙杂器物，则分兵器、服用器、游戏器三类，统记其总数“二百五十有一具”，更不分记某器有若干具了。其余山水树林等情形，文中一字不见，但我们从他写人马状态里头大约可以推度得出来。这篇文用那么短篇幅，写那么琐屑复杂的状态，能令人对于客观的原样一目了然，而且在文章上很发生美感。问他何以能如此呢？主要工夫全在有系统的分类观察，把主从轻重先弄明白，再将主要部分一层一层的详密分类，自然能以简御繁。我们想练习观察事物的方法，这便是一个模范。

这种叙述法，施诸一幅呆板的画或尚适用，因为画中人物虽极复杂，毕竟同属画出来的东西，想把他全部叙下，还有办法。若所叙的对象含有各种不同性质，你想要全部一丝不漏都叙下，结果一定闹到主从不分明，把应叙的倒反落掉，令读者如堕五里雾中了。所以叙事文通例，总是限于部分的记述。纸面的记述虽仅限于一部分而能把全部的影子摄进来，便算佳文。部分记述之主要方法有四：

（一）侧重法。

（二）类概法。

（三）鸟瞰法。

（四）移进法。

侧重法专注重题中某一点或某几点，其余或带叙或竟不叙。最显著的例，如陈群等之《魏律序略》（《晋书·刑法志》引），目的专在记魏律与秦汉律篇章之异同。起首便说道：“旧律所难知者，由于六篇篇少故也。篇少而文荒，文荒则事寡，事寡则罪漏。是以后人少增，更与本体相离。今制新律，宜都总事类，多其篇条。”这几句把改律的动机和宗旨都简单明了提出，以下便将旧律某篇某篇如何不合论理如何不便事实，据何种理由增加某篇挪动某条，末后总结一笔：“凡所定增十三篇，故就五篇合十八篇。于正律九篇为增，于旁章科令为省矣。”全文不过七百字，然而叙述得非常得要领。我们试把他仔细研究一遍，便可以制成一个极明了的“汉魏律篇章对照表”。他对于许多法律上重要问题，都没有提及，所记专集中这一点。正惟集中于这一点，所以对于这部分确能充分说明，遂成为天地间有用且不朽之文。

凡遇着一个廓大的题目，应该叙述的有许多部分，最好专择一部分为自己兴味所注者以之为主，其余四方八面的观察都拱卫着他，自然会把这部分的真相看得透说得出。别的部分，只好让别人去研究说明。这种方法，虽然可以说是文家取巧，其实也是做学问切实受用的一种途径。

侧重法只要能把所重的说得透彻，本来无论侧重那一点皆可，但能够把题目最重要的地方看清楚，然后用全力侧重他，自然更好。我刚才说过：“部分的叙述，须能把全部影子摄进来。”想以部分摄全部，非从最重要处落墨不可。比方攻击要塞，侧重法是专打一个炮台。所打的若是主力炮台，自然比打普通炮台效力更大了。例如有一个题目在此：“记德国新宪法”，不会用侧重法的人，想要把全宪法各部分平均叙述，一定闹到写了几万字还是茫无头绪。会用侧重法的人，便只认定某几点重要，其余都不管。但是同一样的侧重法，侧重得握要不握要，文章价值自分高下。例如侧重在新宪法和旧宪法比较，看帝制与共和异同何在，原不失为一种好方法。但关于共和之建设，各国大略相同，就令从这方面详细解剖，仍不足以说明德宪特色。我有位朋友张君劢做过这一篇文，专把德宪中关于“生产机关社会有”的条文，和关于“生计会议”的组织及权限详细说明，其余多半从略。这便是极有价值的一篇文字。因为这两点是从来别国宪法所未有，德国新宪能在今后立法界有绝大价值，就靠这两点。

凡一件事实，总容得许多观察点，所以一个题目，容得有许多篇好文章。教授学生时，最好是择些方面多的题目，先令学生想想这题目可以有几个观察点，等他们答完之后，教师把几个正当观察点逐一指出，然后令各生自认定一个观察点做去。既认定时，便切戒旁骛以免思路混杂。凡所有资料，皆凭这观察点为去取。经过几回这样的训练，学生自然会把侧重法应用得很好了。

但前文讲的观察点之比较选择，万不要忘却。倘若所选之点太不关痛痒，总不能成为正当的好文章。例如《史记·管晏列传》，叙个人关涉琐事居大半。太史公自己声明所侧重的观察点，说道：“至其书世多有之，是以不论，论其轶事。”他既有了这几句话，我们自然不能责备他不合章法，但替两位大政治家作传，用这种走偏锋的观察法，无论如何我总说是不应该。

五

类概或类从法者，所记述的对象，不能有所偏重，然而又不能偏举，于是把他分类，每类挈出要领，把所有资料，随类分隶。这种模范作品，最可学的是《史记·西南夷列传》。

> 西南夷君长以什数，夜郎最大。其西靡莫之属以什数，滇最大。自滇以北君长以什数，邛都最大。此皆魋结，耕田，有邑聚。
>
> 其外，西自同师以东，北至楪榆，名为嶲昆明。皆编发，随畜迁徙；毋常处，毋君长。地方可数千里。
>
> 自嶲以东北君长以什数，徙、筰都最大。自筰以东北君长以什数，冉駹最大。其俗或土著或移徙。在蜀之西，自冉駹以东北君长以什数，白马最大。皆氐类也。
>
> 此皆巴蜀西南外蛮夷也。

这篇传叙的川边、川南、云南、贵州一带氐羌苗蛮诸种族，情形异常复杂，虽在今日，尚且很难理清头绪。太史公却能用极简净的笔法把形势写得了如指掌。他把他们分为三大部，用土著游牧及头发的装束等等做识别。每一大部中复分为若干小部，每小部举出一个或两个部落为代表。代表之特殊地位固然见出，其他散部落亦并不挂漏。到下文虽然专记几个代表国——如滇、夜郎等——的事情，然已显出这些事情是西南夷全体的关系。这是详略繁简的最好标准。

凡记载条理纷繁之事物，欲令眉目清楚，最好用这方法。用这方法最要注重的工夫是分类。分类所必要的原则有三：第一要包括，第二要对等，第三要正确。包括是要所分类能包含该事物之全部；对等是要所分类性质相等；正确是要所分类有互排性不相含混。例如说中国有汉满蒙回藏五族，这个分类便不包括，因为把苗等族漏掉了。例如把日月及金木水火土五星名为七曜，便是不对等，因为日月和五行星不同性质。例如把中国书分为经史子集四部，便是不正确，因为有许多书可以入这部，也可以入那部，或者入这部不对，入那部也不对。分类本来是一件极难的事，以严格论，每种事物，非专门家不能为适当的分类。但要想学生心思缜密，非教他们多做这层工夫不可。学做记事文，尤以此为紧要途径。好在学生学别种功课时，已经随时得有分类的知识。教授作文时，一面把他们已学过的功课当题目，叫他们就所听受者加详加密分类；一面别出新题目叫他们自己找标准去分类。如此则作文科与别科互相联络，学生无形间可以两面受益。

把类分清之后，要看文章的体裁篇幅何如。若是一篇长文乃至著一部书应该逐类都详细说明，那便循着步骤说去就是了。倘若限于篇幅要有剪裁，那么学《史记·西南夷列传》先将眉目提清，再把各类的重要部分重笔特写以概其余，这是作文求简洁的最好法门。

试再举两个分类的例。各史《儒林传》，自《晋书》以下，都不分类了，我们读起来，便觉得流派不明。《史记》《汉书》《后汉书》所叙各儒者，都不以年代为次，但以各人所专经分类。《后汉书》更分得清晰，每部经分今文家古文家，两家中又分派，每派各举出几个代表人物，读过去自然把一代经术源流派别都了然。所以《晋书》以下的《儒林传》可以说是无组织的，前三史是有组织的，《后汉书》是组织得最精密巧妙的。

又如魏默深著的《元史》，体例和旧史很有不同，他立的传很少，应立传的都把他分类，他只用开国功臣、平金功臣、平蜀功臣、平宋功臣、某朝相臣、某朝文臣、治历治水诸臣等等名目做列传标题，把人都纳在里头。于是凡关于这一类人所做的事都归拢在一处。每篇之首，把事的大纲提挈清楚，用几个重要人物做代表，其余二三等人附带叙入，事迹既免挂漏，又免重复，又主从分明。比较各史，确应认为有进步的组织。这段话讲的是著书体例，教学生作文或说不到此。但以文章构造的理论法，构造几十卷书和构造几百字的短文不外一理。总要让学生知道怎样才算有组织，怎样才算组织得好。做有组织的文字，下笔前甚难，下笔后便容易；做无组织的文恰恰相反。同是一种材料，组织得好，废话少而能令读者了解且有兴味；组织得不好便恰恰相反。想学记载文的组织文吗？分类便是最重要的一步工夫了。

六

鸟瞰法和前两法不同：前两法都要精密的观察，鸟瞰法只要大略观察。像一只鸟飞在空中，拿斜眼一瞥下面的人民城郭；像在腾高二千尺的飞机上头用照相镜照取山川形势。这种观察法，在学问上很是必要。前人有两句诗说得好：“不识庐山真面目，只缘身在此山中。”若仅有部分的精密的观察，结果会闹成显微镜的生活，镜圈里的情形虽然看得无微不至，圈子外却是茫然。如此，则部分与部分间的相互关系看不出来，甚至连部分的位置也是模糊，决不能算是看出该事物的真相。鸟瞰法虽然是只得着一个朦胧影子，但这影子却是全个的。

这个方法，凡做一部书的提要或做一个人的略传、一件事的略记，都要用他。而且在一篇长文中总须有地方用他。所以要学。

鸟瞰法的最好模范，莫如《史记·货殖列传》。从“汉兴海内为一”起，到“燕代田畜而事蚕”止，这几大段讲的是当时经济社会状况。物的方面把各地主要都市所在，与及物产的区划，交通的脉络；人的方面，把各地历史的关系，人民性质遗传上的好处坏处，习惯怎样养成，职业怎样分布；都说到了。他全篇大略分六部：（1）关中（陕西）。当时帝都，把陇（甘肃）蜀（四川）附入。（2）三河（河南）。把种、代、赵、中山（山西及直隶之一部）附入，又附论郑、卫（河南）。（3）燕（直隶）。把辽东附入。（4）齐、鲁（山东）。（5）梁、宋（山东、河南间）。（6）三楚。西楚指江淮上游一带（湖北及河南、四川之各一部），东楚指江淮下游一带（江苏、安徽附浙江），南楚指东南大部分（安徽、江西、湖南、广西、广东）。他分类不见得十分正确，所论亦互有详略，加以太史公一派固有的文体很有些缭纠，像不容易理出头绪，但他能把各地的特点说出，各地相互的关系处处保联络，确是极有价值的一篇大文。

鸟瞰法的文做得好不好，全看他能不能提挈起全部的概要。试举两篇同题目的为例。汉朝的高诱作了一篇《吕氏春秋序》（现在冠于原书篇首），清朝的汪中也同样有一篇（《述学》补遗），高诱的钞《史记·吕不韦列传》占了四分之三，都是说吕氏的故事，其实吕氏并非学者，这书又是他的门客所编，与本人无甚关系，况且这些话《史记》都说过，何必再说呢？末段才说到这书的内容，说："此书所尚，以道德为标的，以无为为纲纪，以忠义为品式，以公方为检格……"全是空话，而且四句之中便有重复。我们读了绝不能对于这部书得何等印象。汪中的便不是这样，他说他某篇某篇采自儒家言，某篇某篇采自道家言，某篇某篇采自法家墨家兵家农家言，末后总结说："是书之成，不出于一人之手，故不名一家之学，而为后世《修文御览》《华林编略》（类书）之所托始，《艺文志列》之杂家，良有以也。"我们读了这篇序，就令看不见原书，然而全书的规模性质都可以理会了。

七

移进法和前三项不同。前三项都是立在一个定点上从事观察。或立在旁边，或立在高头；或精密的观察局部，或粗略的观察全体。要之作者拣择一个定点站住，自然邀同读者也站定这一点，把我观察所得传达给他。移进法恰与相反：作者不站定一点，循着自己所要观察的路线，挪动自己去就他，自然也邀同读者跟着自己走，沿路去观察。这种作法，《汉书·西域传》便是一个好例。

《西域传序》先叙述西域交通的两条路，说道："自玉门、阳关出西域有两道。从鄯善傍南山北波河（颜注云，波河循河也），西行至莎车为南道。南道西逾葱岭则出大月氏、安息。自车师前王庭随北山波河西行至疏勒为北道。北道西逾葱岭则出大宛、康居、奄蔡。"因为这些地方初通中国，一般人不知其所在，不能像什么关中、河内、燕、蓟、齐、鲁，提起名来大家都会想象他在某地点。所以这篇传换一种记载法：先把两条大路点清眉目后，入本传正文，就跟着路线叙去。路线是从南道往，从北道归。头一段说："出阳关自近者始曰婼羌，……西北至鄯善乃当道云。"自此便顺着南道叙鄯善、且末，……经过葱岭中的西夜、子合，度岭叙罽宾、安息、大月氏，算是南道的最远点，跟着趋北，叙北道最远点的康居、大宛……回头入葱岭，叙捐毒、莎车、疏勒，……顺着北道东归，最后到车师前后王庭而止。其不当两大路之冲者，则随其所附近之路线插叙。每叙一国，都记明去长安若干千里。他这种组织法，和本书的《地理志》迥别。好像带着我们沿着这两条路线往返旅行一遍，能够令我们容易明白，且有兴味。

和这个一样的作法，如柳子厚的游记，内中《始得西山宴游记》《钴鉧潭记》《钴鉧潭西小丘记》至《小丘西小石潭记》《袁家渴记》《石渠记》《石涧记》《小石城山记》等一连十多篇，其字句之研炼，笔法之隽拔，人人共赏，不必我再下批评。最妙是把他逐日发现的名胜，挨次分篇叙述，令我们读起来好像跟他去游览，和他得同等的快乐。这就是移进法的好处。

移进法自然用在地理方面的记载最相宜，因为观察点跟着地段挪移是最便的。但跟着时间挪移也可以。就历史的记载而论，纪传体是站在一个定点上观察的，编年体就是跟着时间挪移的。所以《左传》《通鉴》里头许多好文章，极能引人入胜。还有许多好小说，令读者不能中断，非追下去看完不可，都因为用移进法用得入妙。

所写对象本来有空间时间的层次，作文时一步一步移进去，自是这一类作法的正格。亦有本身原无层次，作者自己创造出层次来移进。汪容甫有篇名作《广陵对》，便是绝好模范。汪是扬州人，这篇《广陵对》是说扬州在历史上的关系，替自己乡土大吹特吹，用近人通用的命题，也可以标为"历史的扬州”。扬州史迹本来甚多，若平铺直叙说去，不惟无味，亦且一定错乱挂漏。他把所有史迹先行分类：最初所叙一类，是没有什么成功，然而关系很重大的。从楚、汉之交的召平说起，次以汉末三国的臧洪，东晋祖约、苏峻构难时的郗鉴，桓元僭逆时的刘毅，萧梁侯景作乱时的祖皓、来嶷，唐武后革命时的徐敬业，宋篡周时的李重进，宋亡时抗拒蒙古的李庭芝，明亡时抗拒满洲的史可法。恁么多件事并为一类，都是忠愤爱国一流。总束一句道：“历十有八姓二千余年，而亡城降子不出于其间。”引起读者的眼光看扬州成了忠义之乡了。然而这些十有九都是失败的史迹，而且主其事者多半不是扬州人。于是他进一步，叙本土人有成功者为一类。内中又分两小类：先从守境之功说起，叙三国时陈登的匡琦之战，南宋时韩世忠的大仪之战，宋、元之交赵葵的新塘之战。继叙进取建设之功，则晋拒苻秦时谢玄的淝水之战，隋平陈时贺若弼的白水冈之战。五代朱温割据时杨行密的清口之战。令我们读起来，便觉得扬州地方真是举足可以为轻重于天下；扬州人之武勇真个如荼如火，末后一段，叙扬州人在扬州以外所做的事，历举十几位，各种人物都有。又把我们眼光引到别方面去，觉得扬州真是人才渊薮了。这篇文章，字字句句都洗练，笔笔都跳荡，固然是他特别令人可爱的原因。然而最主要者实在他的章法；本来只有许多平面的材料，他会把他分类，造出层次，从这个观察点移到那个观察点，每移一度，令人增加一重趣味。这可以说是故意造作出来的移进法。我们懂得这种法门，无论遇着什么题目都可以应用了。

八

以上四法，在第一第二两类记载文——即记物件之内容或状态记地方之形势或风景——最为适用。因为这两类所记载都属事物的静态，专用“物理的或数理的观察法”便够。至于第三第四两类——即记人记事——最要紧的是能写出他的动态，非兼用“化学的观察法”不可，以下当别论这两类文的作法。

凡记述一个人，最要紧的是写出这个人与别人不同之处。人类性格，十有八九是共通的；尤其在同一时代同一社会之人，相类似之点尤多，好像用同式的模子铸出来一般。虽然，人类之所以异于他物者，因为人类性格只有相类似不会相雷同，所以一个模子可以铸几千万绝对同样式的钱，一个马群可以养出千百个绝对同性质的马，一个社会中想找两个绝对同样的人，断断找不出。相类似是人类的群性，不雷同是人类的个性。个性惟人类才有，别的物都不能有。凡记人的文字，唯一职务在描写出那人的个性。

近世写实派文学大家莫泊桑初学作文时，他的先生教他：同时观察十个车夫的动作，作十篇文章把他们写出，每篇限一百字。这是从最难求出个性处刻意去求，这种个性发现得出，别的自然容易了。莫泊桑经过这一番训练之后，文思大进，后来常常举以教人。《水浒传》写一百零八个强盗，要想写得个个面目不同，虽然不算十分成功，但总有十来个各各表出他的个性，这部书所以成为不朽之作就在此。懂得这种道理，对于传记文作法便有入手处了。

小说体的文，写个人特性，全凭作者想象力如何；传记体的文，写个人特性，全凭作者观察力如何。有了相当的想象力观察力，怎样才能把所想象所观察尽量的恰当的传出，全凭作者技术如何。技术千变万化，虽然没有什么原则可指。但古今中外传记名手，大率有一种最通用的技术是：凡足以表现传中人个性的言论行事，无论大小，总要淋漓尽致委曲详尽的极力描写，令那人人格跃然于纸上。宁可把别方面大事抛弃，而在这种关键中绝不爱惜笔墨。这种作法，在欧洲则布鲁特奇之《英雄传》，在中国则司马迁之《史记》，最能深入其中三昧。试将《史记》杂举几篇为例：

（1）《廉颇蔺相如传》：记蔺相如完璧归赵及渑池之会两事，从始至末一言一动都记得不漏，这是详记大事之法。因为这两件大事最足表现相如的个性，所以专用重笔写他，其余小事都不叙。廉颇的大事，三回伐齐，两回伐魏，一回伐燕，传中前后只用三四十个字便算写过，绝不写他如何作战如何战胜，因为这些战术战功是良将所通有，不足以特表廉颇的人格。倒是廉颇怎样的妒忌蔺相如，经相如退让之后怎样的肉袒谢罪；失势得势时候怎么的对付宾客；晚年亡命在外思念故国怎么的“一饭斗米肉十斤被甲上马示尚可用”；这些小事写得十分详细。读之便可以知道廉颇为人短处在褊狭，长处在重意气识大体。

（2）《郦食其列传》：食其想见汉高祖，找同里骑士做引线，教他几句话，说道：“臣里有郦生，年六十余，长八尺，人皆谓之狂生，生自谓我非狂生。”记他自己这几句话，便把一位胸有经纬，倜傥不群的老名士活画出来。又写他初见高祖时高祖怎样的“倨床使两女子洗足”，郦生怎样的“长揖不拜”；高祖怎样骂，郦生怎样的和他对骂，说道：“足下欲诛无道秦，不宜倨见长者。”到后来郦生说齐归汉，齐人上了当，责备他，他说：“而公不为若更言。”（老子不和你说废话）便摄衣就烹。这些话本来都是小节，太史公却处处注意，务将他话的原样和说话的神气都传出，便能把这位老名士的人格活现。

（3）《信陵君列传》：说他怎样的待侯嬴，怎样的待朱亥，怎样的待博徒毛公卖浆薛公，这几件事说得委曲详尽，几占全篇之半；而且把他的事业，都穿插在这几个人身上。便活画出极有奇气的一位贵公子，而且把当时社会的背景，都刻画出来。

九

记事文——即前述第四类所谓记一事之原委因果者，在各种记载文中最为难做。因为凡事情总不会孤立，孤立的事情，便无记载之价值。凡一篇记事文总是把许多人许多时候的动作聚拢一处来记。严格的说：并非记一件事，乃是记一组事；并非把各件各件叙述得详明正确便算了，一定要把许多性质不同的事前后八面相照应厘然成为一组，所以甚难。

难固然是难，但也有个很简易的方法。什么方法呢？“整理空间时间的关系”。因为凡同一时间所发生的事实，必异其空间；同一空间所发生的事实，必异其时间。作者但能把这两种关系观察清楚，叙述得有法度，自然会把满盘散沙的事件弄成一组了。

记事文最难的莫如记战争。学会记战争，别的文自迎刃而解。因为战争非一人所为，其成败因果，非一人一时一地之事。倘使有一部分叙述得罣漏或错误，便把全篇弄成不可解。所以教授记事文作法，最好将下文所列《左传》《通鉴》中之战记令学者先行细读，再由教师综合比较，向学生说明记载的原则。

《左传》：

秦晋韩原之战。

晋楚城濮之战。

晋齐鞍之战。

晋楚邲之战。

晋楚鄢陵之战。

吴楚柏举之战。

《资治通鉴》：

秦汉之交巨鹿之战。

王莽时昆阳之战。

三国时赤壁之战。

东晋时淝水之战。

此外好的还不少，为参考用，自然愈多愈妙。头一步讲习，就恁么多篇也够引例说明之用了。

一回大战争所包含的事实如此其复杂，若要一一记载无遗，实为事势上所绝对不可能。善作战记的人，专以叙述胜败因果为主要目的。于是定出一个原则：凡有关于胜败者虽小必录，无关于胜败者，虽大必弃。守定这个原则，对于材料去取，便有把握。

材料搜齐选定之后，怎样排列呢？就要从时间空间两方面分别整理。

就时间沦，每回战争总可分为三大段：

（一）战前　所应叙述者为战争动机，两造准备，两造心理状态，两造行动及其位置等等。

（二）战时　两造接触之实况。

（三）战后　战事之收束，及因战争发生之直接影响，间接影响。

战纪通例，大率叙战前者居十之七八，叙战时及战后者不过居其二三。因为胜败原因，多半在开火以前便已决定。且每回战事，也是事前酝酿甚久，一到开火，事势便急转直下，事实上时间分配，战前和战时差不多也是八与二之比例。所以注重战前是普遍原则。像《通鉴》昆阳之战，叙战时几占三分之一，实属一种例外。《左传》每篇叙战时实况的文句都极简，最奇怪的如邲之战全文六千多字，内中确为叙战时实况者，只有“车驰卒奔乘晋师”七个字，而且连这七个字也属空话，然而两方胜败原因，已能令读者了然。其余各篇，写战时的语句都极少，诸君试回去细细校阅，自能见出。战后收束，如鞍之战、韩之战、邲之战，都叙得较详，几占全文六分之一或五分之一，因为战后所发生的影响，能令从前局面生大变动，而且为后来新事实的原因，所以比较的要详叙。

聚集大多数人在一大空间内行动，非先明了各部分所占的位置不可，所以记载时要整理空间。战纪通例，大率叙战前事实时，先把地理上形势随时逗点，令读者对于这方面知识得有准备，叙到临战时，才把当时形势明显指出。因为两造位置屡屡转移，所以到临时点叙最好。但也不一定，有时亦在一篇之首先叙清楚。倘若位置始终无大变化，便可以如此办法。

整理空间，莫如用图。没有图的文章，能令读者可以据文制图，便是佳文。例如《通鉴》巨鹿之战：

（后略）

中国韵文里头所表现的情感[①]

本学期在清华学校讲国史。校中文学社诸生，请为文学的课外讲演，辄拈此题。所讲现未终了，讲义随讲随编，其预定的内容略如下：

一—二　导言

三　奔迸的表情法

四—五　回荡的表情法

六　附论新同化之西北民族的表情法

七—八　蕴藉的表情法

九　附论女性文学与女性情感

十　象征派的表情法

十一　浪漫派的表情法

十二　写实派的表情法

十三　文学里头所显的人生观

十四　表情所用文体的比较

以上讲稿皆于著史之暇闲日抽余晷草之，其脱略舛谬处，自知不少。——即如第三讲中论奔迸的表情法所引《陇头歌》，细思实当改入第四讲中论吞咽式表情法条下。——今因《改造》杂志索稿，匆匆检付，无暇覆勘校改。惟自觉用表情法分类以研究旧文学，确是别饶兴味。前人虽间或论及，但未尝为有系统的研究，不揣愚陋，

① 原刊1922年2月15日、4月15日《改造》第4卷第6、8号，不全，收入《（乙丑重编）饮冰室文集》卷七十一，中华书局1926年9月初版。

辄欲从此方面引一端绪。其疏舛之处，极盼海内同嗜加以是正。

校中参考书缺乏，且时日匆促，故所引作品，仅凭记忆所及。读者幸勿责其罣漏。

十一、三、二五，在清华学校。启超。

一

天下最神圣的莫过于情感。用理解来引导人，顶多能叫人知道那件事应该做，那件事怎样做法；却是被引导的人到底去做不去做，没有什么关系。有时所知的越发多，所做的倒越发少。用情感来激发人，好像磁力吸铁一般，有多大分量的磁，便引多大分量的铁，丝毫容不得躲闪。所以情感这样东西，可以说是一种催眠术，是人类一切动作的原动力。

情感的性质是本能的，但他的力量，能引人到超本能的境界；情感的性质是现在的，但他的力量，能引人到超现在的境界。我们想入到生命之奥，把我的思想行为和我的生命迸合为一，把我的生命和宇宙和众生迸合为一，除却通过情感这一个阈门，别无他路。所以情感是宇宙间一种大秘密。

情感的作用固然是神圣，但他的本质不能说他都是善的都是美的，他也有很恶的方面，他也有很丑的方面。他是盲目的，到处乱碰乱迸，好起来好得可爱，坏起来也坏得可怕。所以古来大宗教家、大教育家，都最注意情感的陶养。老实说，是把情感教育放在第一位。情感教育的目的，不外将情感善的美的方面尽量发挥，把那恶的丑的方面渐渐压伏淘汰下去。这种工夫做得一分，便是人类一分的进步。

情感教育最大的利器，就是艺术。音乐、美术、文学这三件法宝，把"情感秘密"的钥匙都掌住了。艺术的权威，是把那霎时间便过去的情感，捉住他令他随时可以再现；是把艺术家自己"个性"的情感，打进别人们的"情阈"里头，在若干期间内占领了"他心"的位置。因为他有恁么大的权威，所以艺术家的责任很重，为功为罪，间不容发。艺术家认清楚自己的地位，就该知道：最要紧的工夫，是要修养自己的情感，极力往高洁纯挚的方面，向上提絜，向里体验。自己腔子里那一团优美的情感养足了，再用美妙的技术把他表现出来，这才不辱没了艺术的价值。

二

我这篇讲演，说的是中国韵文里头所表现的情感。“韵文”是有音节的文字，那范围，从《三百篇》《楚辞》起，连乐府歌谣、古近体诗、填词、曲本乃至骈体文都包在内（但骈体文征引较少）。我所征引的只凭我记忆力所及，自然不能说完备。但这些资料，不过借来举例，倒不在乎备不备，我想恁么多也够了。我所征引的，都是极普通脍炙人口的作品，绝不搜求隐僻。我想这种作品，最合于作品代表的资格。

我这回所讲的，专注重表现情感的方法有多少种？那样方法我们中国人用得最多用得最好？至于所表现的情感种类，我也很想研究，但这回不及细讲，只能引起一点端绪。我讲这篇的目的，是希望诸君把我所讲的做基础，拿来和西洋文学比较，看看我们的情感，比人家谁丰富谁寒俭？谁浓挚谁浅薄？谁高远谁卑近？我们文学家表示情感的方法，缺乏的是那几种？先要知道自己民族的短处去补救他，才配说发挥民族的长处，这是我讲演的深意。现在请入本题。

三

向来写情感的，多半是以含蓄蕴藉为原则，像那弹琴的弦外之音，像吃橄榄的那点回甘味儿，是我们中国文学家所最乐道。但是有一类的情感，是要忽然奔迸一泻无余的，我们可以给这类文学起一个名，叫做“奔迸的表情法”。例如碰着意外的过度的刺激，大叫一声或大哭一场或大跳一阵，在这种时候，含蓄蕴藉，是一点用不着。例如《诗经》：

> 蓼蓼者莪，匪莪伊蒿。哀哀父母，生我劬劳。（《蓼莪》）
> 彼苍者天，歼我良人。如可赎兮，人百其身。（《黄鸟》）

前一章是父母死了，悲痛到极处，“哀哀……劬劳”八个字，连泪带血迸出来。后一章是秦穆公用人来殉葬，看的人哀痛怜悯的感情，迸在这四句里头，成了群众心理的表现。

风萧萧兮易水寒，壮士一去兮不复还！

这是荆轲行刺秦始皇临动身时，他的朋友高渐离歌来送他，只用两句话，一点扭捏也没有，却是对于国家、对于朋友的万斛情感，都全盘表出了。

古乐府里头有一首《箜篌引》，不知何人所作。据说是有一个狂夫，当冬天早上，在河边“被发乱流而渡”，他的妻子从后面赶上来要拦他，拦不住，溺死了。他妻子做了一首“引”，是：

公无渡河，公竟渡河！堕河而死，将奈公何！

又有一首《陇头歌》，也不知谁人所作，大约是一位身世很可怜的独客。那歌有两叠，是：

陇头流水，流离四下。念吾一身，飘然旷野。
陇头流水，鸣声呜咽。遥望秦川，肝肠断绝。

这些都是用极简单的语句，把极真的情感尽量表出，真所谓“一声《河满子》，双泪落君前”。你若要多著些话，或是说得委婉些，那么真面目完全丧掉了。

力拔山兮气盖世，时不利兮骓不逝。骓不逝兮可奈何，虞兮虞兮奈若何！（《虞兮歌》）

大风起兮云飞扬，威加海内兮归故乡。安得猛士兮守四方！（《大风歌》）

前一首是项羽在垓下临死时对着他爱妾虞姬唱的，把英雄末路的无限情感都涌现了。后一首是汉高祖做了皇帝过后，回到故乡，对那些父老唱的，一种得意气概尽情流露。

陟彼北芒兮，噫！顾瞻帝京兮，噫！宫阙崔巍兮，噫！民之劬劳兮，噫！辽辽未央兮，噫！（《五噫歌》）

这一首是后汉时梁鸿做的，满肚子伤世忧民的热情，叹了五口大气，尽情发泄，极文章之能事。

上邪！我欲与君相知，长命无绝衰。山无陵，江水为竭，冬雷震震，夏雨雪，天地合，乃敢与君绝！（《上邪曲》）

这类一泻无余的表情法，所表的什有九是哀痛一路，这首歌却是写爱情。像这样斩钉截铁的赌咒，正表示他们的恋爱到“白热度”。

正式的五、七言诗，用这类表情法的很少，因为多少总受些格律的束缚，不能自由了。要我在各名家诗集里头举例，几乎一个也举不出（也许是我记不起）。独有表情老手的杜工部，有一首最为怪诞：

剑外忽传收蓟北，初闻涕泪满衣裳。却看妻子愁何在，漫卷诗书喜欲狂。白日放歌须纵酒，青春结伴好还乡。即从巴峡穿巫峡，便下襄阳向洛阳。

凡诗写哀痛、愤恨、忧愁、悦乐、爱恋，都还容易；写欢喜真是难，即在长短句和古体里头也不易得。这首诗是近体，个个字受“声病”的束缚，他却做得如此淋漓尽致，那一种手舞足蹈的情形，读了令人发怔。据我看过去的诗没有第二首比得上了。

此外这种表情法，我能举得出的很少。近代人吴梅村，诗格本不算高，但他的集中却有一首，确能用这种表情法。那题目我记不真，像是《送吴季子出塞》。他劈空来恁么几句：

> 人生千里与万里，黯然消魂别而已。君独何为至于此，生非生兮死非死，山非山兮水非水。……

他送的人叫做吴汉槎，是前清康熙间一位名士，因不相干的事充军到黑龙江。许多人替他叫冤，都有诗送他。梅村这首算是最好，好处是把无穷的冤抑，用几句极粗重的话表尽了。

词里头这种表情法也很少，因为词家最讲究缠绵悱恻，也不是写这种情感的好工具。若勉强要我举个例，那么辛稼轩的《菩萨蛮》上半阕：

> 郁孤台下清江水，中间多少行人泪。西北是长安，可怜无数山。……

这首词是在徽、钦二宗北行所经过的地方题壁的。稼轩是比岳飞稍为晚辈的一位爱国军人，带着兵驻在边界，常常想要恢复中原，但那时小朝廷的君臣都不许他。到了这个地方，忽然受很大的刺激，由不得把那满腔热泪都喷出来了。

吴梅村临死的时候，有一首《贺新郎》，也是写这一类的情感。那下半阕是：

> 故人慷慨多奇节，恨当年沉吟不断，草间偷活。艾炙眉头瓜喷鼻，今日须难决绝。早患苦重来千叠，脱屣妻孥非易事，竟一钱不值何须说。……

梅村因为被清廷强奸了当“贰臣”，心里又恨又愧，到临死时才尽情发泄出来，所以很能动人。

曲本写这种情感，应该容易些，但好的也不多。以我所记得的，独《桃花扇》里头，有几段很见力量。那《哭主》一出，写左良玉在黄鹤楼开宴，正饮得热闹时，忽然接到崇祯帝殉国的急报，唱道：

高皇帝，在九京，不管亡家破鼎。那如你圣子神孙，反不如飘蓬断梗。十七年忧国如病，呼不应天灵祖灵，调不来亲兵救兵。白练无情，送君王一命。……

宫车出，庙社倾，破碎中原费整。养文臣帷幄无谋，豢武夫疆场不猛。到今日山残水剩，对大江月明浪明，满楼头呼声哭声。这恨怎平，有皇天作证。……

那《沉江》一出，写清兵破了扬州，史可法从围城里跑出，要到南京，听见福王已经投降，哀痛到极，迸出来几句话：

抛下俺断篷船，撇下俺无家犬。呼天叫地千百遍，归无路进又难前。……累死英雄，到此日看江山换主，无可留恋。

唱完了这一段，就跳下水里死了。跟着有一位志士赶来，已经救他不及，便唱道：

……谁知歌罢剩空筵，长江一线，吴头楚尾路三千，尽归别姓。雨翻云变，寒涛东卷，万事付空烟。……

这几段，我小时候读他，不知淌了几多眼泪。别人我不知道，我自己对于满清的革命思想，最少也有一部分受这类文学的影响。他感人最深处，是一个个字，都带着鲜红的血呕出来。虽然比前头所举那几个例说话多些，但在这种文体不得不然，我们也不觉得他话多。

凡这一类，都是情感突变，一烧烧到“白热度”，便一毫不隐瞒，一毫不修饰，照那情感的原样子，迸裂到字句上。我们既承认情感越发真越发神圣，讲真，没有真得过这一类了。这类文学，真是和那作者的生命分劈不开。——至少也是当他作出这几句话那一秒钟时候，语句和生命是迸合为一。这种生命，是要亲历其境的人自己创造，别人断乎不能替代。如“壮士不还”“公无渡河”等类，大家都容易看出是作者亲发的情感。即如《桃花扇》这几段，也因为作者孔云亭是一位前明遗老，（他里头还有一句说：那晓得我老大就是戏中之人？）这些沉痛，都是他心坎中原来有的，所以写得能够如此动人。所以这一类我认为情感文中之圣。

这种表现法，十有九是表悲痛，表别的情感，就不大好用。我勉强找，找得《牡丹亭·惊梦》里头：

原来是姹紫嫣红开遍，似这般都付与断井颓垣。

这两句的确是属于奔迸表情法这一类。他写情感忽然受了刺激，变换一个方向，将那霎时间的新生命迸现出来。真是能手！

我想，悲痛以外的情感，并不是不能用这种方式去表现。他的诀窍，只是当情感突变时，捉住他“心奥”的那一点，用强调写到最高度。那么，别的情感，何尝不可以如此呢？苏东坡的《水调歌头》，便是一个好例：

明月几时有，把酒问青天。不知天上宫阙，今夕是何年？我欲乘风归去，又恐琼楼玉宇，高处不胜寒。……

这全是表现情感一种亢进的状态，忽然得着一个“超现世的”新生命。令我们读起来，不知不觉也跟着到他那新生命的领域去了。这种情感的这种表现法，西洋文学里头恐怕很多，我们中国却太少了。我希望今后的文学家，努力从这方面开拓境界。

四

这一回讲的，我也起他一个名，叫做“回荡的表情法”。是一种极浓厚的情感蟠结在胸中，像春蚕抽丝一般，把他抽出来。这种表情法，看他专从热烈方面尽量发挥，和前一类正相同。所异者，前一类是直线式的表现，这一类是曲线式或多角式的表现。前一类所表的情感，是起在突变时候，性质极为单纯，容不得有别种情感搀杂在里头。这一类所表的情感，是有相当的时间经过，数种情感交错纠结起来，成为网形的性质。人类情感，在这种状态之中者最多，所以文学上所表现，亦以这一类为最多。

这类表情法，在《诗经》中可以举出几个绝好模范：

鸱鸮鸱鸮，既取我子，无毁我室。恩斯勤斯，鬻子之闵斯。

迨天之未阴雨，彻彼桑土，绸缪牖户。今女下民，或敢侮予？

予手拮据，予所捋荼，予所蓄租，予口卒瘏，曰予未有室家。

予羽谯谯，予尾翛翛，予室翘翘，风雨所飘摇，予维音哓哓。（《鸱鸮》）

《三百篇》的作者，百分之九十九没有主名，独这一篇因《尚书·金縢》所记，我们确知系出周公手笔，是当管、蔡流言王业飘摇的时候，作来感悟成王的。他托为一只鸟的话，说经营这小小的一个巢，怎样的担惊恐，怎样的捱辛苦，现在还是怎样的艰难。没有一句动气语，没有一句灰心话，只有极浓极温的情感，像用深深的刀痕刻镂在字句上。那情感的丰富和醇厚，真可以代表"纯中华民族文学"的美点。他那表情方法，是用螺旋式，一层深过一层。

弁彼鸴斯，归飞提提。民莫不谷，我独于罹。何辜于天，我罪伊何？心之忧矣，云如之何？

踧踧周道，鞫为茂草。我心忧伤，惄焉如捣。假寐永叹，维忧用老。心之忧矣，疢如疾首。

维桑与梓，必恭敬止。靡瞻匪父，靡依匪母。不属于毛，不离于里。天之生我，我辰安在？……（《小弁》）

这诗共八章，为省时间起见，仅引三章，其实全篇是无一处不好的。这诗也大概寻得出主名，是周幽王宠爱褒姒，把太子废了，太子的师傅代太子做这篇诗来感动幽王，幽王到底不听，周朝不久也被犬戎灭了；算是历史上很有关系的一篇文学。这诗的特色，是把磊磊堆堆蟠郁在心中的情感，像很费力的才吐出来；又像吐出，又像吐不出，吐了又还有。那表情方法，专用“语无伦次”的样子，一句话说过又说，忽然说到这处，忽然又说到那处。用这种方式来表现这种情绪，恐怕再妙没有了。

彼黍离离，彼稷之苗；行迈靡靡，中心摇摇。知我者谓我心忧，不知我者谓我何求！悠悠苍天，此何人哉？

彼黍离离，彼稷之穗；行迈靡靡，中心如醉。知我者谓我心忧，不知我者谓我何求！悠悠苍天，此何人哉？（《黍离》）

这首诗依旧说是宗周亡了过后，那些遗民，经过故都凭吊感触做出来，大约是对的。他那一种缠绵悱恻回肠荡气的情感，不用我指点，诸君只要多读几遍，自然被他魔住了。他的表情法，是胸中有种种甜酸苦辣写不出来的情绪，索性都不写了，只是咬着牙龈长言永叹一番，便觉得一往情深，活现在字句上。

肃肃鸨翼，集于苞棘。王事靡盬，不能艺黍稷。父母何食！悠悠苍天，曷其有极！（《鸨羽》）

泛彼柏舟，亦泛其流。耿耿不寐，如有隐忧。微我无酒，以敖以游。

我心匪鉴，不可以茹；亦有兄弟，不可以据。薄言往诉，逢彼之怒。

我心匪石，不可转也；我心匪席，不可卷也；威仪棣棣，不可选也。

忧心悄悄，愠于群小；遘闵既多，受侮不少。静言思之，寤辟有摽。

日居月诸，胡迭而微；心之忧矣，如匪浣衣。静言思之，不能

奋飞。（《柏舟》）

那《鸨羽》篇，大约是当时人民被强迫去当公差，把正当职业都耽搁了，弄到父母捱饿。那《柏舟》篇，大约是一位女子，受了家庭的压迫，有冤无处诉。都是表一种极不自由的情感。他的表情法，和前头那三首都不同；他们在饮恨的状态底下，情感才发泄到喉咙，又咽回肚子里去了。所以音节很短促，若断若续；若用曼声长谣的方式写这种情感便不对。

这五篇都是回荡的表情法，却有四种不同的方式，我们可以给他四个记号：

回荡法
- 螺旋式——《鸱鸮》 } 曼声
- 引曼式——《黍离》 } 曼声
- 堆垒式——《小弁》 } 促节
- 吞咽式——《鸨羽》《柏舟》 } 促节

《诗经》中这类表情法，真是无体不备，像这样好的还很多，《小雅》什有九皆是。真所谓“温柔敦厚”：放在我们心坎里头是暖的。《诗经》这部书所表示的，正是我们民族情感最健全的状态；这一点无论后来那位作家，都赶不上。

《楚辞》的特色，在替我们文学界开创浪漫境界，常常把情感提往“超现实”的方向，这一点下文再说。他的现实方面，还是和《三百篇》一样路数，缠绵悱恻，怨而不怒。试举数段为例：

……入溆浦余儃回兮，迷不知吾所如；深林杳以冥冥兮，猨狖之所居。山峻高以蔽日兮，下幽晦以多雨；霰雪纷其无垠兮，云霏霏而承宇。哀吾生之无乐兮，幽独处乎山中；吾不能变心而从俗兮，固将愁苦而终穷。……（《涉江》）

……忠何罪以遇罚兮，亦非余心之所志；行不群以颠越兮，又众兆之所咍。纷逢尤以离谤兮，謇不可释；情沉抑而不达兮，又蔽而莫之白。心郁邑而侘傺兮，又莫察余之中情；固烦言不可结诒

兮，愿陈志而无路。退静默而莫余知兮，进号呼又莫吾闻；申侘傺之烦惑兮，中闷瞀之忳忳。……（《惜诵》）

曼余目以流观兮，冀一反之何时；鸟飞反故乡兮，狐死必首丘；信非吾罪而弃逐兮，何日夜而忘之。（《哀郢》）

……忳郁邑余侘傺兮，吾独穷困乎此时也；宁溘死以流亡兮，余不忍为此态也。（《离骚》）

制芰荷以为衣兮，集芙蓉以为裳；不吾知其亦已兮，苟余情其信芳。高余冠之岌岌兮，长余佩之陆离；芳与泽其杂糅兮，唯昭质其犹未亏。忽反顾以游目兮，将往观乎四荒；佩缤纷其繁饰兮，芳菲菲其弥章。人生各有所乐兮，余独好修以为常；虽体解吾犹未变兮，岂余心之可惩。（同上）

屈原的情感，是烦闷的；却又是浓挚的、孤洁的、坚强的。浓挚、孤洁、坚强三种拼拢一处，已经有点不甚相容，还凑着他那种境遇，所以变成烦闷。《涉江》那段，用象征的方式，烘托出烦闷；《惜诵》那段，语无伦次的烦闷状态，和前文所引的《小弁》，同一途径。《哀郢》那段，把浓挚的情感尽量显出；《离骚》两段，专表他的孤洁和坚强。屈原是有洁癖的人，闹到情死；他的情感，全含亢奋性，看不出一点消极的痕迹。

宋玉便不同了。他代表的作品是《九辩》，完全和屈原是两种气味：

悲哉秋之为气也！萧瑟兮草木摇落而变衰；憭栗兮若在远行，登山临水兮送将归。泬漻兮天高而气清，寂寥兮收潦而水清。憯凄增欷兮薄寒之中人，怆怳懭悢兮，去故而就新。坎廪兮贫士失职而志不平，廓落兮羁旅而无友生，惆怅兮而私自怜。……（《九辩》）

这篇全是汉晋以后那种叹老嗟卑的颓废情感所从出，比屈原差得远了。但表情的方法，屈、宋都是一样，我譬喻他像一条大蛇，在那里蟠——蟠——蟠！又像一个极深极猛的水源，给大石堵住，在石罅里头到处喷迸。这是他们和《三百篇》不同处。

《楚辞》多半是曼声；很少促节，太抵这一体与促节不甚相宜。独有淮南小山《招隐士》，是别调，全篇都算得促节，如：

> 王孙游兮不归，春草生兮萋萋，岁暮兮不自聊，蟪蛄鸣兮啾啾，坱兮轧，山曲岪，心淹留兮恫慌忽，罔兮沕，憭兮栗，虎豹穴，丛薄深林兮人上栗。

但这种促节不全属吞咽一路；像《哀郢》那几句，的确写饮恨的情感，却仍是曼声。

汉魏六朝五言诗的表情法，都走微婉一路，容下文再说。要看他们热烈的情感，还是从乐府里找。试举几首为例：

> （1）悲歌可以当泣，远望可以当归。思念故乡，郁郁累累。欲归家无人，欲渡河无船。心思不能言，肠中车轮转。
>
> （2）秋风萧萧愁杀人，出亦愁，入亦愁。座中何人，谁不怀忧，令我白头。胡地多悲风，树木何修修。离家日趋远，衣带日趋缓；心思不能言，肠中车轮转。
>
> （3）来日大难，口燥唇干；今日相乐，皆当喜欢。……月没参横，北斗阑干，亲交在门，饥不及餐。……
>
> （4）出东门不顾，归来入门怅欲悲。盎中无斗储，还视桁上无悬衣。拔剑出门去，儿女牵衣啼。他家但愿富贵，贱妾与君共哺糜。共哺糜，上用仓浪天故，下为黄口小儿。今时清廉难犯，教言君自爱莫为非。今时待糜难犯，教言君自爱莫为非。行吾！去为迟。（注：行吾之“吾”字，疑即“乎”字同音通用。）平慎行，望君归。
>
> （5）有所思，乃在大海南；何用闻遗君，双珠玳瑁簪。用玉绍缭之；闻君有他心，拉杂摧烧之。摧烧之，当风扬其灰；从今已往，勿复相思。相思与君绝，鸡鸣狗吠当知之。妃呼豨！秋风肃肃

晨风飔；东方须臾高知之。（注：“妃呼豨”，感叹辞。）

这些乐府，不惟不能得作者主名，并不能确指年代，大约是汉以后唐以前几百年间的作品。此外还有许多好的，因为他是另外一种表情法，等到下文别段再讲。读这几首，大略可以看得出当时平民文学的特采，是极真率而又极深刻，后来许多专门作家都赶不上。李太白刻意学这一体，但神味差得远了。

汉代大文学家很少，流传下来最有名的是几篇赋，都不是表情之作。五言诗初发轫，没有壮阔的波澜；摹仿《三百篇》取蕴藉一路的较多些，很回荡的可以说没有。勉强举一两首，如苏武的：

结发为夫妻，恩爱两不疑。欢娱在今夕，燕婉及良时。
征夫怀远路，起视夜何其。参辰皆已没，去去从此辞。
行役在战场，相见未有期。握手一长叹，泪为生别滋。
努力爱春华，莫忘欢乐时。生当复归来，死当长相思。

枚乘的：

行行重行行，与君生别离。相去万余里，各在天一涯。
道路阻且长，会面安可知。胡马依北风，越鸟巢南枝。
相去日已远，衣带日已缓。浮云蔽白日，游子不顾返。
思君令人老，岁月忽已晚。弃捐莫复道，努力加餐饭。

两首皆写男女别时别后的情爱，前一首近于螺旋式，后一首近于吞咽式。当时作品中，只能到这种境界而止；往前比，比不上《三百篇》《楚辞》，往后比，比不上唐人，同时的，也比不上平民文学的《乐府》。到三国时建安七子，渐渐把五言成立一个规模，内中以曹子建为领袖。子建《赠白马王彪》一首，可算得在五言诗里头别出生面，开后来杜工部一路。这诗很长，录之如下：

谒帝承明庐，逝将归旧疆。清晨发皇邑，日夕过首阳。伊洛广且深，欲济川无梁。泛舟越洪涛，怨彼东路长。顾瞻恋城阙，引领情内伤。太谷何寥廓，山树郁苍苍。霖雨泥我涂，流潦浩纵横。中逵绝无轨，改辙登高冈。修坂造云日，我马玄以黄。

玄黄犹能进，我思郁以纡。郁纡将何念，亲爱在离居。本图相与偕，中更不克俱。鸱枭鸣衡轭，豺狼当路衢。苍蝇间白黑，谗巧反亲疏。欲还绝无蹊，揽辔止踟蹰。

踟蹰亦何留，相思无终极。秋风发微凉，寒蝉鸣我侧。原野何萧条，白日忽西匿。归鸟赴乔林，翩翩厉羽翼。孤兽走索群，衔草不遑食。感物伤我怀，抚心长太息。

太息将何为，天命与我违。奈何念同生，一往形不归。孤魂翔故城，灵柩寄京师。存者忽已过，亡没身自衰。人生处一世，去若朝露晞。年在桑榆间，影响不能追。自顾非金石，咄唶令心悲。

心悲动我神，弃置莫复陈。丈夫志四海，万里犹比邻。恩爱苟不亏，在远分日亲。何必同衾帱，然后展殷勤。忧思成疾疹，毋乃儿女仁。仓卒骨肉情，能不怀苦辛。

苦辛何虑思，天命信可疑。虚无求列仙，松子久吾欺。变故在斯须，百年谁能持。离别永无会，执手将何时。王其爱玉体，俱享黄发期。收泪即长路，援笔从此辞。

大抵情感之文，若写的不是那一刹那间的实感，任凭多大作家，也写不好。子建这诗有篇序，说是同白马王、任城王三兄弟入朝，任城王死去，到还国时，“有司以二王归藩，道路宜异止宿，意毒恨之；盖以大别在数日，是用自剖，愤而成篇”云云。兄弟的真爱情，从肺腑流出，所以独好。

此后阮嗣宗几十首的《咏怀》，大部分也是表情感的热烈方面。内中如“二妃游江滨”“嘉树下成蹊”“平生少年时”“湛湛长江水”“徘徊蓬池上”“独坐空堂上”“驾言发魏都”“一日复一夕”“嘉时在今辰”等篇，都是回肠荡气的作品。陶渊明虽然是淡远一路（下文别论），但集中《咏荆轲》《拟古》里头的“荣荣窗下兰”“辞家夙严驾”“迢迢百尺楼”“种桑长江边”，《杂诗》里头的“白日沦西河”“忆我少年时”等篇，都是表现他的阳性情感，应属于这一类。此外如鲍明远的《行路难》，潘安仁的《悼亡》，都也有好处。

中古以降的诗，用这种表情法用得最好的，我可以举出一个人当代表。什么人？杜工部！后人上杜工部的徽号叫做“诗圣”。别的圣不圣，我不敢说，最少“情圣”两个字，他是当得起。他有他自己独到的一种表情法，前头的人没有这种境界，后头的人逃不出这种境界。他集中的情诗太多了，我只随意举出人人共读的几首为例：

客行新安道，喧呼闻点兵。借问新安吏，县小更无丁。府帖昨夜下，次选中男行。中男绝短小，何以守王城？肥男有母送，瘦男独伶俜。白水暮东流，青山闻哭声。莫自使眼枯，收汝泪纵横。眼枯即见骨，天地终无情。……（《新安吏》）

四郊未宁静，垂老不得安。子孙阵亡尽，焉用身独完？投杖出门去，同行为辛酸。……老妻卧路啼，岁暮衣裳单。孰知是死别，且复伤其寒。此去必不归，还闻劝加餐。……（《垂老别》）

这类是由“同情心”发出来的情感。工部是个多血质的人，他《自京赴奉先咏怀》那首诗里头说：“穷年忧黎元，叹息肠内热。”又说：“彤庭所分帛，本自寒女出；鞭挞其夫家，聚敛贡城阙。”又说：“朱门酒肉臭，路有冻死骨。”他还有一首诗道：“堂前扑枣任西邻，无食无儿一妇人。不为困穷宁有此，只缘恐惧转相亲。”集里头像这样的还多，都是同情心的表现。他的眼睛，常常注视到社会最底下那一层；他最了解穷苦人们的心理。所以他的诗因他们触动情感的最多，有时替他们写情感，简直和本人自作一样。“三吏”“三别”，便是模范的作品。后来白香山的《秦中吟》《新乐府》，也是这个路数，但主观的讽刺色彩太重，不能如工部之哀沁心脾。

（1）少陵野老吞声哭，春日潜行曲江曲。江头宫殿锁千门，细柳新蒲为谁绿？……明眸皓齿今何在，血污游魂归不得。清渭东流

剑阁深，去住彼此无消息。人生有情泪沾臆，江水江花岂终极。黄昏胡骑尘满城，欲往城南忘南北。（《哀江头》）

（2）……腰下宝玦青珊瑚，可怜王孙泣路隅。问之不肯道姓名，但道困苦乞为奴。已经百日窜荆棘，身上无有完肌肤。……豺狼在邑龙在野，王孙善保千金躯。不敢长语临交衢，且为王孙立斯须。……（《哀王孙》）

（3）忆昔开元全盛日，小邑犹藏万家室；稻米流脂粟米白，公私仓廪俱丰实；九州道路无豺虎，远行不劳吉日出；齐纨鲁缟车班班，男耕女桑不相失；宫中圣人奏云门，天下朋友皆胶漆；百余年间未灾变，叔孙礼乐萧何律。岂闻一绢直万钱，有田种谷今流血；洛阳宫殿烧焚尽，宗庙新除狐兔穴。伤心不忍问耆旧，复恐更从乱离说。……（《忆昔》）

这都是他遭值乱离所现的情感；集中这一类，多到了不得，这不过随意摘几首；前两首是遭乱的当时做的，后一首是过后追想的。后人都恭维他的诗是诗史；但我们要知道他的诗史，每一句每一字都有个“杜甫”在里头。

死别已吞声，生别常恻恻。江南瘴疠地，逐客无消息。故人入我梦，明我长相忆。恐非平生魂，路远不可测。魂来枫林青，魂返关塞黑。君今在罗网，何以有羽翼。落月满屋梁，犹疑照颜色。水深波浪阔，毋使蛟龙得。（《梦李白》）

这是他梦见他流在夜郎的朋友李白，梦后写的情感；他是个最多情的人，对于好些朋友，都有诗表示热爱，这首不过其一。他对于自己身世和家族。自然用情更真切了。试举他几首：

（1）……老妻寄异县，十口隔风雪。谁能久不顾，庶往共饥渴。入门闻号咷，幼子饿已卒。吾宁舍一哀，里巷亦呜咽。所愧为人父，无食致夭折。……（《自京赴奉先咏怀》）

（2）去年潼关破，妻子隔绝久。今夏草木长，脱身得西走。麻鞋见天子，衣袖露两肘。朝廷愍生还，亲故伤老丑。……寄书问三川，不知家在否？比闻同罹祸，杀戮到鸡狗。山中漏茅屋，谁复依户牖？摧颓苍松根，地冷骨未朽。几人全性命，尽室岂相偶？……自寄一封书，今已十月后；反畏消息来，寸心亦何有。……（《述怀》）

（3）长镵长镵白木柄，我生托子以为命！黄独无苗山雪盛，短衣数挽不掩胫；此时与子空归来，男呻女吟四壁静。呜呼！二歌兮歌始放，邻里为我色惆怅。

有弟有弟在远方，三人各瘦何人强？生别展转不相见，胡尘暗天道路长。前飞驾鹅后鹙鸧，安得送我置汝旁。呜呼！三歌兮歌三发，汝归何处收兄骨！

有妹有妹在钟离，良人早没诸孤痴。长淮浪高蛟龙怒，十年不见来何时。扁舟欲往箭满眼，杳杳南国多旌旗。呜呼！四歌兮歌四奏，林猨为我啼清昼。（《同谷七歌》中三首）

读这些诗，他那秾挚的爱情，隔着一千多年，还把我们包围不放哩。那《述怀》里头，“反畏消息来”一句，真深刻到十二分；那七歌里头“长镵”一首，意境峭入，这些地方，我们应该看他的特别技能。

他常常用很直率的语句来表情。举他一个例：

忆年十五心尚孩，健如黄犊走复来。庭前八月梨枣熟，一日上树能千回。即今年才五六十，坐卧只多少行立。强将笑语供主人，悲见生涯百忧集。入门依旧四壁空，老妻睹我颜色同。痴儿未知父子礼，叫怒索饭啼门东。（《百忧集行》）

用近体来写这种蟠薄郁积的情感本来极不易，这种门庭，可以说是他一个人开出。我最喜欢他《喜达行在所》三首里头那第三首的头两句：

死去凭谁报，归来始自怜。

仅仅十个字，把那虎口余生、过去现在的甜酸苦辣，一齐迸出，我真不晓得他有多大笔力。此外好的很多，凭我记忆最熟的背他几首：

（1）国破山河在，城春草木深。感时花溅泪，恨别鸟惊心。烽火连三月，家书抵万金。白头搔更短，浑欲不胜簪。

（2）带甲满天地，胡为君远行。亲朋尽一哭，鞍马去孤城。……

（3）亦知戍不返，秋至拭清砧。已近苦寒月，况经长别心。宁辞捣熨倦，一寄塞垣深。用尽闺中力，君听空外音。

（4）今夕鄜州月，闺中只独看。遥怜小儿女，未解忆长安。香雾云鬟湿，清辉玉臂寒。何时倚虚幌，双照泪痕干。

（5）野老篱前江岸回，柴门不正逐江开。渔人网集澄潭下，估客船从返照来。长路关心悲剑阁，片云何意傍琴台。王师未报收东郡，城阙秋生画角哀。

（6）岁暮阴阳催短景，天涯霜雪霁寒宵。五更鼓角声悲壮，三峡星河影动摇。野哭千家闻战伐，夷歌几处起渔樵。卧龙跃马终黄土，人事音书漫寂寥。

他表情的方法，可以说是《鸱鸮》诗或《黍离》诗那一路，不是《小弁》诗那一路，和《楚辞》更是不同。他向来不肯用语无伦次的表现法，他所表现的情，是越引越深，越拶越紧。我想这或是时代色彩，到中古以后，那“小弁风”的堆垒表情法，怕不好适用，用来也很难动人了。至于那吞咽式，他却常用。《梦李白》那首，便是这一式的代表。但杜诗到底是曼声的比促节的好。

工部表情的好诗，绝不止前头所举的这几首（无论古近体）；我既不是做古诗的选本，只好从略；还有些属于别种表情法的，下文另讲。但我们要知道，这种表情法，可以说是杜工部创作；最少亦要说到了他才成功；所以他在我们文学界占的位置，实在不同寻常；同时高、岑、王、李那些大家，都不能和他相提并论。后来这种表情法，虽然好的作品不少，都是受他影响，恕我不征引了。

别的我虽然打定主意不征引，独有元微之悼亡的七律三首，我不能不征引。因为他是这一类的表情法，却是杜工部以外的一种创作：

谢公最小偏怜女，自嫁黔娄百事乖。顾我无衣搜盖箧，泥他沽酒拔金钗。野蔬充膳甘长藿，落叶添薪仰古槐。今日俸钱过十万，与君营奠复营斋。

昔日戏言身后意，今朝都到眼前来。衣裳已施行看尽，针线犹存未忍开。尚想旧情怜婢仆，也曾因梦送钱财。诚知此恨人人有，贫贱夫妻百事哀。

闲坐悲君亦自悲，百年多是几多时。邓攸无子寻知命，潘岳悼亡犹费辞。同穴窅冥何所望，他生缘会更难期。惟将终夜常开眼，报答平生未展眉。

这三首诗所表的情感之浓挚，古人后人都有的；但他用白话体来做律诗，在极局促的格律底下，赤裸裸把一团真情捧出，恐怕连杜老也要让他出一头地哩。

五

回荡的表情法，用来填词，当然是最相宜；但向来词学批评家，还是推尊蕴藉，对于热烈盘礴这一派，总认为别调。我对于这两派，也不能偏有抑扬（其实亦不能严格的分别），但把回肠荡气的名作，背几阕来当代表。

初期的大词家，当然推李后主。他是一位“文学的亡国之君”，有极悲痛的情感，却不敢公然暴露。自然要用一种蟠郁顿挫的方式表他，所以最好。他代表的作品是：

（1）春花秋月何时了！往事知多少；小楼昨夜又东风，故国不

堪回首月明中。雕阑玉砌应犹在，只是朱颜改。问君能有几多愁，恰似一江春水向东流。（《虞美人》）

（2）帘外雨潺潺，春意阑珊。罗衾不耐五更寒。梦里不知身是客，一晌贪欢。独自莫凭阑；无限江山。别时容易见时难。流水落花春去也，天上人间。（《浪淘沙》）

这两首词音节上虽然仍带含蓄，也算得把满腔愁怨尽情发泄了。所以宋太祖看见，竟自赐他牵机药，要他的命。

宋徽宗的身世，和李后主一样，他有一首《燕山亭》，写得亦是这一类情感；但用的是吞咽式，觉得分外凄切。今录他下半阕：

凭寄离恨重重，这双燕何曾会人言语。天遥地远，万水千山，知他故宫何处。怎不思量，除梦里有时曾去。无据，和梦也新来不做！

词中用回荡的表情法用得最好的，当然要推辛稼杆。稼轩的性格和履历，前头已经说过：他是个爱国军人，满腔义愤，都拿词来发泄；所以那一种元气淋漓，前前后后的词家都赶不上。他最有名的几首，是：

（1）更能消几番风雨，匆匆春又归去。惜春长怕花开早，何况落红无数。春且住，见说道天涯芳草无归路。怨春不语，算只有殷勤画檐蛛网，尽日惹飞絮。长门事，准拟佳期又误。蛾眉曾有人妒。千金纵买相如赋，脉脉此情谁诉。君莫舞，君不见玉环飞燕皆尘土。闲愁最苦，休去倚危阑，斜阳正在烟柳断肠处。（《摸鱼儿》）

（2）野塘花落，又匆匆过了，清明时节。刬地东风欺客梦，一枕云屏寒怯。曲岸持觞，垂杨系马。此地曾经别。楼空人去，旧游飞燕能说。闻道绮陌东头，行人长见，帘底纤纤月。旧恨春江流不尽，新恨云山千叠。料得明朝，尊前重见，镜里花难折。也应惊问

近来多少华发。（《念奴娇》）

（3）绿树听啼鴂，更那堪杜鹃声住，鹧鸪声切。啼到春归无啼处，苦恨芳菲都歇。算来抵人间离别。马上琵琶关塞黑，更长门翠辇辞金阙。看燕燕，送归妾。海军百战身名裂，向河梁回头万里，故人长绝。易水萧萧西风冷，满座衣冠似雪。正壮士悲歌未彻。啼鸟还知如许恨，料不啼清泪长啼血。谁伴我，醉明月。（《贺新郎》）

凡文学家多半寄物托兴，我们读好的作品原不必逐首逐句比附他的身世和事实。但稼轩这几首有点不同，他与时事有关，是很看得出来；大概都是恢复中原的希望已经断绝，发出来的感慨。《摸鱼儿》里头“长门”“蛾眉”等句，的确是对于宋高宗不肯奉迎二帝下诛心之论；所以《鹤林玉露》批评他，说，“斜阳烟柳”之句，在汉、唐时定当贾祸；又说，高宗看见这词，很不高兴，但终不肯加罪，可谓盛德。诗人最喜欢讲怨而不怒，像稼轩这词，算是怨而怒了。《念奴娇》那首，题目是《书东流村壁》；正是徽、钦北行经过的地方，所以把他的“旧恨新恨”一齐招惹出来。《贺新郎》那首，是和他兄弟话别之作，自然把他胸中垒块，尽情倾吐。所以这三首都是有“本事”藏在里头，不能把他当一般伤春伤别之作。

前两首都是千回百折，一层深似一层，属于我所说的螺旋式。后一首却是堆垒式，你看他一起手硬绷绷的举了三个鸟名，中间错错落落引了许多离别的故事，全是语无伦次的样子，却是在极倔强里头，显出极妩媚。《三百篇》《楚辞》以后，敢用此法的，我就只见这一首。

这一派的词，除稼轩外，还有苏东坡、姜白石都是大家。苏、辛同派，向来词家都已公认；我觉得白石也是这一路，他的好处，不在微词而在壮采。但苏、姜所处的地位，与辛不同，辛词自然格外真切，所以我拿他来做这一派的代表。

稼轩的词风，不甚宜于吞咽式；但里头也有好的。如：

宝钗分，桃叶渡，烟柳暗南浦。怕上层楼，十日九风雨。断肠点点飞红。都无人管，倩谁劝流莺声住。

鬓边觑，试把花卜归期，才簪又重数。罗帐灯昏，哽咽梦中语。是他春带愁来，春归何处，却不解带将愁去。（《祝英台近》）

这首很有点写出幽咽的情绪了。但仍是曼声，不是促节。促节的圣手，要推周清真，其次便数柳耆卿。各录他们的代表作品一首：

（1）柳阴直，烟里丝丝弄碧。隋堤上曾见几番，拂水飘绵送行色。登临望故国，谁识，京华倦客。长亭路年去岁来，应折柔条过千尺。闲寻旧踪迹，又酒趁哀弦，灯照离席。梨花榆火催寒食。愁一箭风快，半篙波暖，回头迢递便数驿。望人在天北。凄恻，恨堆积。渐别浦萦回。津堠岑寂。斜阳冉冉春无极。念月榭携手，露桥闻笛。沉思前事，似梦里，泪暗滴。（《兰陵王》清真）

（2）寒蝉凄切，对长亭晚，骤雨初歇。都门帐饮无绪，正留恋处，兰舟催发。执手相看泪眼，竟无语凝咽。念去去千里，烟波暮霭，沉沉楚天阔。多情自古伤离别，更那堪冷落清秋节。今宵酒醒何处，杨柳岸晓风残月。此去经年，应是良辰好景虚设。便总有千种风情，待与何人说。（《雨霖铃》耆卿）

这两首算得促节的模范，读起来一个个字都是往嗓子里咽。当时有人拿耆卿的“晓风残月”和东坡的“大江东去”比较，估算两家品格的高下，其实不对。我们应该问那一种情感该用那一种方式。

吞咽式用到最刻入的，莫如李清照女士的《壶中天慢》和《声声慢》，今录他一首：

寻寻觅觅，冷冷清清，凄凄惨惨切切。乍暖还寒时候，最难将息。三杯两盏淡酒，怎敌他晓来风急。雁过也，正伤心，却是旧时相识。

满地黄花堆积，憔悴损，如今有谁堪摘。守着窗儿，独自怎生得黑。梧桐更兼细雨，到黄昏点点滴滴。这次第，怎一个愁字了得。（《声声慢》）

清照是当时金石学家赵明诚的夫人，他们夫妇学问都好，爱情秾挚。可惜明诚早死，清照过了半世寡妇的生涯。他这词，是写从早至晚一天的实感，那种茕独恓惶的景况，非本人不能领略，所以一字一泪，都是咬着牙根咽下。

还有一位不是词家的陆放翁，却有一首吞咽式的好词：

红酥手，黄藤酒，满城春色宫墙柳。东风恶，欢情薄，一怀愁绪，几年离索。错错错！春如旧，人空瘦，泪痕红浥鲛绡透。桃花落，闲池阁，山盟虽在，锦书难托。莫莫莫！（《钗头凤》）

读这首词要知道他的本事：原来放翁夫人，是他母族的表妹，结婚后不晓得为什么，他老太太发起脾气来，逼他们离婚，后来两个人都各自改婚了，但爱情总是不断。有一天放翁在一个地方名叫沈园，碰着他故妻，情感刺激到了不得，所以填这首词。后来直到六七十岁，每入城一次，总到沈园落一回眼泪；晚年还有一首诗："梦断香销四十年，沈园花老不飞绵。此身行作稽山土，犹吊遗踪一怅然。"这是和《孔雀东南飞》同性质的一出悲剧，所以他这词极能动人。

清朝好词不少。内中最特别的，算顾梁汾贞观寄吴汉槎的两首：

季子平安否？便归来生平万事，那堪回首。行路悠悠谁慰藉，母老家贫子幼。记不起从前杯酒。魑魅搏人应见惯，料输他覆雨翻云手。冰与雪，周旋久。

泪痕莫滴牛衣透。数天涯依然骨肉，几家能够？比似红颜多薄命，争不如今还有？只绝塞苦寒难受！廿载包胥承一诺，盼乌头马角总相救。置此札，君怀袖。

我亦飘零久，十年来深恩负尽，死生师友。宿昔齐名非忝窃，试看杜陵消瘦，曾不灭夜郎僝僽。薄命长辞知己别，问人生到此凄凉否？千万恨，为君剖。

兄生辛未吾丁丑。共些时冰霜摧折，早衰蒲柳。词赋从今须少作，留取心魂相守。但愿得河清人寿，归日急翻行戍稿，把虚名料理传身后。言不尽，观顿首。（《贺新郎》）

这两首和元微之那三首《悼亡》，算得过去文学界的双绝。他是“三板一眼”唱得出来的一封信，以体裁论，已算创作。他的好处，全在句句都是实感，没有浮光掠影的话，有点子血性的人，读了不能不感动。后来成容若用尽力量把吴汉槎救回，全是受了这两首词的刺激。容若赠梁汾的《贺新郎》，末几句：“绝塞生还吴季子，算眼前此外皆闲事。知我者，梁汾耳。”就是这两首词结束的历史。所以我说情感是一种催眠术。

清代大词家固然很多，但头两把交椅，却被前后两位旗人——成容若、文叔问占去，也算奇事！容若的词，自然以含蓄蕴藉的小令为最佳；但我们要知道这个人有他特别的性格。他是当时一位权相明珠的儿子，是独一无二的一位阔公子，他父母又很钟爱他；就寻常人眼光看来，他应该没有什么不满足。他不晓为什么，总觉得他所处的环境是可怜的。他的夫人早死，算是他极惨痛的一件事，但不能便认为总原因；说他无病呻吟，的确不是，他受不过环境的压迫，三十多岁便死了。所以批评这个人，只能用两句旧话，说：“古之伤心人，别有怀抱。”他的文学，常常表现出这种狂热的怪性。我们试背他几首：

（1）辛苦最怜天上月，一昔如环，昔昔都成玦。若似月轮终皎洁，不辞冰雪为卿热。无那尘缘容易绝，燕子依然，软踏帘钩说。唱罢秋坟愁未歇，春丛认取双飞蝶。（《蝶恋花》）

（2）如今才道当时错，心绪低迷。红泪偷垂，满眼春风百事非。 情知此后来无计，强说欢期。一别如斯，落尽梨花月又西。（《采桑子》）

像这类的作品，真所谓“哀乐无端”，情感热烈到十二分，刻入到十二分。许多人说《红楼梦》的宝玉，写的就是成容若，我们虽然不愿意轻率附会，但容若的奇情，只怕有点像宝玉哩。

文叔问的词格，很近稼轩、白石，但幽咽的作品，比他们多；此处怕要算填词界最后的一个名家了。他的名作，我不大背得出，只记得几句：

……延伫，销魂处，早漏泄幽盟，隔帘鹦鹉。残花过影，镜中情事如许。西风一夜惊庭绿，问天上人间见否？……（《月下笛》）

题目是《戊戌八月十三日宿王御史宅闻邻笛》，咏的是戊戌政变时事，“隔帘鹦鹉”，指袁世凯泄漏我们的秘密；“一夜惊庭绿”等语，很表得出当时社会一般人对于这件事的情感。

此外宋、清两代这类表情法的好词还很多，我所举的也不能都算得代表的作品，不过凭我记得的背背罢了。

曲本里头，用回荡表情法用得好的很不少，《西厢记》《琵琶记》里头就有好些，可惜我背不出来。我脑子里头印得最深的，是《牡丹亭》的《寻梦》：

最撩人春色是今年。少什么高就低来粉画垣，原来春心无处不飞悬。哎！睡荼蘼抓住裙衩线，恰便是花似人心好处牵。

为什呵，玉真重溯武陵源？也则为水点花飞在眼前。是天公不费买花钱，则咱人心上有啼红怨。唉！孤负了春三二月天。

…………

偶然间心似缱，梅树边。这般花花草草由人恋，生生死死随人愿，便酸酸楚楚无人怨。……

……一时间望，一时间望眼连天，忽忽地伤心自怜。知怎生情怅然，知怎生泪暗悬。

春归人面，整相看无一言，我待要折，我待要折的那柳枝儿问天，我如今悔，我如今悔不与题笺。……

为我慢归休，缓留连。听这不如归春暮天，难道我再，难道我再到这亭园，则挣的个长眠和短眠。……

像这种文学，不晓得怎么样的沁人心脾！像我们这种半百岁数的人，自信得过不会偷闲学少年，理会什么闲愁闲恨，却是一日念他百回也不厌！

其次便是《长生殿》的《弹词》。他写李龟年流落江南，带着个琵琶卖技换饭吃，一面弹，一面唱出那种今昔兴亡之感。那龟年初出台唱的是：

不提防余年值乱离，逼拶得歧路遭穷败！受奔波风尘颜面黑，叹衰残霜雪鬓须白。今日个流落天涯，只留得琵琶在！……

跟着唱完了十几段。那听的人觉得他形迹蹊跷，苦苦盘问他是谁；他让人瞎猜了一大堆，才自己说明来历道：

俺只为家亡国破兵戈沸，因此上孤身流落在江南地……您官人絮叨叨苦问俺为谁，则俺老伶工名唤龟年身姓李。

中间唱的那十几段，段段都好，尤为精采的是写马嵬坡兵变那一段：

恰正好呕呕哑哑霓裳歌舞，不提防扑扑突突渔阳战鼓。刬地里出出律律纷纷攘攘奏边书，急得个上上下下都无措。早则是喧喧嗾嗾惊惊遽遽仓仓卒卒挨挨拶拶出延秋西路，銮舆后携着个娇娇滴滴贵妃同去。又只见密密匝匝的兵恶恶狠狠的话闹闹炒炒轰轰骚骚四下喳呼，生逼散恩恩爱爱疼疼热热帝王夫妇。霎时间画就这一幅惨惨凄凄绝代佳人绝命图。

这种文学，不是曲本不能有。他的激刺性，比杜工部的《哀江头》、白香山的《长恨歌》，只怕还要强几倍哩！那整出的结构，像神龙夭矫，非全读看不出来。

凡长篇的写情韵文，煞尾总须用些重笔，像特别拿电气来震荡几下，才收束得住。如《离骚》讲了许多漫游宽解的话，最后几句是：

陟升皇之赫戏兮，忽临睨乎旧乡。仆夫悲余马怀兮，蜷局顾而不行。

《招魂》说了一大堆及时行乐的话，最后几句是：

皋兰被径兮斯路渐；湛湛江水兮上有枫；目极千里兮伤春心。魂兮归来哀江南。

都是用这种方法，把全篇增几倍精采。曲本里头得这诀窍的，要算《桃花扇》最后《余韵》那出的《哀江南》：

（1）山松野草带花挑，猛抬头秣陵重到！残军留废垒，瘦马卧空壕。村郭萧条，城对着夕阳道。

（2）野火频烧，护墓长楸多半焦。山羊群跑，守陵阿监几时逃。鸽翎蝠粪满堂抛，枯枝败叶当阶罩。谁祭扫，牧儿打碎龙碑帽。

（3）横白玉八根柱倒，堕红泥半堵墙高。碎琉璃瓦片多，烂翡翠窗棂少。舞丹墀燕雀常朝。直入宫门一路蒿，住几个乞儿饿殍。

（4）问秦淮旧日窗寮，破纸迎风，坏槛当潮，目断魂销。当年粉黛，何处笙箫。罢灯船端阳不闹，收酒旗重九无聊。白鸟飘飘，绿水滔滔，嫩黄花有些蝶飞，瘦红叶无个人瞧。

（5）你记得跨青溪半里桥，旧红板没一条。秋水长天人过少，冷清清的落照，剩一树柳弯腰。

（6）行到那旧院门，何用轻敲，也不怕小犬哰哰。无非是枯井颓巢，不过些砖苔砌草。手种的花条柳梢，尽意儿采樵。这黑灰是谁家厨灶？

（7）俺曾见金陵玉殿莺啼晓，秦淮水榭花开早，谁知道容易冰消。眼看他起朱楼，眼看他宴宾客，眼看他楼塌了。这青苔碧瓦堆，俺曾睡风流觉，将五十年兴亡看饱。那乌衣巷不姓王，莫愁湖鬼夜哭，凤皇台栖枭鸟。残山梦最真，旧境丢难掉，不信这舆图换稿。诌一套《哀江南》，放悲声唱到老。

《桃花扇》是明末南京的历史剧，借秦淮河里头几个人物写兴亡之感。末后这一出闲话，把几位遗老，扮作渔翁樵夫，发他们的感慨。《哀江南》这一首，是那樵夫唱的，是全剧的收场；所以把全剧关系地点，逐一描写他的现状，作个总结。第一段写南京城，第二段写孝陵，第三段写皇宫，都是亡国后公共的悲感。第四段写秦淮，第五段写河上的长桥，第六段写河那边的旧院（当时冶游胜处），都是剧中人物怅触旧游的特别悲感。第七段是把各种情感归拢起来，带血带泪，尽情倾吐，真所谓“悲歌当哭”了。有了这出，能把剧中情节，件件都再现一番，令他印象更深。

这种表情法，是文学上最通用的。我们中国人也用得很精熟，能够尽态极妍。我们从《三百篇》起到曲本止，把那代表的名作比较比较，也看得出进化的线路。

六

我讲完了回荡写情法，要附带着论一件事。

我们的诗教，本来以温柔敦厚为主。完全表示诸夏民族特性，《三百篇》就是唯一的模范。《楚辞》是南方新加入之一种民族的作品，他们已经同化于诸夏，用诸夏的文化工具来写情感，搀入他们固有思想中那种半神秘的色彩，于是我们文学界添出一个新境界。汉人本来不长于文学，所以承袭了《三百篇》《楚辞》这两份大遗产，没有什么变化扩大。到了“五胡乱华”时候，西北方有好几个民族加进来，渐渐成了中华民族的新分子；他们民族的特性，自然也有一部分溶化在诸夏民族的里头，不知不觉间，便令我们的文学顿增活气；这是文学史上很重要的关键，不可不知。

这种新民族特性，恰恰和我们的温柔敦厚相反，他们的好处，全在伉爽真率。《三百篇》里头，只有秦风的《小戎》《驷驖》《无衣》诸篇，很有点伉爽真率气象，这就是西戎系的秦国民族性和诸夏不同处；可惜春秋以后，秦国的文学作品，没有一篇流传。燕赵古称多慷慨悲歌之士，文学总应该有异采；可惜除了《易水歌》之外，也看不着第二首。到五胡南北朝时候，西北蛮族，纷纷侵入，内中以鲜卑人为最强盛。鲜卑人在诸蛮族中，文化像是最高，后来同化于我们也最速。他们像很爱文学和音乐，唐代流传的“马上乐”，什有九都出鲜卑。他们初学会中国话，用中国文字表他情感，完全现出异样的色彩。试写他几首：

上马不捉鞭，反折杨柳枝。蹀座吹长笛，愁杀行客儿。
腹中愁不乐，愿作郎马鞭。出入擐郎臂，蹀坐郎膝边。
放马两泉泽，忘不着连羁。担鞍逐马走，何得见马骑。
遥看孟津河，杨柳郁婆娑。我是虏家儿，不解汉儿歌。
健儿须快马，快马须健儿。跸跋黄尘下，然后别雄雌。
（《折杨柳歌》）

男儿欲作健，结伴不须多。鹞子经天飞，群雀两向波。
放马大泽中，草好马着膘。牌子铁裲裆，钰鉾鹳尾条。
前行看后行，齐着铁裲裆。前头看后头，各着铁钰鉾。
男儿可怜虫，出门怀死忧。尸丧狭谷中，白骨无人收。
（《企喻歌》）

新买五尺刀，悬着中梁柱。一日三摩娑，剧于十五女。
客行依主人，愿得主人强。猛虎依深山，愿得松柏长。
（《琅琊王歌》）

慕容攀墙视，吴军无边岸。我身分自当，枉杀墙外汉。
慕容愁愤愤，烧香作佛会。愿作墙里燕，高飞出墙外。
（《幕容垂歌》）

可怜白鼻騧，相将入酒家。无钱但共饮，画地作交赊。

何处觽觾来，两颊色如火。自有桃花容，莫言人劝我。（《高阳乐人歌》）

李波小妹字雍容，褰裳逐马如转蓬，左射右射必叠双。女子尚如此，男子安可逢。（《李波小妹歌》）

读这几首，可以大略看出他们“虏家儿”是怎么个气象了。他们生活是异常简单，思想是异常简单，心直口直，有一句说一句，他们的情感，是“没遮拦”的。你说好也罢，说他坏也罢，总是把真面孔搬出来。别的且不管他，专就男女两性关系而论，也看出许多和从前文学态度不同的表现。试举他几首：

青青黄黄，雀石颓唐。槌杀野牛，押杀野羊。

驱羊入谷，自羊在前。老女不嫁，蹋地唤天。

侧侧力力，念郎无极。枕郎左臂，随郎转侧。

摩捋郎须，看郎颜色。郎不念女，各自努力。（《地驱歌》）

烧火烧野田，野鸭飞上天。童男娶寡妇，壮女笑杀人。（《紫骝马歌》）

谁家女子能行步，反着夹禅后裙露。天生男女共一处，愿得两个成翁妪。

华阴山头百丈井，下有流水彻骨冷。可怜女子能照影，不见其余见斜领。

黄桑柘屐蒲子履，中央有丝两头系。小时怜母大怜婿。何不早嫁论家计。（《捉搦歌》）

像这种毫不隐瞒毫不扭捏的表情，在《三百篇》和汉、魏人五言诗里头，绝对的找不出来。这些都是北朝文学，试拿来和并时的南朝文学比较，像那有名的《子夜》《团扇》《懊侬》《青溪》《碧玉》《桃叶》各歌曲，虽然各有各的妙处；但前者以真率胜，后者以柔婉胜，双方的分野，显然可见。

经南北朝几百年民族的化学作用，到唐朝算是告一段落。唐朝的文学，用温柔敦厚的底子，加入许多慷慨悲歌的新成分，不知不觉，便产生出一种异彩来。盛唐各大家，为什么能在文学史上占很重的位置呢？他们的价值，在能洗却南朝的铅华靡曼，参以伉爽真率；却又不是北朝粗犷一路。拿欧洲来比方，好像古代希腊、罗马文明，搀入些森林里头日耳曼蛮人色彩，便开辟一个新天地。试举几位代表作家的作品，如李太白的：

金尊清酒斗十千，玉盘珍羞直万钱。停杯投箸不能食，拔剑四顾心茫然。欲渡黄河冰塞川，将登太行雪满山。闲来垂钓碧溪上，忽复乘舟梦日边。行路难，行路难！多歧路，今安在？长风破浪会有时，直挂云帆济沧海！（《行路难》）

杜工部的：

朝进东门营，暮上河阳桥。落日照大旗，马鸣风萧萧。平沙列万幕，部伍各见招。中天悬明月，令严夜寂寥。悲笳数声动，壮士惨不骄。借问大将谁，恐是霍嫖姚。（《后出塞》）

挽弓当挽强，用箭当用长。射人先射马，擒贼先擒王。杀人亦有限，立国自有疆。苟能制侵陵，岂在多杀伤。（《前出塞》）

高适的：

汉家烟尘在东北，汉将辞家破残贼。男儿本自重横行，天子非常赐颜色。……山川萧条极边土，胡骑凭陵杂风雨。战士军前半死生，美人帐下犹歌舞。大漠穷秋塞草腓，孤城落日斗兵稀。身当恩遇常轻敌，力尽关山未解围。铁衣远戍辛勤久，玉箸应啼别离后。

少妇城南欲断肠，征人蓟北空回首。边庭飘飖那可度，绝域苍茫更所有。杀气三时作阵云，寒声一夜传刁斗。……（《燕歌行》）

这类作品，不独《三百篇》《楚辞》所无，即汉、魏、晋、宋也未曾有。从前虽然有些摹写侠客的诗，但豪迈气概，总不能写得尽致。内中鲍明远最喜作豪语，但总有点不自然。所以这种文学，可以说是经过一番民族化合以后，到唐朝才会发生。那时的音乐和美术，都很受民族化合的影响；文学自然也逃不出这个公例。

写关塞景况，寓悲壮情感，是唐以后新增的诗料。（前此虽有，但不多，且不好。）词曲以缘情绮靡为主，用这种资料却不多。范文正有一首最好：

塞外秋来风景异，衡阳雁去无留意。四面边声连角起；千嶂里，长烟落日孤城闭。浊酒一杯家万里，燕然未勒归无计。羌管悠悠霜满地；人不寐，将军白发征夫泪。（《渔家傲》）

词里头的苏辛派，自然都带几分这种色彩。内中最粗豪的，如稼轩的：

醉里挑镫看剑，醒来吹角连营。八百里分麾下炙，五十弦翻塞外声。沙场秋点兵。马作的卢飞快，弓如霹雳弦惊。了却君王天下事，赢得生前身后名，可怜白发生。（《破阵子》）

名家的词，最粗犷的莫过刘后村，几乎全部集都是这一类的话。他最著名的一首是：

何处相逢，登宝钗楼，访铜雀台。唤厨人斫就，东溟鲸脍；圉人呈罢，西极龙媒。天下英雄，使君与操，余子何堪共酒杯？车千乘，载燕南代北，剑客奇才。酒酣鼻息如雷，谁信被晨鸡催唤回。

叹年光过尽，功名未立；书生老矣；气运方来。使李将军，遇高皇帝，万户侯何足道哉？推衣起，但凄凉感旧，慷慨生哀。（《沁园春》）

这一派词，我本来不大喜欢，因为他有烂名士爱说大话的习气。但他确带点北朝气味，在文学史上应备一格的。

曲本里头，有一首杂剧，像是明末清初的作品，演的是“鲁智深醉打山门”。那鲁智深拜别他的师父时，唱道：

漫洒英雄泪，相离处士家。谢你慈悲剃度在莲台下；没缘法转眼分离乍。赤条条来去无牵挂。那里讨烟蓑雨笠卷单行，一任俺芒鞋破钵随缘化。

也是刻意从粗犷一面做，因为替粗犷的人表情，不如此便失真了。

七

这回讲的是含蓄蕴藉的表情法。这种表情法，向来批评家认为文学正宗；或者可以说是中华民族特性的最真表现。这种表情法，和前两种不同：前两种是热的，这种是温的；前两种是有光芒的火焰；这种是拿灰盖着的炉炭。这种表情法也可以分三类：第一类是情感正在很强的时候，他却用很有节制的样子去表现他；不是用电气来震，却是用温泉来浸；令人在极平淡之中，慢慢的领略出极渊远的情趣。这类作品，自然以《三百篇》为绝唱。如：

瞻彼日月，悠悠我思，道之云远，曷云能来。

如：

昔我往矣，杨柳依依；今我来思，雨雪霏霏。行路迟迟，载渴载饥。

如：

君子于役，不知其期。曷至哉？鸡栖于埘；日之夕矣，牛羊下来。君子于役，如之何勿思？

拿这类诗和前头几回所引的相比较：前头的像外国人吃咖啡，炖到极浓，还搀上白糖牛奶；这类诗像用虎跑泉泡出的雨前龙井，望过去连颜色也没有，但吃下去几点钟，还有余香留在舌上。他是把情感收敛到十足，微微发放点出来；藏着不发放的还有许多，但发放出来的，确是全部的灵影，所以神妙。

汉魏五言诗，以这一类为正声。如李陵的：

携手上河梁，游子暮何之。徘徊蹊路侧，悢悢不能辞。行人难久留，各言长相思。安知非日月，弦望自有时。努力崇明德，皓首以为期。

那神味和“瞻彼日月”一章完全相同，真算得“含毫邈然”。又如《古诗十九首》里头的：

迢迢牵牛星，皎皎河汉女。纤纤擢素手，札札弄机杼。终日不成章，泣涕零如雨。河汉清且浅，相去复几许。盈盈一水间，脉脉不得语。

涉江采芙蓉，兰泽多芳草。采之欲遗谁，所思在远道。还顾望旧乡，长路漫浩浩。同心而离居，忧伤以终老。

这类诗都是用淡笔写浓情，算得汉人诗格的代表。后来如曹子建的：

高台多悲风，朝日照北林。之子在万里，江湖迥且深。……

阮嗣宗的：

嘉时在令辰，零雨洒尘埃。临路望所思，日夕复不来。……

陶渊明的：

……情通万里外，形迹滞江山。君其爱体素，来会在何年。

谢玄晖的：

大江流日夜，客心悲未央。旋念关山近，终知返路长。……

都是这一派。汉、魏、六朝诗，这一类的好作品很多。

这一派到初唐时变了样子：他们把这类诗改做“长言永叹”的形式，很有些长篇。但着墨虽多，依然是以淡写浓；我譬喻他，好像一桌极讲究的素菜全席。有张若虚一首，可算代表作品：

春江潮水连海平，海上明月共潮生；滟滟随波千万里，何处春江无月明。江流宛转绕芳甸，月照花林皆如霰；空里流霜不觉飞，汀上白沙看不见。江天一色无纤尘，皎皎空中孤月轮；江畔何人初见月，江月何年初照人。人生代代无穷已，江月年年望相似；不知江月待何人，但见长江送流水。白云一片去悠悠，青枫江上不胜愁；谁家今夜扁舟子，何处相思明月楼。可怜楼上月徘徊，应照离人妆镜台；玉户帘中卷不去，捣衣砧上拂还来。此时相望不相闻，愿逐月华流照君；鸿雁长飞光不度，鱼龙潜跃水成纹。昨夜闲潭梦落花，可怜春半不还家；江水流天去欲尽，江潭落月复西斜。斜月

沉沉藏海雾，碣石潇湘无限路；不知乘月几人归，落月摇情满江树。（《春江花月夜》）

这首诗读起来，令人飘飘有出尘之想。“江畔何人初见月，江月何年初照人”“谁家今夜扁舟子，何处相思明月楼”，这类话，真是诗家最空灵的境界。全首读来，固然回肠荡气；但那音节，既不是哀丝豪竹一路，也不是急管促板一路；专用和平中声，出以摇曳；确是《三百篇》正脉。

初唐佳作，都是这一路，虽然悲慨的情感，总用极和平的音节表他。如李峤的：

……自从天子去秦关，玉辇金舆不复还；珠帘羽帐长寂寞。鼎湖龙髯专可攀。千龄人事一朝空，四海为家此路穷；雄豪意气今何在，坛场宫馆尽蒿蓬。道旁故老长叹息，世事回环不可测；昔时青楼对歌舞，今日黄埃聚荆棘。山川满目泪沾衣，富贵荣华能几时，不见只今汾水上，惟有年年秋雁飞。（《汾阴行》）

相传唐明皇幸蜀时候，听人背这首诗，泪数行下，叹道：“李峤真才子！”这种诗的品格高下，别一问题，但确是初唐代表，确是中国诗界传统的正声。后来白香山从这里一转手，吴梅村再从这里一转手，但可惜越转越卑弱。

盛唐以后，这一派自然也不断，好的作品自然也不少；但在古体里头，已经不很通用，因为五古很难出汉魏范围，七古很难出初唐范围。倒是近体很从这方面开拓境界，因为近体篇幅短，非用含蓄之笔，取弦外之音，便站不住。内中五律七绝为尤甚。唐人著名的七绝和孟、王、韦、柳的五律都是这一派。杜工部诗虽以热烈见长，他的五律，如“凉风起天末”，“今夜鄜州月”，“幽意忽不惬”等篇，也都是这一派。

王渔洋专提倡神韵，他所标举的话，这“不着一字，尽得风流”，“羚羊挂角，无迹可寻”，虽然太偏了些，但总不能不认为是诗中高调。我想：他这种主张是对的，但这类诗做得好不好，全问意境如何。我们若依然仅有

《三百篇》，汉、魏、初唐人的意境，任凭你运笔怎样灵妙，也不能出他们的范围；只有变成打油派，令人讨厌。我们生当今日，新意境是比较容易取得的；那么，这一派诗，我们还是要尽力的提倡。

第二类的蕴藉表情法。不直写自己的情感，乃用环境或别人的情感烘托出来。用别人情感烘托的，例如《诗经》：

> 陟彼冈兮，瞻望兄兮。兄曰“嗟！予弟行役，夙夜必偕；上慎旃哉，犹来无死！”……（《陟岵》）

这篇诗三章，第一章父，第二章母，第三章兄。不说他怎样的想念爷妈哥哥，却说爷妈哥哥怎样的想念他。写相互间的情感，自然加一层浓厚。

用环境烘托的，例如《诗经》：

> 我徂东山，慆慆不归；我来自东，零雨其蒙。鹳鸣于垤，妇叹于室；洒扫穹窒，我征聿至。有敦瓜苦，烝在栗薪；自我不见，于今三年。（《东山》）

且不说回家会着家人的情况，但对一件极琐碎的事物——柴堆上头一棚瓜说：“咱们违教三年了。”言外的感慨，不知有多少。

古乐府《孔雀东南飞》，最得此中三昧。兰芝和焦仲卿言别，该篇中最悲惨的一段，他却悲呀泪呀……不见一个字。但说：

> 妾有绣腰襦，葳蕤自生光。红罗复斗帐，四角垂香囊。箱奁六七十，绿碧青丝绳。物物各自异，种种在其中。人贱物亦鄙，不足迎新人。留待作遗施。于今无会因。……（古诗《为焦仲卿妻作》）

专从纪念物上头讲，用物来做人的象征：不说悲，不说泪，倒比说出来的还深刻几倍。到别小姑时，却把悲情尽地发泄了。

却与小姑别，泪落连珠子："新妇初来时，小姑始扶床；今日被驱遣，小姑如我长。勤心养公姥，好自相扶将。初七及下九，嬉戏莫相忘。"……（同上）

兰芝的眼泪，不向丈夫落，却向小姑落。和小姑说话，不说现时的凄惨，只叙过去的情爱；没有怨恨话，只有宽慰和劝勉的话。只这一段，便能把兰芝极高尚的人格极浓厚的爱情，全盘涌现出来。

后来用这类表情法，也是杜工部最好。如他的《羌村》三首：

峥嵘赤云西，日脚下平地。柴门鸟雀噪，归客千里至。妻孥怪我在，惊定还拭泪。世乱遭飘荡，生还偶然遂。邻人满墙头，感叹亦歔欷。夜阑更秉烛，相对如梦寐。

晚岁迫偷生，还家少欢趣。娇儿不离膝，畏我复却去。忆昔好追凉，故绕池边树。萧萧北风劲，抚事煎百虑。赖知禾黍收，已觉糟床注。如争足斟酌，且用慰迟暮。

群鸡正乱叫，客至鸡斗争。驱鸡上树木，始闻叩柴荆。父老四五人，问我久远行。手中各有携，倾榼浊复清。莫辞酒味薄，黍地无人耕。兵革既未息，儿童尽东征。请为父老歌，艰难愧深情。歌罢仰天叹，四座泪纵横。

这三首实写自己情感的地方很少（第二首有少欢趣煎百虑等语，在三首中这首却是次一等），只是说日怎么样，云怎么样，鸟怎么样，鸡怎么样，老妻怎么样，儿子怎么样，邻居怎么样；合起来，他所谓"死去凭谁报，归来始自怜"的情感，都表现出了。还有《北征》里头的一段，也是这种笔法：

……况我堕胡尘，及归尽华发。经年至茅屋，妻子衣百结。……平生所娇儿，颜色白胜雪。见耶背面啼，垢腻脚不袜。床前两小女，补绽才过膝。海图坼波涛，旧绣移曲折。天吴及紫凤，颠倒在裋褐。……那无囊中帛，救汝寒凛栗？粉黛亦解苞。衾裯稍罗列。瘦妻面复光，痴女头自栉；学母无不为，晓妆随手抹；移时施朱铅，狼藉画眉阔。……问事竟挽须，谁能即嗔喝。……

这种诗所用表情技术，可以说和《陟岵》同一样。不写自己情感，专写别人情感。写别人情感，专从极琐末的实境表出，这一点又是和《东山》同样。这一类诗，我想给他一个名字，叫做“半写实派”。他所写的事实，是用来做烘出自己情感的手段，所以不算纯写实；他所写的事实，全用客观的态度观察出来，专从断片的表出全相，正是写实派所用技术，所以可算得半写实。

第三类蕴藉表情法，索性把情感完全藏起不露，专写眼前实景（或是虚构之景），把情感从实景上浮现出来。这种写法《三百篇》中很少，勉强举个例。如：

春日载阳，有鸣仓庚。女执懿筐，遵彼微行，爰求柔桑。春日迟迟，采蘩祁祁。女心伤悲，殆及公子同归。（《七月》）

这是专从节物上写那种和乐融泄的景象，作者的情绪，自然跟着表现出来。

但这首还有人在里头，带着写别人的情感，不能纯粹属于此类。此类的真正代表，可以举出几首。其一，曹孟德的：

东临碣石，以观沧海。水何澹澹，山岛竦峙。树木丛生，百草丰茂。秋风萧瑟，洪波涌起。日月之行，若出其中；星汉粲烂，若出其里。（《观沧海》）

这首诗仅仅写映在他眼中的海景。他自己对着这景有什么怅触，一个字未尝道及。但我们读起来，觉得他那宽阔的胸襟，豪迈的气概，一齐流露。

北齐有一位名将斛律光，是不识字的，有一天皇帝在殿上要各人做诗，他冲口做了一首，便成千古绝唱。那诗是：

敕勒川，阴山下，天似穹庐，笼盖四野。天苍苍，野茫茫，风吹草低见牛羊。（《敕勒歌》）

这诗是独自一个人骑匹马在万里平沙中所看见的宇宙。他并没说出有什么感想。我们读过去，觉得有一个粗豪沉郁的人格活跳出来。

阮嗣宗《咏怀》里头有一首：

独坐空堂上，谁可与欢者？出门临永路，不见行车马；登高望九州，悠悠分旷野。孤鸟西北飞，离兽东南下。日暮思亲友，晤言用自写。

这首诗一起一结，虽然也轻轻的点出他的情感，但主要处全在中间几句，从环境上写出那种百无聊赖哀乐万端的情绪，把那位哭穷途的先生全副面孔活现出来。

杜工部用这种表情法也用得最好，试举他两首：

竹凉侵卧内，野月满庭隅。重露成涓滴，稀星乍有无。暗飞萤自照，水宿鸟相呼。万事干戈里，空悲清夜徂。（《倦夜》）

这首诗题目是《倦夜》。看他前面仅仅三十个字，从初夜到中夜到后夜，初时看见月、看见露，月落了看见星、看见萤，天差不多亮了听见水鸟，写的全是自然界很微细的现象，却是通宵睡不着很疲倦的人才能看出。那“倦”的情绪，自在言外，末两句一点便够。又：

风急天高猿啸哀，渚清沙白鸟飞回。无边落木萧萧下，不尽长江滚滚来。……（《登高》）

这首是工部最有名的七律，小孩子都读过的。假令我们当作没有读过，掩住下半首，闭眼想一想情形，谁也该想得到是在长江上游——四川、湖北交界地方秋天一个独客登高时候所见的景物。底下“万里悲秋常作客，百年多病独登台”那两句，不过章法结构上顺手一点，其实不用下半首，已经能把全部情绪表出。

须知这类诗和单纯写景诗不同。写景诗以客观的景为重心，他的能事在体物入微；虽然景由人写，景中离不了情，到底是以景为主。这类诗以主观的情为重心，客观的景，不过借来做工具。试把工部的“竹凉侵卧内”和王右丞的：

万壑树参天，千山响杜鹃。山中一夜雨，树杪百重泉。……

比较，便见得王作是纯客观的，杜作是主观气分甚重。

第四类的蕴藉表情法，虽然把情感本身照原样写出，却把所感的对象隐藏过去，另外拿一种事物来做象征。这类方法，《三百篇》里头很少——前所举《鸱鸮》篇，可以归入这类。“山有榛隰有苓”“谁能烹鱼溉之釜鬵”等篇，也带点这种气味；但属少数，且不纯粹——因为《三百篇》的原则，多半是借一件事物起兴，跟着便拍归本旨，像那种打灯谜似的象征法，那时代的诗人不大用他。但作诗的人虽然如此，后来读诗的人却不同了。试打开《左传》一看，当时凡有宴会都要赋诗，赋诗的人在《三百篇》里头随意挑选一篇借来表示自己当时所感。同一篇诗，某甲借来表这种感想，某乙也可以借来表那种感想。拿我们今日眼光看去，很有些莫名其妙。所以我说《三百篇》的作家没有象征派，然而《三百篇》久已作象征的应用。

纯象征派之成立，起自《楚辞》。篇中许多美人芳草，纯属代数上的符号，他意思别有所指。如《离骚》中：

览相观于四极兮，周流乎天余乃下。望瑶台之偃蹇兮，见有娀之佚女。吾令鸩为媒兮，鸩告余以不好。雄鸠之鸣逝兮，余犹恶其佻巧。心犹豫而狐疑兮，欲自适而不可。凤皇既受诒兮，恐高辛之先我。欲远集而无所止兮，聊浮游以逍遥。及少康之未家兮，留有虞之二姚。理弱而媒拙兮，恐导言之不固。世溷浊而嫉贤兮，好蔽美而称恶。……

又：

时缤纷其变易兮，又何可以淹留。兰芷变而不芳兮，荃蕙化而为茅。何昔日之芳草兮，今直为此萧艾也？……余以兰为可恃兮，羌无实而容长。委厥美以从俗兮，苟得列乎众芳。椒专佞以慢慆兮，樧又充夫佩帏。既干进而务入兮，又何芳之能祇。固时俗之从流兮，又孰能无变化。览椒兰其若兹兮，又况揭车与江蓠。……

这类话若不是当作代数符号看，那么，屈原到处调情到处拈酸吃醋，岂不成了疯子？蕙会变茅，兰会变艾，天下那有这情理？太史公说得好：“其志洁，故其称物芳。”他怀抱着一种极高尚纯洁的美感，于无可比拟中，借这种名词来比拟。他既有极秾温的情感本质，用他极微妙的技能，借极美丽的事物做魂影，所以着墨不多，便尔沁人心脾。如：

惜吾不及见古人兮，吾谁与玩此芳草？（《思美人》）

如：

沅有芷兮澧有兰，思公子兮未敢言。（《湘夫人》）

如：

夫人自有兮美子，荪何为兮愁苦。（《少司命》）

如：

心不同兮媒劳，恩不甚兮轻绝。（《湘君》）

这都是带一种神秘性的微妙细乐，经千百年后按奏，都能使人心弦震荡。

自《楚辞》开宗后，汉魏五言诗，多含有这种色彩。如《庭中有奇树》《迢迢牵牛星》等篇，乃至张平子的《四愁》，都是寄兴深微一路，足称《楚辞》嗣音。

中晚唐时，诗的国土被盛唐大家占领殆尽。温飞卿、李义山、李长吉诸人，便想专从这里头辟新蹊径。飞卿太靡弱，长吉太纤仄，且不必论；义山确不失为一大家。这一派后来衍为西昆体，专务挦撦词藻，受人诟病。近来提倡白话诗的人不消说是极端反对他了。平心而论，这派固然不能算诗的正宗，但就“唯美的”眼光看来，自有他的价值。如义山集中近体的《锦瑟》《碧城》《圣女祠》等篇，古体的《燕台》《河内》等篇，我敢说他能和中国文字同其运命。就中如《碧城》三首的第一首：

碧城十二曲阑干，犀辟尘埃玉辟寒。阆苑有书多附鹤，女床无树不栖鸾。星沉海底当窗见，雨过河源隔座看。若使晓珠明又定，一生长对水晶盘。

这些诗，他讲的什么事，我理会不着；拆开一句一句的叫我解释，我连文义也解不出来。但我觉得他美，读起来令我精神上得一种新鲜的愉快。须知：美是多方面的，美是含有神秘性的。我们若还承认美的价值，对于这种文学，是不容轻轻抹煞啊！

八

现在要附一段专论女性文学和女性情感。

《三百篇》中——尤其国风——女子作品，实在不少。如《绿衣》《燕燕》《谷风》《泉水》《柏舟》《载驰》《氓》《竹竿》《伯兮》《君子于役》、《狡童》《褰裳》《鸡鸣》，或传说上确有作者主名，或从文义推测得出。我们因此可想见那时候女子的教育程度和文学兴味比后来高些；或者是男女社交不如后世之闭绝，所以他们的情感有发舒之余地，而且能传诵出来。内中有好几篇最能发挥女性优美特色。如：

黾勉同心，不宜有怒。采葑采菲，无以下体。德音莫违，及尔同死。（《谷风》）

如：

匪我愆期，子无良媒。将子毋怒，秋以为期。（《氓》）

这两首都是弃妇所作，追述从前爱情，有不堪回首之想。一种温厚肫笃之情，在几句话上全盘托出。又如：

君子于役，苟无饥渴。（《君子于役》）

伤离念远，四个字抵得千百句话。又如：

泛彼柏舟，在彼中河。髧彼两髦，实维我仪。之死矢靡他。母也天只！不谅人只！（《柏舟》）

这首相传是卫共姜所作。父母逼他离婚，他不肯，那坚强的意志和专一肫笃的爱情都表现出来；却是怨而不怒，纯是女子身分。又如：

载驰载驱，归唁卫侯。驱马悠悠，言至于漕。大夫跋涉，我心则忧。

既不我嘉，不能旋反；视尔不臧，我思不远。既不我嘉，不能旋济；视尔不臧，我思不閟。

陟彼阿丘，言采其蝱。女子善怀，亦各有行。许人尤之，众稚且狂。

我行其野，芃芃其麦。控于大邦，谁因谁极。大夫君子，无我有尤。百尔所思，不如我所之。（《载驰》）

这首是许穆夫人所作。他是卫国女儿，卫国亡了，他要回去省视他兄弟；许国人不许他，因作此诗。一派缠绵悱恻，把女性优美完全表出。

女子很少专门文学家，不惟中国，外国亦然。想是成年以后受生理上限制所致。汉魏以来女性作品，如秦嘉妻徐淑，如班婕妤，各有一两首，都很平平。蔡文姬的《胡笳十八拍》，似是唐人所谱；《悲愤》两首，大概是真。他遭乱被掠入匈奴，是人生极不幸的遭际。他自己说：

薄志节兮念死难，虽苟活兮无形颜。

可怜他情爱的神圣，早已为境遇所牺牲了；所剩只有母子情爱，到底也保不住。他诗说：

……已得自解免，当复弃儿子。……儿前抱我颈，问“母欲何之？人言母当去，岂复有还时。阿母常仁恻，今何更不慈？我今未成人，奈何不顾思”。见此崩五内，恍惚生狂痴；号泣手抚摩，当发复回疑。……

我们读这诗，除了同情之外，别无可说。他的情爱到处被蹂躏；他所写全是变态，但从变态中还见出爱芽的实在。

窦滔妻苏蕙的《回文锦》，真假不敢断定，大约真的分数多。这个作品技术的致巧，不惟空前，或者竟可说是绝后，但太雕凿违反自然了。他说：“非我佳人（指窦滔）莫之能解。”只能算是他两口子猜谜，不能算文学正宗。若说这作品在我们文学史上有价值，只算他能够代表女性细致头脑的部分罢了。

苏伯玉妻《盘中诗》：

山树高，鸟鸣悲。泉水深，鲤鱼肥。空仓雀，常苦饥；吏人妇，会夫稀。出门望，见白衣；谓当是，而更非。还入门，中心悲。……

这首不敢断定必为女性作品，但情绪写得很好。

古乐府中有几首，不得作者主名，不知为男为女。假定若出女子，便算得汉魏间女性文学中翘楚了。如：

上山采蘼芜，下山逢故夫。长跪问故夫："新人复何如？""新人虽然好，未若故人姝。颜色类相似，手爪不相如。"新人从门入，故人从阁去。新人工织缣，故人工织素。织缣日一匹，织素五丈余。将缣来比素，新人不如故。

又如：

……夫婿从南来，斜倚西北眄。语卿"且勿眄，水清石自见"。石见何累累，远行不如归。

这类诗很表示女性的真挚和纯洁，我们若认他是女性作品，价值当不在《谷风》《氓》之下。

唐宋以后，闺秀诗虽然很多，有无别人捉刀，已经待考；就令说是真，够得上成家的可以说没有。词里头算有几位。宋朱淑真的《断肠词》，李易安的《漱玉词》，清顾太清的《东海渔歌》，可以说不愧作者之林。内中惟易安杰出，可与男子争席，其余也不过尔尔。可怜我们文学史上极贫弱的女界文学，我实在不能多举几位来撑门面。

男子作品中写女性情感——专指作者替女性描写情感，不是指作者对于女性相互间情感——以《楚辞》为嚆矢。前段所讲"美人芳草"就是这一类。如：

君不行兮夷犹，蹇谁留兮中洲。美要眇兮宜修，沛吾乘兮桂

舟。令沅湘兮无波，使江水兮安流。望夫君兮未来，吹参差兮谁思。……（《湘君》）

帝子降兮北渚，目眇眇兮愁予。袅袅兮秋风，洞庭波兮木叶下。……沅有茝兮澧有兰，思公子兮未敢言。荒忽兮远望，观流水兮潺湲。……（《湘夫人》）

入不言兮出不辞，乘回风兮载云旗。悲莫悲兮生别离，乐莫乐兮新相知。荷衣兮蕙带，倏而来兮忽而逝。夕宿兮帝郊，君谁须兮云之际。与汝游兮九河，冲风至兮水扬波。与汝沐兮咸池，晞汝发兮阳之阿。……（《少司命》）

这几首都是描写极美丽极高洁的女神，我们读起来和看见希腊名雕温尼士女神像同一美感，可谓极技术之能事。这种文学优美处，不在字句艳丽，而在字句以外的神味。后来摹仿的很多，到底赶不上。李义山的《重过圣女祠》：

白石岩扉碧藓滋，上清沦谪得归迟。一春梦雨常飘瓦，尽日灵风不满旗。……

全从以上几首脱胎，飘逸华贵诚然可喜，但女神的情感，便不容易着一字了。

汉魏古诗，写两性间相互情爱者很多，专描女性者颇少，今不细论。六朝时南北人性格很有些不同，在他们描写女性上也可以看出。北朝写女性之美，专喜欢写英爽的姿态。如：

……好妇出迎客，颜色正敷愉。伸腰再拜跪，问客平安无。请客北堂上，坐客青氍毹。清白各异樽，酒上正华疏。酌酒持与客，客言主人持。却略再拜跪，然后持一杯。谈笑未及竟，左顾敕中厨，促令办粗饭，慎莫使稽留。废礼送客出，盈盈府中趋。送客亦不远，足不过门枢。……（《陇西行》）

读起来仿佛入到欧洲交际社会，一位贵妇人极和蔼极能干的美态，活现目前。又如：

……朝辞爷娘去，宿暮黄河边。不闻爷娘唤女声，但闻黄河流水鸣溅溅。旦辞黄河去，暮至黑山头。不闻爷娘唤女声，但闻燕山胡骑声啾啾。……可汗问所欲，木兰不用尚书郎。愿借明驼千里足，送儿还故乡。……（《木兰词》）

这首写女子从军，虽然是一种异态，但决非南朝人意想中所能构造。最妙者是刚健之中处处含婀娜，确是女性最优美之点。

南朝人便不同了。他们理想中女性之美，可以拿梁元帝的《西洲曲》做代表：

忆梅下西洲，折梅寄江北。单衫杏子红，双鬓鸦雏色。西洲在何处，两桨桥头渡。日暮伯劳飞，风吹乌柏树。树下即门前，门中露翠钿。开门郎不至，出门采红莲。采莲南塘秋，莲花过人头。低头弄莲子，莲子清如水。置莲怀袖中，莲心彻底红。忆郎郎不至，仰首视飞鸿。飞鸿满汀洲，望郎上青楼。楼高望不见，尽日阑干头。阑干十二曲，垂手明如玉。卷帘天自高，海水摇空绿。海水梦悠悠，君愁我亦愁。南风知我意，吹梦到西洲。

这首诗写怀春女儿天真烂漫的情感，总算很好，所写的人格亦并不低下；但总是南派委靡的情绪，和北派截然两样。后来作家，大概脱不了这窠臼。

唐诗写女性最好的，莫过于杜工部的《佳人》：

绝代有佳人，幽居在空谷。自言良家子，零落依草木。……在山泉水清，出山泉水浊。侍婢卖珠回，牵萝补茅屋。摘花不插鬓，采柏动盈掬。天寒翠袖薄，日暮倚修竹。

工部理想的佳人，品格是名贵极了，性质是高抗极了，体态是幽艳极了，情绪是秾至极了。有人说这首诗便是他自己写照，或者不错。总之描写女性之美，我说这首是千古绝唱。

太白《长干曲》摹仿《西洲》很像，写小家儿女的情爱，也还逼真，但价值不过尔尔。

李义山写女性的诗，几居全集三分之一，但义山是品性堕落的诗人，他理想中美人不过倡妓，完全把女子当男子玩弄品，可以说是侮辱女子人格。义山天才确高，爱美心也很强，倘使他的技术用到正途，或者可以做写女性情感的圣手，看他《悼亡》诸作可知。可惜他本性和环境都太坏，仅成就得这种结果。不惟在文学界没有好影响，而且留下许多遗毒，真是我们文学史上一件不幸了。

词里头写女性最好的，我推苏东坡的《洞仙歌》：

> 冰肌玉骨，自清凉无汗。水殿风来暗香满。绣帘开，一点明月窥人；人未寝，攲枕钗横鬓乱。起来携素手，庭户无声，时见疏星度河汉，试问夜如何？夜已三更，金波淡，玉绳低转。但屈指西风几时回，又不道流年暗中偷换。

好处在情绪的幽艳，品格的清贵，和工部《佳人》不相上下。稼轩的：

> 蓦然回首，那人却在，灯火阑珊处。（《青玉案》）

白石的：

> 想珮环夜月归来，化作此花幽独。（《疏影》）

都能写出品格。柳屯田写女性词最多，可惜毛病和义山一样，藻艳更在义山下。

曲本每部总有女性在里头，但写得好的很少。因为他们所构曲中情节，本少好的，描写曲中人物，自然不会好。例如《西厢记》一派，结局是调情猥亵，如何能描出清贵的人格？又如《琵琶记》一派，主意在劝惩，并不注重女性的真美。所以曲本写女性虽多，竟找不出能令我心折的作品。内中惟汤玉茗是最浪漫式的人。《牡丹亭·惊梦》里头，确有些新境界。如：

可知我常一生儿爱好是天然，恰三春好处无人见。……

“爱好是天然”这句话，真所谓为爱美而爱美，从前没有人能道破。写女性高贵，此为极品了。底下跟着衍这段意思，也有许多名句。如：

朝飞暮卷，云霞翠轩；雨丝风片，烟波画船。锦屏人忒看得韶光贱。

如：

则为俺生小婵娟，拣名门一例一例里神仙眷；甚良缘把青春抛得远；俺的睡情谁见？……

如：

则为你如花美眷，似水流年。是答儿闲寻遍，在幽闺自怜。

这些词句，把情绪写得像酒一般浓，却不失闺秀身分，在艳词中算是最上乘了。

这段末后，还有几句话要讲讲。近代文学家写女性，大半以“多愁多病”为美人模范，古代却不然。《诗经》所赞美的是“硕人其颀”，是“颜如舜华”；《楚辞》所赞美的是“美人既醉朱颜酡，娭光眇视目层波”；汉赋所赞美的是“精耀华烛俯仰如神”，是“翩若惊鸿矫若游龙”。凡这类形容词，都是以容态之艳丽和体格之俊健合构而成，从未见以带着病的恹弱状态为美的。以病态为美，起于南朝，适足以证明文学界的病态。唐宋以后的作家，都汲其流，说到美人便离不了病，真是文学界一件耻辱。我盼望往后文学家描写女性，最要紧先把美人的健康恢复才好。

九

欧洲近代文坛，浪漫派和写实派迭相雄长。我国古代，将这两派划然分出门庭的可以说没有；但各大家作品中，路数不同，很有些分带两派倾向的。今先说浪漫的作品。

《三百篇》可以说代表诸夏民族平实的性质，凡涉及空想的一切没有。我们文学含有浪漫性的自《楚辞》始。春秋战国时候的中原人都来说“楚人好巫鬼”，大抵他们脑海中含有点野蛮人神秘意识，后来渐渐同化于诸夏；用诸夏公用的文化工具表现他们的感想，带着便把这种神秘意识放进去，添出我们艺术上的新成分。这种意识，或者从远古传来，乃至和我们民族发源地有什么关系也未可知。试看，《楚辞》里头讲昆仑的最多——大约不下十数处，像是对于昆仑有一种渴仰，构成他们心中极乐国土。这种思想渊源，和中亚细亚地方有无关系，今尚为历史上未决问题。他们这种超现实的人生观，用美的形式发摅出来，遂为我们文学界开一新天地。《楚辞》的最大价值在此。

《楚辞》浪漫的精神表现得最显者，莫如《远游》篇。他起首那段有几句：

> 惟天地之无穷兮，哀人生之长勤。往者余弗及兮，来者吾不闻。（《远游》）

屈原本身有两种矛盾性。他头脑很冷，常常探索玄理，想像“天地之无穷”；他心肠又很热，常常悲悯为怀，看不过“民生之多艰”。（《离骚》语）他结果闹到自杀，都因为这两种矛盾性交战，苦痛忍受不住了。他作品中把这两种矛盾性充分发挥，有一半哭诉人生冤苦，有一半是寻求他理想的天国。《远游》篇就是属于后一类。他说：

载营魄而登霞兮，掩浮云而上征。命天阍其开关兮，排阊阖而望予。召丰隆使先导兮，问太微之所居。集重阳入帝宫兮，造旬始而观清都。朝发轫于太仪兮，夕始临乎于微闾。屯余车之万乘兮，纷溶与而并驰。驾八龙之婉婉兮，载云旗之逶蛇。建雄虹之采旄兮，五色杂而炫耀。服偃蹇以低昂兮，骖连蜷以骄骜。骑胶葛以杂乱兮，斑漫衍而方行。撰余辔而正策兮，吾将过乎句芒。历太皓以右转兮，前飞廉以启路。阳杲杲其未光兮，凌天地以径度。……（同上）

如此之类有好几段，完全是幻构的境界。最末一段道：

经营四方［荒］兮，周流六漠。上至列缺兮，降望大壑；下峥嵘而无地兮，上寥廓而无天。视倏忽而无见兮，听惝恍而无闻。超无为以至清兮，与泰初而为邻。（同上）

这类文学，纯是求真美于现实界以外，以为人类五官所能接触的境界都是污浊，要搬开他别寻心灵净土。《离骚》《涉江》中一部分，也是这样。

《招魂》——据太史公说也是屈原所作。其想像力之伟大复杂实可惊。前半说上下四方到处痛苦恐怖的事物，都出乎人类意境以外；后半说浮世的快乐，也全用幻构的笔法写得淋漓尽致。末后一段说这些快乐，到头还是悲哀，以“魂兮归来哀江南”一句，结出作者情感根苗。这篇名作的结构和思想，都有点和噶特的《浮士达》相仿佛。

《楚辞》中纯浪漫的作品，当以《九歌》的《山鬼》为代表，今录其全文：

若有人兮山之阿，被薜荔兮带女萝。既含涕［睇］兮又宜笑，子慕余兮善窈窕。

乘赤豹兮从文狸，辛夷车兮结桂旗。被石兰兮带杜衡，折芳馨兮遗所思。

余处幽篁兮终不见天，路险艰兮独后来。

表独立兮山之上，云容容兮而在下；杳冥冥兮羌昼晦，东风飘兮神灵雨。

留灵修兮憺忘归，岁既晏兮孰华予？

采三秀兮于山间，石磊磊兮葛蔓蔓。思［怨］公子兮憺［怅］忘归，君思我兮不得闲。山中人兮芳杜若，饮石泉兮荫松柏。君思我兮然疑作。

雷填填兮雨冥冥，猿啾啾兮又夜鸣，风飒飒兮木萧萧，思公子兮徒离忧。（《山鬼》）

这篇和《远游》《离骚》《招魂》等篇作法不同。那几篇都写作者自身和所构幻境的关系，这篇完全另写一第三者作影子。我们若把这篇当画材，将那山鬼的环境面影性格画来，便活现出屈原的环境面影性格。这种纯粹浪漫的作法，在我们文学界里头，当以此篇为嚆矢。

陶渊明的《桃花源诗·序》，正是浪漫派小说的鼻祖。那首诗自然也是浪漫派绝好韵文。里头说的：

……相命肆［肄］农耕，日入随［从］所憩。桑竹垂余荫，菽稷随时艺。春蚕收长丝，秋熟靡王税。荒路暧交通，鸡犬互鸣吠。……童孺纵行歌，斑白欢游诣。草荣识节和，木衰知风厉。虽无纪历志，四时自成岁。怡然有余乐，于何劳智慧。……

这是渊明理想中绝对自由、绝对平等、无政府的互助的社会状况，最主要的精神是“超现实”。但他和《楚辞》不同处，在不带神秘性。

神仙的幻想，在我们文学界中很占势力。这种幻想，自然是导源于《楚辞》，但后人没有屈原那种剧烈的矛盾性，从形式上模仿蹈袭，往往讨厌。如曹子建也有一首《远游》篇，读去便味如嚼蜡。嵇中散的《游仙》诗，也看不出什么异彩。到郭景纯十几首《游仙》，便瑰丽多了。其中如：

翡翠戏兰苕，容色更相鲜。绿萝结高林，蒙茏盖一山。中有冥寂士，静啸抚清弦。放情凌霄外，嚼蕊挹飞泉。……

虽然纯从《山鬼》篇脱胎，却把幽愤境界变为飘逸。又如：

杂县寓鲁门，风暖将为灾。吞舟涌海底，高浪驾蓬莱。神仙排云出，但见金银台。陵阳挹丹溜，容成挥玉杯。姮娥扬妙音，洪崖颔其颐。升降随长烟，飘飖戏九垓。奇龄迈五龙，千岁方婴孩。燕昭无云［灵］气，汉武非仙才。

这类诗像是佛教入中国后，参些印度人梵天的幻想。但每首总爱把作者的宇宙观、人生观直白点出，未免有些词费。

浪漫派文学，总是想像力愈丰富愈奇诡便愈见精采。这一点，盛唐大家李太白，确有他的特长。如他的《公无渡河》全从古乐府《箜篌引》敷演出来。《箜篌引》十六个字千古绝唱，如何可拟作？他这首的前半“黄河西来决昆仑，……其害乃去茫然风沙”，已经把这条黄河写得像有神秘性；到下半首依传说略叙事实后，更虚构可怖的幻象。说：

被发之叟狂而痴，清晨径流欲奚为？旁人不惜妻止之，公无渡河苦渡之。虎可搏，河难凭，公果溺死流海湄。有长鲸白齿若雪山，公乎公乎挂骨于其间。《箜篌》所谣［悲］竟不还。

这诗把原来的《箜篌引》赋与一种浪漫性，便成创作。又如《飞龙引》的：

……载玉女，过紫皇，紫皇乃赐白兔所捣之药方。后天而老凋三光。下视瑶池见王母，蛾眉萧飒如秋霜。

如《蜀道难》的：

……蚕丛及鱼凫，开国何茫然。尔来四万八千岁，不与秦塞通人烟。西当太白有鸟道，可以横绝峨眉颠［巅］。地崩山摧壮士死，然后天梯石栈相钩连。……

太白集中像这类的很多，都可以证明他想像力之伟大，能构造出别人所构不出的境界。他还有两首词，把他的美感表得十分圆满。词调是《桂殿秋》，文如下：

仙女下，董双成，汉殿夜凉吹玉笙。曲终却从仙官去，万户千门惟月明。

河汉女，玉炼颜，云軿往往在人间。九霄有路去无迹，袅袅香风生珮环。

后来这类作品，我最爱者为王介甫的《巫山高》二首：

巫山高，十二峰。上有往来飘忽之猿猱，下有出没瀺灂之蛟龙，中有倚薄缥缈之神宫。神人处子冰雪容，吸风饮露虚无中；千岁寂寞无人逢，邂逅乃与襄王通。丹崖碧嶂深重重，白月如日明房栊；象床玉几来自从，锦屏翠幔金芙蓉。阳台美人多楚语，只有纤腰能楚舞，争吹凤管鸣鼍鼓。那知襄王梦时事，但见朝朝暮暮长云雨。

巫山高，偃薄江水之滔滔；水于天下实至险，山亦起伏为波涛。其巅冥冥不可见，崖岸斗绝悲猿猱；赤枫青栎生满谷，山鬼白日樵人遭。窈窕阳台彼神女，朝朝暮暮能云雨；以云为衣月为褚，乘光服暗无留阻。昆仑曾城道可取，方丈蓬莱多伴侣；块独守此嗟何求，况乃低徊梦中语。

这类诗词，从唯美的见地看去，很有价值。他们并无何种寄托，只是要表那一片空灵纯洁的美感。太白、介甫一流人，胸次高旷，所以能有这类作品。像杜工部虽然是情圣，他却不会作此等语。

苏东坡也是胸次高旷的人，但他的文学不含神秘性，纯浪漫的作品较少。他贬谪琼州的时候，坐在山轿子上打盹，正在遇雨，梦中得了十个字的名句："千山动鳞甲，万壑［谷］酣笙钟。"醒来续成一首诗道：

四洲环一岛，百洞蟠其中。我行西北隅，如度月半弓。登高望中原，但见积水空。此身将［生当］安归，四顾真途穷。眇观大瀛海，坐咏谈天翁。茫茫太仓间［中］，稊［一］米谁雌雄？幽怀忽破散，咏啸来天风。千山动鳞甲，万壑［谷］酣笙钟。焉［安］知非群仙？《钧天》宴未终。喜我归有期，举酒属青童。急雨岂无意，催诗走群龙。梦中忽变色，笑电亦改容。应怪东坡老，颜衰语徒工。久矣此妙声，不闻蓬莱宫。

他作诗时候所处的境界，恰好是最浪漫的；他便将那一刹那间的实感写出来，不觉便成浪漫派中上乘作品。

浪漫派特色，在用想像力构造境界。想像力用在醇化的美感方面，固然最好；但何能个个人都如此？所以多数走入奇谲一路。《楚辞》的《招魂》已开其端绪，太白作品也半属此类。中唐以后，这类作风益盛，韩昌黎的《陆浑山火和皇甫湜》《孟东野夫子》《二鸟诗》等篇，都带这种色彩。我们可以给他一个绰号，叫做"神话文学"。神话文学的代表作品，应推卢玉川。他有名的《月蚀诗》二千多字，完全像希腊神话一般，内中一段：

……传闻古老说，蚀月虾蟆精。径圆千里入汝腹，汝此痴骸阿谁生？……忆昔尧为天，十日烧九州；金铄水银流，玉烛［焰］丹砂焦，六合烘为窑，尧心增百忧。帝见尧心忧，勃然发怒决洪流，立拟沃杀九日妖；天高日走沃不及，但见万国赤子䱇䱇生鱼头。此时九御导九日，争持节幡麾幢旒，驾车六九五十四头蛟，螭虬掣电九火辀。汝若蚀开龋齲轮，御辔执索相爬钩；推荡轰訇入汝喉，红鳞焰鸟烧口快，翎鬣倒侧声醆邹，撑肠柱［拄］肚礧块［傀］如山丘，自可饱死更不偷，不独填饥坑，亦解尧心忧。……

又如《与马异结交诗》中一段：

伏羲［神农］画八卦，凿破天心胸。女娲本是伏羲妇，恐天怒，捣炼五色石，引日月之针五星之缕把天补。补了三日不肯归婿家，走向日中放老鸦，月里栽桂养虾蟆。天公发怒化龙蛇，此龙此蛇得死病，神农合药救死命。天怪神农党龙蛇，罚神农为牛头令载元气车。不知药中有毒药，药杀元气天不觉。……

这种诗取采资料，都是最荒唐怪诞的神话，还添上本人新构的幻想，变本加厉。这种诗好和歹且不管他，但我们不能不承认作者胆量大，替诗界作一种解放。又不能不承认是诗界一种新国土，将来很有继续开辟的余地。

玉川最喜欢把人类意识赋与人类以外诸物。《观放鱼歌》："鸂鶒鸰鸥凫，喜观争叫呼；小虾亦相庆，绕岸摇其须"便是。他还有二十首小诗，设为石、竹、井、马兰、蛱蝶、虾蟆，相互谈话。内中石说道："我在天地间，自是一片物；可得杠压我，使我头不出。"他所假设一场谈话，虽然没有什么深奥哲理；但也算诗界一种创作，比陶渊明的《形影神问答》进一步。

同时李长吉也算浪漫派的别动队。他的诗字字句句都经过千锤百炼；但他的特别技能不仅在字句的锤炼，实在想像力的锤炼。他的代表作品，如《金铜仙人辞汉歌》：

茂陵刘郎秋风客，夜间［闻］马嘶晓无迹；画栏桂树悬秋香，三十六宫土花碧。魏官牵车指千里，东关酸风射眸子；空将汉月出宫门，忆君清泪如铅水。衰兰送客咸阳道，天若有情天亦老；携盘独出月荒凉，渭城已远波声小。

此外如“昆山玉碎凤皇叫，芙蓉泣露香兰笑”，如“女娲炼石补天处，石破天惊逗秋雨”，如“洞庭雨脚来吹笙，酒酣喝月使倒行”，如“银浦流云学水声”，如“呼龙耕烟种瑶草”，如“南风吹山作平地，帝遣天吴移海水”，此等语句，不知者以为是卖弄词藻，其实每一句都有他特别的意境。大抵长吉脑里头幻象很多，每一个幻象，他自己立限只许用十来个字把他写出，前人评他做诗是“呕心”，真不错。这种诗自然不该学，但我们不能不承认他在文学史上的价值。

十

现在要讲写实派。写实派作法，作者把自己情感收起，纯用客观态度描写别人情感。作法要领，是要将客观事实，照原样极忠实的写出来，还要写得详尽。因为如此，所以所写的多是三几个寻常人的寻常行事，或是社会上众人共见的现象，截头截尾单把一部分状态委细曲折传出。简单说，是专替人类作断片的写照。

这种作品，在《三百篇》里头不能说没有，如《卫风》的《硕人》，《郑风》的《大叔于田》《褰裳》，《豳风》的《七月》，都有点这种意思。但《三百篇》以温柔敦厚为主，不肯作露骨的刻画，自然不能当这派作品的模范。《楚辞》纯属浪漫的作风，和这派正极端反对，当然没有可征引了。

汉人乐府中有一首《孤儿行》，可以说是纯写实派第一首诗。全录如下：

孤儿生，孤儿遇生命当独［独当］苦。

父母在时，乘坚车驾驷马；父母已去，兄嫂令我行贾。

南到九江，东到齐与鲁；腊月来归，不敢自言苦。

头多虮虱，面目多尘土。

大兄言办饭，大嫂言视马；上高堂行趣殿，下堂，孤儿泪下如雨。

使我朝行汲暮得水，来归手为错，足下无扉。

怆怆履霜，中多蒺藜，拔断蒺藜。

肠肉中怆欲悲，泪下渫渫，清涕累累。冬无复襦，夏无单衣。

居生不乐，不如早去下从地下黄泉。

春气动，草萌芽；三月蚕桑，六月收瓜；将是瓜车，来还到［到还］家。

瓜车反覆，助我者少，啖瓜者多。愿还我蒂；兄与嫂严独且急，归当与校计。

乱曰：里中一何譊譊！愿欲寄尺书将与地下父母，兄嫂难与久居。

这首诗只是写寻常百姓家一个可怜的孩子，将他日常经历直叙，并不下一字批评。读起来能令人同情心到沸度，可以说是写实派正格。

《孔雀东南飞》，是最有结构的写实诗。他写十几个人问答语，各人神情毕肖，真是圣手。内中“妾有绣丝［腰］襦……”“着我绣夹裙……”“青雀白鹄舫……”三段，铺叙实物，尤见章法。可惜所铺叙过于富丽，稍失写实家本色。又篇末松梧交枝鸳鸯对鸣等语，已经搀入象征法。虽然如此，这诗总算写实妙品。

魏晋写实的五言，以左太冲《娇女诗》为第一。

吾家有娇女，皎皎颇白皙。小字为纨素，口齿自清历。

鬓发覆广额，双耳似连璧。明朝弄梳台，黛眉类扫迹。

浓朱衍丹唇，黄吻烂漫赤。娇语若连琐，忿速乃明惝。

握笔利彤管，篆刻未期益。执书爱绨素，诵习矜所获。

其姊字惠芳，面目灿如画。轻妆喜楼边，临镜忘纺绩。

举觯拟京兆，立的成复易。玩弄眉颊间，剧兼机杼役。

从容好赵舞，延袖像飞翮。上下弦柱际，文史辄卷襞。

顾眄［眄］屏风画，如见已指摘。丹青日尘暗，明义为隐赜。

驰骛翔园林，果不［下］皆生摘。红葩缀紫蒂，萍实骤抵掷。

贪华风雨中，倏忽数百适。务蹑霜雪戏，重綦常累积。

并心注肴馔，端坐理盘槅。翰墨戢闲案，相与数离逖。

动为炉钲屈，屣履任之适。止为茶［荼］菽据，吹吁［嘘］对鼎铴。

脂腻漫白袖，烟重［薰］染阿锡。衣被皆重池，难与次［沈］水碧。

任其孺子意，羞受长者责。瞥闻当予杖，掩泪俱向壁。

这首诗活画出两位天真烂漫性情活泼娇小玲珑又爱美又不懂事的女孩子。尤当注意者，太冲对于这两位女孩子，取什么态度，有何等情感，诗中一个字没有露出。他的目的全在那映到他眼里的小女孩子情感，他用极冷静的态度忠实观察他，忠实描写他，所以入妙。后来模仿这首诗的不少，但都赶不上他。如李义山的《骄儿诗》，即是其中之一首。依着《骄儿诗》看来，义山那位衮师少爷顽劣得可厌，是不管他；——也许是义山照样写实，那么少爷虽不好，诗还是好。但那诗中说旁人对于他儿子怎样批评，又说他自己对于儿子怎样希望，还把自己和儿子比较，发一段牢骚，这是何苦呢？我们拿这两首诗比一比，便可以悟出写实派作法的要诀。

前回曾举出杜工部半写实派的几首诗。其实工部纯写实派的作品也很不少而且很好。如：

献凯日继踵，两蕃静无虞。渔阳游［豪］侠地，击鼓吹笙竽。云帆转辽海，粳稻来东吴。越裳与楚练，照耀舆台躯。主将位益崇，气骄凌上都。边人不敢议，议者死路衢。（《后出塞》）

这首诗是安禄山还未造反时作的，所指就是安禄山那一班军阀。仅仅六十个字，把他们豪奢骄蹇情形都写完了。他却并没有一个字批评，只是用巧妙技术把实况描出，令读者自然会发厌恨忧危种种情感。这是写实文学最大作用。又如：

三月三日天气新，长安水边多丽人。态浓意远淑且真，肌理细腻骨肉匀。绣罗衣裳照暮春，蹙金孔雀银麒麟。头上何所有？翠为匐叶垂鬓唇。背后何所见？珠压腰衱稳称身。就中云幕椒房亲，赐名大国虢与秦。紫驼之峰出翠釜，水精之盘行素鳞。犀箸厌饫久未下，鸾刀缕切空纷纶。黄门飞鞚不动尘，御厨络绎送八珍。箫鼓哀吟感鬼神，宾从杂遝实要津。后来鞍马何逡巡，当轩下马入锦茵。杨花雪落覆白蘋，青鸟飞去衔红巾。炙手可热势绝伦，慎莫近前丞相嗔。

又如：

步屧随春风，村村自花柳。田翁逼社日，邀我尝春酒。酒酣夸新尹，畜眼未见有。回头指大男，“渠是弓弩手。名在飞骑籍，长番岁时久。前日放营农，辛苦救衰朽。差科死则已，誓不举家走。今年大作社，拾遗能住否？”叫妇开大瓶，盆中为吾取。感此气扬扬，须知风化首。语多虽杂乱，说尹终在口。朝来偶然出，自卯将及酉。久客惜人情，如何拒邻叟。高声索果栗，欲起时被肘。指挥过无礼，未觉村野丑。月出遮我留，仍嗔问升斗。

这首和前两首不同。前两首是一般写实家通行作法，专写社会黑暗方面；这首却是写社会光明方面，读起来令人感觉乡村生活之优美。那“田父”一种真率气象以及他对于社交之亲切，对于国家义务之认真，都一一流露。

写实家所标旗帜，说是专用冷酷客观，不搀杂一丝一毫自己情感。这不过技术上的手段罢了。其实凡写实派大作家都是极热肠的。因为社会的偏枯缺憾，无时不有，无地不有，只要你忠实观察，自然会引起你无穷悲悯。但倘若没有热肠，那么他的冷眼也决看不到这种地方，便不成为写实家了。杜工部这类写实文学开派以后，继起的便是白香山。香山自己说：

惟歌生民病，……甘受时人嗤。

他自己编定诗集，用诗的性质分类，第一类便是“讽喻”。讽喻类主要作品是十首《秦中吟》和五十首《新乐府》。这六十首诗，可以说完成写实派壁垒，替我们文学史吐出光焰万丈。但他的作风与纯写实派有点不同。每篇之末，总爱下主观的批评，不过批评是“微而婉”罢了。里头纯客观的只有几首。如：

帝城春欲暮，喧喧车马度。共道牡丹时，相随买花去。
贵贱无常价，酬直看花数。灼灼百朵红，戋戋五束素。
上张幄幕庇，旁织巴篱护。水洒复泥封，移来色如故。
家家习为俗，人人迷不悟。有一田舍翁，偶来买花处。
低头独长叹，此叹无人喻。一丛深色花，十户中人赋。

（《秦中吟·买花》）

如：

卖炭翁，伐薪烧炭南山中。满面尘灰烟火色，两鬓苍苍十指黑。卖炭得钱何所营，身上衣裳口中食。可怜身上衣正单，心忧炭贱愿天寒。夜来城上一尺雪，晓驾炭车辗冰辙。牛困人饥日已高，市南门外泥中歇。翩翩两骑来是谁？黄衣使者白衫儿。手把文书口称敕，回车叱牛牵向北。一车炭重千余斤，官使驱将惜不得。半匹红纱一丈绫，系向牛头充炭直。

（《新乐府·卖炭翁》）

像这类不将批评主意明点出来的，约居全部十分之一，其余都把自己对于这件事情的意见说出。他的《新乐府》自序说：

……首句标其目，卒章显其志，三百篇之意也。其辞质而径，欲见之者易喻也。其言直而切，欲闻之者深诫也。其事核而实，使采之者传信也。……

他并不是为诗而作诗；他替那些穷苦的人们提起公诉，他向那些作恶的人们宣说福音。所以他不采那种藏锋含蓄的态度，将主观的话也写出来。但是以作风论，我们还认他是写实派，因为他对于客观写得极忠实极详尽。

写实派固然注重在写人事的实况，但也要写环境的实况。因为环境能把人事烘托出来。写环境实况的模范作品，如鲍明远《芜城赋》中一段。

> 泽葵依井，荒葛罥涂；坛罗虺蜮，阶斗麏鼯；木魅山鬼，野鼠城狐；风嗥雨啸，昏见晨趋；饥鹰厉吻，寒鸱吓雏；伏虣［甝］藏虎，乳血餐肤。崩榛塞路，峥嵘古馗；白杨早落，塞草前衰。棱棱霜气，蔌蔌风威；孤蓬自振，惊沙坐飞。灌莽杳而无际，丛薄纷其相依；通池既已夷，峻隅又已颓。直视千里外，唯见起黄埃。凝思寂听，心伤已摧。

所写全是客观现象，然而读起来自然会令情感涌出。妙处全在铺叙得淋漓透彻。学写实派的不可不知。

为什么要注重叙事文字[1]

前几天接校长的信，叫我替本校文学会作一次讲演。文学会所要求者谅来是纯文学方面的讲题，但我对应用文学方面有点意见，觉得是现在中学教育上很重要的问题，所以趁这机会陈述大概，和教员学生们讨论讨论。至于纯文学的讲题，过几天若有机会，或者再和诸君聚谈一回也可以。

应用文的分类，大约不出议论之文和记述之文两大部门，通俗一点说就是论事文和叙事文。论事文和记事文孰为重要，学起来孰难孰易，这些问题，各人有各人的看法，姑且不细讨论。但现在学校中作文一科，所作者大率偏重论事文，我以为是很不对的。因为这种教法，在文章上不见得容易进步，而在学术上德性上先已生出无数恶影响来。

学校专教做论事文，全是中了八股策论的余毒。从前科举时代，聚了成千数万人在一个考场里头，限着一定时刻叫他们做几篇文章。文章的种类，或者在四书五经里拈出一句或一节做题目，叫人敷衍成几百字，便是八股。或者出个题目说某项国家大事应该如何办法，叫人发一套议论，便是策。又或者把历史上某个人某件事叫人批评一番，便是论。这种考试法，行了一千几百年，不知坑陷了几多人。不幸现在的学校，顽的依然是那一套，虽形式稍变，而精神仍丝毫无别，不过把四书语句的题目改成时髦学说的题目。例如从前是“学而时习之，不亦说乎”，现在却改成“学问之趣味”，从前是“言忠信行笃敬”，现在却改成“克己与自治”。又或把从前万言策或东莱博议的论文改为现在的政治谈人物评，例如从前的“复井田议”，现在改为“土地国有论”，从前的“边防策”，现在改为“国耻纪念感言”，从前的“管仲论”“范增

① 本文收入《饮冰室合集·文集》第15册之43。

论”，现在改为“华盛顿论”“列宁论”等等。

这种教作文法，可以生出以下各项毛病：

第一，奖励剿说。从前是把孔夫子的话敷衍成文，现在是把教科书或教师平日所讲的话敷衍成文，句句都说得对，却没有一句是自己的。因为句句都对，教师便不能不给他浓圈密点，不能不多给他分数。作者也忘了形，真以为自己发见什么真理了。

第二，奖励空疏及漂滑。做这些说空理发空论的文章，并不要什么正确资料为基本，所以不必要有什么精深的研究。或者好研究的人，倒不如浮光掠影之谈说出来反加流利。所以做惯这种文章的人，结果会变成北京里堕落的旗人子弟，说话十分漂亮，很像通达正理，肚子里却一毫经纬没有。

第三，奖励轻率。凡判断一项事理，提出一种主张，岂是容易的事，不知要经多少方面的客观考察，历多少次曲折的试验，才着得一点真知灼见。在纸片上发空谈，一若天下事指顾可定，说起来花团锦簇，却是不许人质驳，唐宋以来的文家，大率如此。青年时代作惯了这种文，便养成视事太易的心理，将来做起事来，便会轻躁不踏实。

第四，奖励刻薄及不负责任。一人有一人的环境，一事有一事的曲折，所以对于人与事的批评是很不容易的。像现在国文读本里头最通行的什么“管仲论”“范增论”等等，开口便说“我若是他便怎样办怎样办”，其实和那时候的时势实全不相应，说的都是风凉话。青年学惯了这种文，便只会挑剔别人是非，一面却使自己责任心薄弱，不问做得来做不来的事一味瞎吹瞎说。

第五，奖励偏见。会做八股策论的人，若要出奇制胜，最妙是走偏锋，做翻案文字。这种做法，一方面可以矫正剿说的毛病，但一面却去养成强词夺理的习惯，专喜欢改变客观的事情来就自己的偏见，结果也会养成一个刚愎乖谬的人。

第六，奖励虚伪。总而言之，现在学校里这类国文功课，学生并没有什么新理经自己发明要说出来，教师却出一个题目叫他说这种道理：学生并没有什么真感情真议论一定要发泄，教师也指定一个题目像榨油似的去榨出的感情议论。学生为分数起见，只好跟着混。你要我论辩，我便信口开河；你要我抒情，我便声随泪下。结果变成粉墨登场的戏子，底面判然两人了。

以上这些话，或者有人疑我说的太过火，其实不然。学校里功课虽有多种，大率都是“受”的——先生给他的，求所谓自动的自发的，就只作文一课成分最多，——最少中国现在学校是如此，——在作文课内养成这种种恶习惯，焉能不说是教育界膏肓之病。宋明以来，士大夫放言高论，空疏无真，拘墟执拗，叫嚣乖张，酿成国家社会种种弊害，大半由八股策论制造出来，久已人人公认了。现在依然是换汤不换药，凡有活动能力的人都从学校出，凡在学校里总经过十几年这种奖励……奖励，奖励，奖励，奖励偏见，奖励虚伪的教育，养成不健全的性格。他人到社会做事，不知不觉一一映现在一切行为上来。国家和社会之败坏，未始不由于此。

我并不说论事文不该学做，论事文可以磨炼理解力判断力，如何能绝对排斥！但我以为不要专做，不要滥做，不要速做，等到学生对于某一项义理某一件事情某一个人物确有他自己的见解（见解对不对倒不必管）勃郁于中，不能不写出来，偶然自发的做一两篇，那么，便得有做论事文的益处而无其流弊了。

然则学校所教的最重要是那一类文呢？我以为莫如叙事文，学做叙事文的好处如下：

第一，有一定的客观事实为范围，不能凭空构造或增减，敷衍虚伪的话，一句也插不上去。令学者常常注精力于客观事物的观察，自然会养成重实际的习惯，不喜欢说空话。

第二，事实的资料，是要费力去搜罗得来的，从那里才可以得着资料，也有种种途径，因此可以令学者磨炼出追求事物的智能并养成耐烦性。

第三，事实搜齐之后，如何才能组织成篇，令人一目了然，而且感觉叙述之美，这里头很费工夫。因此令学者可以练习对于客观事物之分析综合，磨出缜密的脑筋，又可以学成一种组织的技能。

第四，凡一件事无论大小，总有各部分的相互关系和时间的经过变迁，能留心忠实考察一番写的出来，自然对于这件事的真相及其因果利病完全了解。因此可以得着治事的智慧，将来应用到自己所做的事增加许多把握。

学做叙事文的主要好处如此，还有许多附带的好处，我一时说不尽了。

然则学校里为什么只喜欢教做论事文不喜欢教做叙事文呢？依我想，也有难怪之处。第一件，因为学校作文的时间短促，每回不过一两个钟头，而且在一个教室内监督着交卷，其势只能叫学生们说几句空话，不能作复杂研究的记述。第二件，因为没有适当的资料，叫学生记事，有何可记呢？难道天天叫他们记学校生活吗？当然不行，不行又怎么样呢？（下阙）

下编

小说界革命

论幼学

西人每岁创新法，制新器者，以十万计；著新书，得新理者，以万计。而中国无一焉。西人每百人中，识字者自八十人至九十七八人，而中国不逮三十人。顶同圆也，趾同方也，官同五也，肢同四也，而悬绝若此。呜呼！殆天之降才尔殊哉！顾吾尝闻西人之言矣，震旦之人学于彼土者，才力智慧无一事弱于彼。其居学数岁，褎然试举首者，往往不绝。人之度量相越，盖不远也，而若是者何也？梁启超曰：春秋万法托于始，几何万象起于点。人生百年，立于幼学。吾向者观吾乡塾，接语其学究，蠢陋野悍，迂谬猥贱，不可向迩。退而傀焉忧，愀然思，无惑乎乡人之终身为乡人也。既而游于它乡，而它县，而它道，而它省，观其塾，接语其学究，其蠢陋野悍，迂谬猥贱，举无以异于向者之所见。退而瞠然芒然皇然曰，中国四万万人之才、之学、之行、之识见、之志气，其消磨于此蠢陋野悍迂谬猥贱之人之手者，何可胜道。其幸而获免焉者，盖万亿中不得一二也。顾炎武曰：有亡国，有亡天下。梁启超曰：强敌权奸流寇，举无足以亡国，惟吏胥可以亡国；外教左道乡愿，举无足以亡天下，惟学究足以亡天下。欲救天下，自学究始。

古之教学者，不可得见矣。顾其为道，散见于七十子后学所记者，若曲礼，若少仪，若保傅，若学记，若文王世子，若弟子职。何其详也？吾未克游西域，观于其塾与其学究。顾尝求之于其书，闻之于其人。其与今日之中国，何相反也。其为道也，先识字，次辨训，次造句，次成文，不躐等也。识字之始，必从眼前名物指点，不好难也；必教以天文地学浅理，如演戏法，童子所乐知也；必教以古今杂事，如说鼓词，童子所乐闻也；必教以数国语言，童子舌本未强，易于学也；必教以算，百业所必用也，多为歌谣，易于上口也，多为俗语，易于索解也；必习音乐，使无厌苦，且和其血气也；必习体操，强其筋骨，且使人人可为兵也。日授学不过三时，使无太劳，致畏难也。不妄施扑教，使无伤脑气，且养其廉耻也。父母不得溺爱荒学，使无弃材也。学究必由师范学堂，使习于教术，深知其意也。故西童出就外傅，四年之间，其欲为士者，即可以入中学，仞专门以名其家；其欲为农若工若商若兵者，亦可以略识天地人物之理，中外古今之迹，其学足以为仰事俯畜之用，稍加阅历，而即可以致富贵。故用力少而蓄德多，数岁之功而毕世受其用也。

中国则不然。未尝识字，而即授之以经。未尝辨训，未尝造句，而即强之为文。开塾未及一月，而大学之道在明明德之语，腾跃于口，洋溢于耳。夫记者明揭之曰：《大学》之道，今乃骤以施之乳臭小儿，何为也？明德二字，汉儒据《尔雅》，宋贤袭佛典，动数千言，未能悬解。今执负床之孙而语之，彼乌知其作何状也？夫《大学》之道，至于平天下；《中庸》之德，极于无声臭。此岂数龄之学童所克有事也。今之教者，其姑以授之，而希冀其万一能解也，则是大愚也。知其必不能解，而犹然授之，是驱其子弟，使以学为苦而疾其师也。学究之言曰：童子入学之始，必使诵经，俾知圣教。如梁氏言：是蔑经也，非圣也。吾姑弗与辨，吾但群天下之学究，与党于学究者而誓之，任千人中求一人能以经以教为心者有诸乎？则非吾之所敢云也。其诵经也，试题之所自出耳，科第之所自来耳。假使以佛教取士，吾恐如是我闻，一时佛在之语将充斥于塾舍。假使以耶教取士，吾恐天主造物七日而成之语将阗溢于黉序，而四书六经无过问者矣。此非吾深文之言也。彼仪礼者，亦六经之一，先圣之所雅言。问今之学子，曾卒业者几何人也？同一《礼记》，而《丧服》诸篇，诵者几绝。岂不以应试之无取乎此哉？夫以先圣制作之精，经纬之详，乃仅供此辈贱儒窃取甲第武断乡曲之用，夫谁为蔑经而谁为非圣矣？古人之为教也，由浅而深，由粗而精。今则不然，先后倒置，进退逆行。故四书六经者，大道之所在，终身由之而不能尽者也。而麦菽始辨，即以授之；及其长也，而授之以八股、试帖，则文士之余耳；又其长也，而授之以大卷、白折，则钞胥之役耳。荀卿曰："始于为士，终于为圣人。"今则不然，始于为圣人，而终于为钞胥。岂不恫哉！然持此以责贱儒，贱儒必不伏受。吾但如其意，为其科第计，而必授学之始，责其子弟以必不能解之学，而反于其所能解者而拨置之，其操术何其拙也，而取途何其迂也。人之生也，有大脑有小脑（即魂魄也，西人为全体学者魂译言大脑，魄译言小脑）。大脑主悟性者也，小脑主记性者也（佛氏言八识以眼、耳、鼻、舌、身为前五识，意为第六识，意根为第七识。第六识即小脑也，第七识即大脑也）。小脑一成而难变，大脑屡浚而愈深。故教童子者，导之以悟性甚易，强之以记性甚难。何以故？悟性主往（以锐入为主），其事顺，其道通，通故灵。记性主回（如返照然），其事逆，其道塞，塞故钝。是故生而二性备者上也。

若不得兼，则与其强记，不如其善悟。何以故？人之所异于物者，为其有大脑也。故能悟为人道之极。凡有记也，亦求悟也。为其无所记，则无以为悟也。悟赢而记绌者，其所记恒足以佐其所悟之用（吾之所谓善悟者指此非尽弃记性也，然其所记者实多从求悟得来耳，不可误会）。记赢而悟绌者，蓄积虽多，皆为弃材。惟其顺也、通也、灵也，故专以悟性导人者，其记性亦必随之而增；惟其逆也、塞也、钝也，故专以记性强人者，其悟性亦必随之而减。西国之教人，偏于悟性者也。故睹烹水而悟汽机，睹引芥而悟重力。侯失勒约翰（近译《谈天》一书即其所著），畴人之良也。而自道得力乃在树叶石子之喻（见《谈天》首《侯失勒约翰传》）。中国之教人，尽于记性者也。故古地理、古宫室、古训诂、古名物，纤悉考据，字字有来历。其课学童也，不因势以导，不引譬以喻，惟苦口呆读，必求背诵而后已，所得非不坚定也。虽然，人之姿禀英异，而不善记诵者，盖有之矣。吾以为如其善记也，则上口十次，若二十次，未有不能成诵者也。若过此以往而不能，则督之至百回，亦无益也。试变其法，或示之以卷中之事物，或告之以篇中之义理，待其悬解，助其默识，则未有不能记者也。人生五六年，脑囟初合（思从囟，心从囟，象脑初合形），脑筋初动，宜因而导之，无从而窒之。就眼前事物，随手指点，日教数事，数年之间，于寻常天地、人物之理，可以尽识其崖略矣。而其势甚顺，童子之所甚乐。今舍此不为，而必取其所不能解者，而逼之以强记，此正学记所谓苦其难而不知其益也。由前之说，谓之导脑；由后之说，谓之窒脑。导脑者脑日强，窒脑者脑日伤。此西人之创新法制新器者，所以车载斗量而中国殆几绝也。虽然，近世之专以记诵教人者，亦有故焉。彼其读书固为科第也，诵经固为题目也，自考试扃院搜检之例定，而塾中咿嗄占毕之声繁，惧其一二字之遗忘而毕生之所愿望者将大受其害也。此亦非吾之深文也。吾观学子得第之后，曾无一人复以记诵为事者，故知其初意专为如是也。曰：然则彼胡不示以事物，告以义理，以助其记也？曰：彼其所诵之书之事物义理，非数龄之童子所解喻也。然则彼胡不易一书而教之？曰：凡书而非考试所有事者，可无读也。故窒脑之祸，自考试始。

古人之言即文也，文即言也。自后世语言文字分，始有离言而以文称者。然必言之能达，而后文之能成，有固然矣。故学缀文者，必先造句。造句者，以古言易今言也。今之为教者，未授训诂，未授文法，闯然使代圣贤立言。朝甫听讲，夕即操觚。顾野王之记建安，李长吉之赋高轩，自非夙根，宁容躐进。又限其格式，诡其题目，连上犯下以钤之，擒钓渡挽以凿之。意已尽而敷衍之，非三百字以上勿进也；意未尽而桎梏之，自七百字以外勿庸也。百家之书不必读，惧其用僻书也。当世之务不必读，惧其触时事也。以此道教人，此所以学文数年，而下笔不能成一字者，比比然也。

《论语》曰："夫子循循然善诱人。"《孟子》曰："教亦多术矣。"故夫师也者，以道得民，非以力服人也。今之教者，毁齿执业，鞭笞觵挞，或破头颅，或溃血肉，饥不得食，寒不得息。国家立法，七年曰悼，罪且减等，何物小子，受此苦刑。是故中国之人，有二大厄。男女罹毒，俱在髫年。女者缠足，毁其肢体；男者扑头，伤其脑气。导之不以道，抚之不以术，地非理室，日闻榜杨；教匪宗风，但凭棒喝。遂使视黉舍如豚笠之苦，对师长若狱吏之尊。《学记》曰："其施之也悖，其求之也佛。"夫然故隐其学而疾其师，苦其难而不知其益也。夫岂特疾焉苦焉而已，古之听讼犹禁笞楚。所以养廉远耻，无令自弃。今于鼓箧之始，而日以囚虏之事待之。无惑乎世之妾妇其容，奴隶其膝，以应科第求富贵者，日出而不可止也。

《记》曰："张而不弛，文武不能也。"又曰："藏焉修焉，息焉游焉。"此古今中外之通例也。西人读书执业，皆有定时。当其时也，虽有重客要事，不以废也。逾其时也，则相从而嬉，饮酒蹴踘，所弗禁也。西人比较每岁户口生死之数，每百人中，英国死者恒逾于美国二人。医者推极其理曰：美之操工者日三时，英之操工者日四时，其率之差实起于此。然则执业时刻之多寡，其与人身之相关，如此其重也。中国之人不讲斯义，其惰者旦夕嬉逸，甘为游民；其勤者终日勤动，罔知节制。来往宴会，曾靡定晷，酬应无度，从脞是忧，斯固然矣。若夫学童者，脑实未充，干肉未强，操业之时，益当减少。《论语》曰："学而时习。"《记》曰："蛾子时术之。"但使教之有方，每日伏案一二时，所学抑已不少。自余暇晷，或游苑囿以观生物，或习体操以强筋骨，或演音乐以调神魂，何事非学？何学非用？其宏多矣。而必立监佐史以莅之，正襟危坐以圉之；庭内湫隘，养气不足；圈禁拘管，有如重囚；对卷茫然，更无生趣。以此而求其成学，所以师劳而功半，又从而怨之也。

《记》曰："凡入学者，必释奠于先圣先师。所以一志趣，定向往，崇教而善道也。"今之学塾于孔子之外，乃兼祀文昌魁星等。吾粤则文昌魁星，专席夺食，而祀孔子者殆绝矣。夫文昌者，槱燎司命，或称为天神；张仲孝友，或指为人鬼。魁星者，袭奎宿之号，依魁字之形，造为幻相，状彼奇鬼，矫诬荒诞，不可穷诘。倡而尊之者，当从左道惑众之条；沿而奉之者，亦在淫祀无福之例。乃入学之始，奉为神明。而反于垂世立教大成至圣之孔子，薪火绝续，俎豆萧条，生卒月日，几无知者。是故父兄之相诏，师长之相督，朋友之相勉，语以求科第，博青紫，则恬然固然不以为怪。语以学圣人救天下，则色然惊，窃然笑，以为此妄人也。《孟子》曰："修其天爵以要人爵。"今又甚焉。明目张胆，以细人自居。其不如是者，且从而非笑之。流失败坏，一至此极，非人之性恶也。彼其受学之始，其所以蓍龟之而矜式之者，固在彼而不在此。彼其不如是，则是改其初服，而倍其师也。嗟夫！以视佛氏之日念佛号，耶氏之七日礼拜者，其相去抑何远矣。

凡此数端，其积习在千年以前，其流毒遍九州以内。或安焉而不知非，或知矣而惮于改，或思改而不得其道，或知道而难乎其人，坐是谬种流传，日敝一日，而儒者遂以无用闻于天下。若夫其欲为农若工、若商、若兵者，其意既非为科第也，青紫也，而其势又不能终身肆力于此间，尽经阅其所谓帖括、考据、词章者，而以求大道也。七八龄间，力贫就傅，发蒙益慧，恃此数年，过此以往，与学绝矣。为之师者，当如何悉心善诱，导其捷径，去其阻力，以求其有成。乃亦舍天命谓性无声无臭之外，无所谓读本也；舍破承、起讲、对偶、声病之外，无所谓文法也。夫贱儒之学此也，虽云无用，然能藉以窃甲第，武断乡曲，一生吃著不尽。彼固自以为受用莫大也。若夫为农、为工、为商、为兵者之学，此其于学非所用，用非所学，更显而易见也。而历数百千年数万万人，因沿蹈其覆辙而不知变，迨至弱冠以后，始以不学无术，自怨自艾。而此数年之功，若有若无，如烟如梦，曾无秋毫能受其益。盖莫不自咎其向者之惰于学也，而不知皆蠢陋、野悍、迂谬、猥贱之学究祸天下也。此所以识字之人，不及西国之半，而农而士、工而士、商而士、兵而士者，千万中不得一二也。

然则奈何？曰：非尽取天下之学究而再教之不可，非尽取天下蒙学之书而再编之不可。大率自五岁至十岁为一种教法，自十一岁至十五岁为一种教法。苟慧非项橐，痴非周子，皆可率由此道，相与有成。一曰识字书。今之《说文》九千三百五十三文，加以徐氏新附字，及近人所辑逸字外编等，盖万余字，比之于西文，未为繁也。虽然其字之见于群经者，才二千有奇耳。汉初儒者作《苍颉篇》，合秦之《苍颉》《爰历》《博学》三书为之，断六十字为一章，凡五十五章，都三千三百字。而司马相如作《凡将》，史游作《急就》，李长作《元尚》，皆取材于是书。然则西汉以前文字，实只三千余耳。《说文》据扬雄、班固所续（元始中，王莽征天下通小学者说奇字于庭中，扬雄取其有用者作《训纂篇》续《苍颉》，凡八十九章五千三百四十字。班固作《在昔》《太甲》等篇以续扬雄，凡一百三章六千一百八十字）而增益之，其字之真出于古与否，不必深辨。要之今日通行文字，实不过二千有奇。苟识此数，即以之参悟天人，经纬伦物，恢恢乎有余矣。西人之文，以声为主，故字虽多而识字易。中国之文，以形为主，故字虽少而识字难。虽然亦有道焉，以声为主者，必先学字母而后拼音；以形为主者，必先学独体而后合体（古人言独体为文，合体为字）。独体之字，象形指事为多；合体之字，形声会意为多。王菉友著《文字蒙求》，条理颇善。自言以教童子，一月间而有用之字尽识。顾其书于形事二端善矣。而古今文字，除独体外，形声居其十之八九，必得简法以驭之，乃可便易。余顷在澳门，有葡萄牙人来从学者，或不识字，或识矣而不能写。余先以《文字蒙求》象形、指事两门中之独体字授之，继为形声字表，以偏旁为纬，以声为经，专取其有用者，不过二千余字，为表一纸，悬之堂中以授之，十余日而尽识矣。（中国文字虽不主于声，而声中之义甚多，故形声一门中，实有妙理可录，黄公度、汪穰卿皆发此义，黄之说云如天岭等音皆有高之意，地底等章皆有低之意，圆全完旋还环等音皆有圆之意；汪之说云，如古有旧意而枯故沽固楛等亦皆有归意。黄之说《释名》略演之，汪之说《说文》通判定声间有发明，两君皆将著专书以言其理。又按凡所论述有用古今人之说者注明，惟用师说者不注，以一切文字皆述师训也。附标其例）然此乃教以字之本义，若引申假借，孳乳浸多，犹未足以驭之。西人之教学童也，先实字，次虚字，次活字。今亦宜用其意。魏默深有《蒙雅》一书，分天篇、地篇、人篇、物篇、事篇、诂天、诂地、诂人、诂物、诂事，凡十门，四字韵语，各自为类，与《急就章》略同，颇便上口。惟所载字已太多，有无用者（《文字蒙求》亦同），且虚字亦非韵所能达（韵语只能载同类之义。若不、也、焉、哉等虚字皆假借之义，又其义各不相侔，难以韵语为次）。今宜用其实字、活字等篇，其虚字则先识其字，至教文法时，乃详其用，则事甚顺矣。学者自离经辨志以后，亦既能读一切书，能属一切文。幼岁之事，不复记忆，今鳃鳃然以识字为言，未有不匿笑之者。然中国识字人少，实坐斯弊。且既无字书，假手俗师，当其初学书也，仅令识其字，不令知其义，及少进而再以义授之。故其始也难记，而其后也益繁。彼西人《花士卜》《士比林卜》等书，取眼前事物至粗极浅者，既缀以说，复系以图，其繁笨不诚可笑乎！然彼中人人识字，实赖此矣。又闻西人于三岁孩童，欲教以字，则为球二十六，分刻字母，俾作玩具。今日以AB两球与之，明日从彼索A球，又明日而从彼索B球，二十六日，而字母毕记矣。中国文授独体字，亦可效其意也。

二曰文法书。中国以文采名于天下，而教文法之书乃无传焉。意者古人语言与文字合，如《仪礼》《左传》所载辞令，皆出之口而成文者也。故曰：不学诗无以言，而传记亦屡言将命应对之事，盖学言即学文也。后世两事既分，而斯义不讲。自魏文帝、刘彦和始有《论文》之作，然率为工文者说法，非为学文者问津。故后世恒有读书万卷，而下笔冗沓弇俗，不足观者。至于半途辍学之商贾等类，其居学数年，而豪间不能达一字者，更不知凡几也。西人于识字以后，即有文法专书。若何联数字而成句，若何缀数句而成笔，深浅先后，条理秩然。余所见者，马眉叔近著《中国文法》书未成也。余昔教学童，尝口授俚语，令彼以文言达之，其不达者削改之；初授粗切之事物，渐授浅近之议论；初授一句，渐三四句以至十句。两月之后，乃至三十句以上。三十句以上，几成文矣。学者甚易，而教者不劳。以视破承、起讲，支支节节而续成者，殆霄壤也。若其条理，则俟马氏书成，可得而论次焉。

三曰歌诀书。汉人小学之书，如《苍颉》《急就》等篇，皆为韵语。推而上之，《易经》《诗经》《老子》以及周秦诸子，莫不皆然。盖取便讽诵，莫善于此。近世通行之书，若《三字经》《千字文》，事物不备，义理亦少。今宜取各种学问，就其切要者，编为韵语，或三字，或四字，或五字，或七字，或三字七字，相间成文。（此体起于《荀子·成相篇》请成相身之殃愚，暗愚暗堕贤良，后世弹词导源于此，吾粤谓之南音，于学童上口甚便。）其已成书者，若通行之《步天歌》《通鉴韵语》《十七史弹词》，近同县陈庆笙之《直省府厅州县韵语》，粤人某君之《历代纪元歌》，仁和叶浩吾之《天文歌略》《地理歌略》，皆有用可读。今宜补著者，一曰《经学》，其篇有四：一孔子立教歌，二群经传记名目篇数歌，三孔门弟子及七十子后学姓名歌，四历代传经歌。二曰《史学》，其篇有七：一诸史名目种别及撰人歌，二历代国号及帝王种姓歌，三古今大事歌，四域外大事歌，五历代官制歌，六历代兵制歌，七中外古今名人歌（此篇复分二章：一民功，二民贼）。三曰子学，其篇有三：一周秦诸上子流派歌，二历代学术流派歌（此篇复分四章：一汉，二六朝唐，三宋元明，四国朝），三外教流派歌。四曰天文，其篇有四：一诸星种别名号歌（自行星、恒星以讫星云、星气、双星并言其理），二八星绕日及诸月歌（此二篇因叶氏书而损益之），三测候浅理歌（专言潮汐、空气、风云、雷雨等事，亦谓之地面学），四古今中外历法异同歌。五曰地理，其篇有七：一五洲万国名目歌，二中国内地属地名目歌，三中国险要各地目歌，四地球高山大河名目歌，五历代都邑万国京城名目歌，六中国大都会外国大商埠名目歌，七地质浅理歌（专言地中金石各事）。六曰物理，其目有四：一原质名目歌，二动物情状歌，三植物情状歌，四微生物情状歌。以上各门，略举大概，若其详备，以俟编时。又别为劝学歌，赞扬孔教歌，爱国歌，变法自全歌，戒鸦片歌，戒缠足歌等，令学子自幼讽诵，明其所以然。则人心自新，人才自起，国未有不强者也。

四曰问答书。古人言学，皆以学问并举。《孟子》曰："有答问者，盖学者由外入。问者由内出，其得力盖有间焉。"顾闻之。《记》曰："善问者如攻坚木，先其易者，后其节目；不善问者反此。”盖问亦非易言也。古之教者，恐人之不善问也。故传记之礼，代其问而自答之。若春秋之《公羊》《谷梁传》，《易》之文言传，《大戴》之《夏小正传》，莫不皆然（《管子·有问篇》皆代人设问）。西人启蒙之书，专用问答。其余一切书每篇之末，亦多附习问（近译之《笔算数学》《数学启蒙》《代数》备旨幼童术生编，圣会《史记》等书皆有之）。盖人之读书，势不能尽所读而悉记之，则必提其要者。然书中要义，未必人人过目即能提出，故莫如著者代摘，而读者自记。此著书之良裁也。西人问答专书，译成华文者，有卜舫济之《启悟要津》，言天文地学浅理，次第秩然，一览可解。惜为书甚少，于他种学问，尚从阙如（中亦多彼教语）。今宜略依歌诀，书之门目，条分缕晰，由浅入深，由繁反约，一一设为问答以发明之。以歌诀为经，以问答为纬；歌诀以助其记，问答以导其悟。记悟并进，学者之能事毕矣。凡善著书者，取义靡不宏富；而既讲体例，又讲文法，故条理隐伏，读者易眩。苟撷而剔之，不值思索耳。余以为虽繁重详博，如《古文尚书疏证》《明堂大道录》等书，使为问答以演之，每书不过千字，其义已可大明（凡所言问答书皆列断不引证）。故尽天下有用之学，而编以问答，为书不出三十本，崖略即已毕具（此为粗通一切言之，若欲专门名家当读引证之书）。学子虽有下质，十五岁以前，此编当可卒业。魁硕耆宿，蔑此淹通矣。又师范学校未立，求师为难，既有此编，则虽冬烘学究，亦可按图索骥，依所问以课其徒。吾所谓尽天下之学究而教之，此亦其一事也。

五曰说部书。古人文字与语言合，今人文字与语言离，其利病既缕言之矣。今人出话，皆用今语，而下笔必效古言。故妇孺农氓，靡不以读书为难事。而《水浒》《三国》《红楼》之类，读者反多于六经（寓华西人亦读《三国演义》最多，以其易解也）。夫小说一家，《汉志》列于九流。古之士夫，未或轻之。宋贤语录，满纸恁地这个，匪直不事修饰，抑亦有微意存焉。日本创伊吕波等四十六字母，别以平假名、片假名，操其土语以辅汉文。故识字读书阅报之人日多焉。今即未能如是，但使专用今之俗语，有音有字者以著一书，则解者必多，而读者当亦愈夥。自后世学子，务文采而弃实学，莫肯辱身降志，弄此楮墨。而小有才之人，因而游戏恣肆以出之，诲盗诲淫，不出二者。故天下之风气，鱼烂于此间而莫或知，非细故也。今宜专用俚语，广著群书。上之可以借阐圣教，下之可以杂述史事；近之可以激发国耻，远之可以旁及夷情。乃至宦途丑态，试场恶趣，鸦片顽癖，缠足虐刑，皆可穷极异形，振厉末俗。其为补益，岂有量耶！

六曰门径书。学者于以上五种书，既已致力，则可以覃精六籍，泛滥群书矣。顾四库之编，已如烟海。加以古逸，加以近著，更加以西书，汗万牛，阗亿室。数十寒暑，能读几何？故非有以导之不可。《四库提要》于诸学门径略具矣，惟书颇繁重，童蒙惮焉。启超本乡人，瞢不知学，年十一游坊间，得张南皮师之《輶轩语》《书目答问》，归而读之，始知天地间有所谓学问者。稍长，游南海康先生之门，得《长兴学记》，勉焉孜孜从事焉（南海先生复有《桂学答问》《甲午游粤西》《告桂人士者》，其言较《长兴学记》为切近。岁甲午，余授学于粤，曾为读书分月课程，以训门人。近复为读西学书法，以答问者，皆演师友末说，靡有心得。童蒙之求，所弗辞耳。仁和叶瀚为《读书要略》，条理秩然，盖便初学。学童鼓箧之始，依此数书，当有途径。向者每欲荟萃中外古今，为《群学源流》一书，以教学究。恨学浅才薄，仅成数篇。海内君子，庶几成之，嘉惠来者焉。

七曰名物书。西人有书一种，此土译者，命之为字典。其最备者，至数十巨册。以二十六字母编次，古今万国名物皆具焉。故既通文法者，据此编以读一切书，罔有窒矣。中土历古未有是书。杨氏《方言》，意盖近之。今宜用其意，尽取天下之事物，悉行编定，以助学者翻检之用。如云君天下者，三皇谓之皇，五帝谓之帝，三代谓之王，秦后迄今谓之皇帝，皆谓之君，亦谓之后，亦谓之辟，亦谓之上，蒙古谓之汗，或谓之贝勒，回部谓之沙，俄谓之沙，突厥谓之苏鲁丹，日本谓之天皇，西藏谓之赞普，欧洲诸国谓之木那克，亦谓之爱伯劳，亦谓之塞佛伦，亦谓之尔路漏，亦谓之金，亦谓之伯理玺天德云云。其余一切，并同斯例。大抵官制地理两事，最为繁博。其余各门，殆易易耳。学者既通文法，明大义，苟得此书，则可以尽读群书，无不能解者。其所译定西人名称，即可为他日国语解之用（翻译西书名号参差，宜仿辽、金、元三史国语解之例，整齐画一，公定译名，他日续译者毋使擅易）。虽非徒蒙拾之助，而学童得此，其成学史事半功倍也。（以上诸书朋辈中多言其不容缓者，南海康先生草定凡例，命启超等编之，已五年矣。玩忽时日，杀青无期，顺德何君，穗田义士也，倾集义款开幼学书局，于澳门联合同志，共襄斯举。拟先成识字、文法、歌诀、问答四种，今岁夏间即当脱稿，由澳门《广时务报》馆印行，其名物一书亦已开编矣。）

西文西语之当习，今之谈洋务者，莫不言之矣。虽然，有欲学焉而为通事为买办以谋衣食者，有欲学焉而通古今中外穷理极物强国保教者，受学之始，不可不自审也。今沿江沿海各省，其标名中西学馆英文书塾以教授者，多至不可胜数。彼其用意，大抵若前之说而已；其由后之说者，则概乎未始有闻也。昧者以为是西学将兴，吾谓若辈之所为，于亡中学则有余，至西学之能兴与否，则非吾之所敢言也。吾闻西国学士，非通拉丁文，不得与试。盖拉丁文者，英、法、俄、德诸文之所从出。彼中绩学之士，其著书发论，篇中每带拉丁文法（如中国之能文者多用先秦、汉、魏语）。若未经从事者读之，多不解焉。圣祖仁皇帝，每日召西人入内，授拉体诺文二小时。拉体诺即拉丁也。今之学者每于学英、法文将成之时，始习拉丁。然闻之，由英、法以上追拉丁，则学之甚难；由拉丁以下通英、法，则学之甚易。故学童受学之始，以先习拉丁为善云。又尝见西人习华文之书，大抵皆日用应酬，口头常语，其究心训诂义理者绝少。故西人之旅中土者，多能操华言，至其能读书者希焉，能以华文缀文著书者益希焉。虽由华文之繁难，亦由彼之学者不得其书也。今之教授西文者，其蔽亦坐是。故造就通事买办则有余，培养人才则不足。有志于是者，宜学彼中学人之所学，毋学此间市井洋佣之所学。先其文言，后其俚语，则庶几矣。

《记》曰："十年出就外傅。"学书计、六艺之目，礼、乐、射、御、书、数，是知古人于数计一学，与书并重，无人不学，无人不能，后世俗儒，鄙为小道，不复厝意。晚近有颛此以名家者，则又群推为绝学，皆陋之甚也。今宜令学童，自八岁以上，即授之以心算，渐及笔算之加减乘除，通分小数，比例开方等，及几何之浅理，令演之极熟。稍长以后，以次授代、微、积稍深之法，事半功倍。年未弱冠，可以以畴人鸣于时矣。

尝见西人幼学之书，分功课为一百分；而由家中教授者，居七十二分；由同学熏习者居九分；由师长传授者，不过十九分耳。儿童幼时，母亲于父，日用饮食，歌唱嬉戏，随机指点，因势利导，何在非学？何事非教？孟母迁室，教子俎豆，其前事矣。故美国婴儿学塾，近年教习，皆改用妇人，以其闲静细密，且能与儿童亲也。中国妇学不讲，为人母者，半不识字，安能教人？始基之坏，实已坐此。今此事既未克骤改，至其就学之后，一切教法，亦宜稍变。无俾尔许人才，皆汩没于学究之手。《记》曰："八岁入小学。"又曰："十年出就外傅。"今将八岁以上，十二年以下，略审中人之资，所能从事者拟为一功课表。世之爱子弟者，或有取焉（行此功课，数年则能读经史格致等书，其功课别详他篇）。

每日八下钟上学，师徒合诵赞扬孔教歌一遍，然后肄业。

八下钟受歌诀书，日尽一课（每课二百字），每课以诵二十遍为率。

九下钟受问答书，日尽一课（凡问答书，皆歌诀书之注疏，问答书之第一课，即解歌诀书之第一课，余同），不必成诵。师为解其义，明日按所问而使学童答之。答竟，则授以下课。

十下钟，刚日受算学，柔日受图学。

凡受算学，先习笔算。一年以后，渐及代数。每日由师命二题，令学童布算。

凡受图学，先习简明总图，渐及各国省县分图，以纸摹印写之。日约尽一县，印毕，由师随举所已习者，令学童指其所在之经纬度。

十一下钟，受文法。师以俚语述意，令学童以文言达之。每日五句，渐加至五十句。十二下钟，散学。

一下钟复集，习体操。略依幼学操身之法，或一月或两月尽一课。由师指授，操毕，听其玩耍不禁。

二下钟，受西文。依西人教学童之书，日尽一课。

三下钟受书法，中文西文各半下钟，每日各二十字，渐加至各百字。

四下钟受说部书（指新编者言）。师为解说，不限多少，其学童欲涉猎他种书者，亦听。

五下钟散学，师徒合诵爱国歌一遍，然后各归。

每十日一休沐，至日，师徒晨集堂中，祀孔子毕，合诵赞扬圣教歌一遍，各散归。凡孔子卒日，及万寿日，各休沐五日。

《记》曰："少成若性。"谓其耳目未杂，习气未人，质地莹诘，受教易易也，故《曲礼》《少仪》《弟子职》等篇，谨其洒扫应对，导以忠信笃敬，大抵薰陶其德性之事，十居八九焉。朱子曰："小学是做人的样子。"陆子曰："虽不识一字，亦须还我堂堂地做个人。"人而无教，则做人之道，尚不自知，虽谓之非人可矣。今之学童，其生长罗绮丛中者，每听其骄侈淫佚，日与宴朋狎客相逐，而莫之禁。其三家村子，则又听其跳野顽劣，蛮俗褴褛，而莫之教，学舍如溷圊，学童如丐儿，及其稍长也，则授之以高头讲章，翰苑楷格，语之曰：如是则可以攫青紫，如是则可以搂黄白。学者自幼至壮，舍侥幸苟且诞诈污贱之外，更无所闻，则以为是固宜然矣。善夫吾友严又陵之言曰："八股之害，锢智慧，坏心术，滋游手。"当其做秀才之日，务使之习为剿窃诡随之事，致令羞恶是非之心，旦暮梏亡，消磨岁月于无用之地，堕坏志节于冥昧之中，长人虚骄，昏人神智。呜呼！几何其不率四万万之人，以尽人于无耻也。吾闻泰西诸国，虽皇子之贵，亦人兵船，充水手，循循率教，事其师如长官，以视吾之骄侈淫佚者何如矣，又闻诸国虽孤儿罪童，亦设校以教之，无不衣服整洁，礼仪彬洽，其视吾之蛮俗顽劣者何如矣。又闻美国学童，跬步必肃，言笑不苟，询其故，则曰："他日吾将为总统长国家，恐有失德，声名败裂，为众所摈也。"（美国例，凡经人告讼者不得举总统。）其视吾之哦讲章，摹楷格，以侥幸于富贵，武断于乡曲者，又何如矣？

古人有言曰："人不婚宦，情欲失半。"此至言也。《记》曰："男于三十而娶。"又曰："三十曰壮，有室。"今西俗亦然，弱冠以后，父母则不之养，使其自谋衣食。足资俯畜，然后敢及婚事。盖人生十五至三十，力强年富，正受学之时，苟以此十余年之功，殚以向学，其高才可以通彻今古。经营四方，其中人以下，亦能治生干禄，无忧饥寒矣。今也不然，口尚乳臭。即怀婚姻，早作夜思，寤寐反侧，虽成展卷，宁复厝心，年十七八，居然有室，日夕缠绵歌泣，疲精敝魂于床笫之侧，未及三十，儿女成行，家累日重。于是忽焉捐弃其畴昔之所欲学者，而持筹握算，作家人语矣。是故早婚之大害有三：纵欲溺志，一也；伐性夭年，二也；重累废学，三也。举国人才，其潜销暗蚀于此间者，何可胜道？积重难返，习焉莫怪，非细故矣。《传》曰："君子爱人以德，小人爱人以姑息。"为人父母者，宜何择焉，今之为教也，欲其子弟之长而为士者，与欲其子弟之长而为农、为工、为商、为兵者，则其教之之法大异，此最可笑之事也。彼其为士者，舍八股试帖、律赋、白折之外，无所谓为学也。其不习八股、试帖、律赋、白折者，则亦不能目之为士也。以故教之之法划然两途。今夫为士者，而不教之明庶物，达世情，故逢掖累亿，动如木偶，其坐此跻显位致厚实者，千人中不过一二人，其小得志，荣于乡里者，不过十人，其青一衿，差足自养者，亦不过数十人。自余九百，无以自给，欲农则不能举耜，欲商则不能握算，即不转沟壑，亦无人趣矣。为农、为工、为商、为兵者，而不教之以识大义，通文法，则愚者若海绒，悍者若野兕，算百十之数，艰于演微积，闻孔孟之名，诧若说鬼狐，名非野蛮，其实不能以寸矣。故善为教者，必使举国之人，无贵贱无不学，学焉者，自十二岁以下，其教法无不同。入学之始，教以识字。慧者及八岁，钝者及十岁，中西有用之字皆识矣。（苏州彭君新三拟创教识字法，为方格书字于其上，字之下注西字其旁加圈识，字有一义者，识一圈，有数义者识数圈，师授其音，解其义，令学童按圈复述之，中文既识则及西文洵简易之法也。）然后按前者所列之功课表，而以授之，慧者及十二岁，钝者及十五岁，则一切学问，大纲节目，略有所闻矣，自此以往，其有欲习专门者，可更入中学、大学，研精数载，以求大成。其欲改就他业者，亦既饫道义，濡文教，大之必不为作奸犯科之事，小之亦能为仰事俯畜之谋，于此而犹有为盗贼为奸细者乎，无有也，犹有为游手为饿殍者乎，无有也，衣食足，礼义兴，以此导民，何民不智，以此保国，何国不强。孟子不云乎，逸居而无教，则近于禽兽，今夫举一国之子弟，而委诸蠢陋、野悍、迂谬、猥贱之学究之手，欲不谓之无教焉，不可得也，夫以数千年文明之中国，人民之众甲大地，而不免近于禽兽，其谁之耻欤？顾亭林曰：“天下兴亡，匹夫之贱，与有责焉已耳。”人人以为吾无责也，其亡忽焉也。人人以为吾有责也，其兴浡然也。今与天下论变法，唇焦舌敝，闻者必曰：此肉食者之事，吾虽有志焉而莫能逮也。若夫吾有子弟，吾自诲者，肉食曰可，不能助我，肉食曰否，不能阻我。转圜之间，天下改观。夫孰为无责而孰为其责矣乎；《康诰》曰：“作新民国者民之积也，未有其民不新，而其国能立者。”彼法国日本维新之治，其本原所自，昭昭然矣。《诗》曰：“惟彼哲人，告之话言，慎德之行，其惟愚人。覆谓我谮，人各有心。”是则可为痛哭流涕者也。

《蒙学报》《演义报》合叙[①]

人莫不由少而壮，由愚而智。壮岁者，童孺之积进也；士夫者，愚民之积进也。故远古及泰西之善为教者，教小学急于教大学，教愚民急于教士夫，嗟夫！自吾中国道术废裂，舍八股、八韵、大卷、白折之外，无所谓学问。自其就傅之始，其功课即根此以立法。驱万万之童孺，使之桎梏汩溺于味根、串珠、对偶、声病、九宫、方格之中，一书不读，一物不知，一人不见，一事不闻，闭其脑筋，瘫其手足。窒其性灵，以养成今日才尽气敝之天下。斯义也，吾昔论学校幼学一编，即已重忧之而长言之矣。抑士夫之所谓学问者，既惟是光方乌钧渡挽是讲是肆，是切是磋，此学也，农学之无救于馁，工学之无救于窳，商学之无救于困也。然天下之学，既无有出此之外者。则彼农也，工也，商也，以为学也者。固非吾人所当有事焉耳。于是乎普天下皆不学。今言变法，必自求才，始言求才，必自兴学始。然今之士大夫，号称知学者。则八股、八韵、大卷、白折之才十八九也。本根已坏，结习已久，从而教之，盖稍难矣。年既二三十，而于古今之故，中外之变，尚寡所识，妻子仕宦衣食，日日扰其胸，其安能教？其安能学？故吾恒言他日救天下者，其在今日十五岁以下之童子乎。西国教科之书最盛，而出以游戏小说者尤夥。故日本之变法，赖俚歌与小说之力。盖以悦童子，以导愚氓，未有善于是者也。他国且然，况我支那之民不识字者，十人而六，其仅识字而未解文法者，又四人而三乎。故教小学教愚民，实为今日救中国第一义。启超既与同志设《时务报》，哀号疾呼，以冀天下之一悟。譬犹见火宅而撞钟，睹人井而怵惕，至其所以救焚拯溺，切实下手之事，未之及也。既又思为学校报，通中西两学，按日而定功

---

① 选自《梁启超全集》第一册，北京出版社1999年版。

课，便成童以上之学僮诵焉。自谓得此，则于教学者殆庶几矣，而于教小学、教愚民二事，昧昧思之，未之逮也。岁九月归自鄂，而友人叶君浩吾汪君甘卿，有《蒙学报》之举，门人章生仲和及其哲兄伯初，有《演义报》之举，两日之间，先后见告。即闻之，且忭且舞，且喜不寐，呜呼！其或者天之不欲亡中国，故一败之辱，而吾国人士之扼腕攘臂，思为国民效力，为天下开化者，趾相错，自今以往，而光方乌钧渡挽之凶焰，或可以少熄，中国之人亦渐可教矣乎。斯固救焚者之突梯，拯溺者之桔槔也。他日吾学校报成，使童孺诵蒙学报者，既卒业而受焉。则荀卿子所谓始于为士，终于学圣，其由兹矣。岂日小之云乎哉？

译印政治小说序[1]

政治小说之体，自泰西人始也。凡人之情，莫不惮庄严而喜谐谑，故听古乐，则惟恐卧，听郑卫之音，则靡靡而忘倦焉。此实有生之大例，虽圣人无可如何者也。善为教者，则因人之情而利导之，故或出之以滑稽，或托之于寓言。孟子有好货好色之喻，屈平有美人芳草之辞，寓谲谏于诙谐，发忠爱于馨艳，其移人之深，视庄言危论，往往有过，殆未可以劝百讽一而轻薄之也。中土小说，虽列之于九流，然自《虞初》以来，佳制盖鲜。述英雄则规画《水浒》，道男女则步武《红楼》，综其大较，不出诲盗诲淫两端，陈陈相因，涂涂递附，故大方之家，每不屑道焉。虽然，人情厌庄喜谐之大例，既已如彼矣，彼夫缀学之子，黉塾之暇，其手《红楼》而口《水浒》，终不可禁，且从而禁之，孰若从而导之？善夫南海先生之言也！曰：仅识字之人，有不读经，无有不读小说者，故六经不能教，当以小说教之；正史不能入，当以小说入之；语录不能谕，当以小说谕之；律例不能治，当以小说治之。天下通人少而愚人多，深于文学之人少而粗识之无之人多，六经虽美，不通其义，不识其字，则如明珠夜投，按剑而怒矣。孔子失马，子贡求之不得，圉人求之而得，岂子贡之智不若圉人哉？物各有群，人各有等，以龙伯大人与僬侥语，则不闻也。今中国识字人寡，深通文学之人尤寡，然则小说学之在中国，殆可增《七略》而为八，蔚四部而为五者矣。在昔欧洲各国变革之始，其魁儒硕学，仁人志士，往往以其身之经历，及胸中所怀，政治之议论，一寄之于小说。于是彼

[1] 本文后改为日本柴四郎著《佳人奇遇》叙言，惟篇末“今特采外国名儒所撰述，而有关切于今日中国时局者，次第译之，附于报末”数语，原作“今特采日本政治小说《佳人奇遇》译之”。原载《清议报》第一册（1898年12月23日刊印）。

中缀学之子，黉塾之暇，手之口之，下而兵丁，而市侩，而农氓，而工匠，而车夫马卒，而妇女，而童孺，靡不手之口之，往往每一书出而全国之议论为之一变。彼美、英、德、法、奥、意、日本各国政界之日进，则政治小说为功最高焉。英名士某君曰：小说为国民之魂。岂不然哉！岂不然哉！今特采外国名儒所撰述，而有关切于今日中国时局者，次第译之，附于报末，爱国之士，或庶览焉。

传播文明三利器

犬养木堂语余曰："日本维新以来，文明普及之法有三，一曰学校，二曰报纸，三曰演说。大抵国民识字多者，当利用报纸；国民识字少者，当利用演说。日本演说之风，创于福泽谕吉氏（福泽氏，日本西学第一之先锋也，今尚生存为一时之泰斗），在其所设之庆应义塾开之，当时目为怪物云。此后有嘤鸣社者，专以演说为事。风气既开，今日凡有集会，无不演说者矣。虽至数人相集宴饮，亦必有起演者，斯实助文明进化一大力也。我中国近年以来，于学校报纸之利益，多有知之者，于演说之利益，则知者极鲜。去年湖南之南学会，京师之保国会，皆西人演说会之意也。湖南风气骤进，实赖此力，惜行之未久而遂废也。今日有志之士，仍当著力于是。

自强学会之后，三年以来，各省倡立会名者，所在皆是，可谓极一时之盛。然不知外国人所谓会者，有种种之类别，故将学会与政党，与协会、与演说会混而为一，因宗旨不定，条理错杂，故办之难有成效。而守旧娼嫉之徒，又视之与秘密结社同类，故一举而芟薙之矣。实则此数者之间，自有绝异之形式，一望可分识者，中国此风，正在萌芽，亦无怪其然也。

于日本维新之运有大功者，小说亦其一端也。明治十五六年间，民权自由之声，遍满国中，于是西洋小说中言法国、罗马革命之事者，陆续译出。有题为自由者，有题为自由之灯者，次第登于新报中。自是译泰西小说者日新月盛，其最著者则织田纯一郎氏之《花柳春话》，关直彦氏之《春莺啭》，藤田鸣鹤氏之《系思谈》《春窗绮话》《梅蕾余薰》《经世伟观》等，其原书多英国近代历史小说家之作也。翻译既盛，而政治小说之著述亦渐起，如柴东海之《佳人奇遇》，末广铁肠之《花间莺》《雪中梅》，藤田鸣鹤之《文明东渐史》，矢野龙溪之《经国美谈》（矢野氏，今为中国公使，日本文学界之泰斗，进步党之魁杰也）等。著书之人，皆一时之大政论家，寄托书中之人物，以写自己之政见，固不得专以小说目之。而其浸润于国民脑质，最有效力者，则《经国美谈》《佳人奇遇》两书为最云。呜呼，吾安所得如施耐庵其人者，日夕促膝对坐，相与指天画地，雌黄今古，吐纳欧亚，出其胸中所怀傀儡磅礴错综繁杂者，而一一镕铸之，以质于天下健者哉。

《清议报》一百册祝辞并论报馆之责任及本馆之经历

第一　祝典之通例及其关系

祝典乌乎起？所以纪念旧事业，而奖励新事业也。几天下一事之成，每不易易，恒历许多曲折，经许多忍耐，费许多价值，而后仅乃得之。故虽过其时，不忘其劳，于是乎有以祝之。其祝之也，或以年年，或以十年，或以五十年，或以百年，要之借已往之感情，作方新之元气，其用意至深且美。若美国之七月四日，法国之七月十四日，为其开国功成之日，年年祝之勿替焉。一千八百八十七年，美国举行独立百年之祝典。八十九年，法国举行共和百年之祝典。九十三年，开万国大博览会于芝加哥，以举行哥伦布寻出西半球四百年之祝典。去年开十九世纪博览会于巴黎，以举行耶稣降生一千九百年之祝典。又如亚丹斯密氏《原富》出版后第一百年，世界之理财学者，共举祝典焉。瓦特氏发明汽机后第五十年，世界之工艺学者，共举祝典焉。达尔文氏《种源论》成书后第三十年，世界之物理学者，共举祝典焉。下之如一市，如一乡，如一学校，如一医院，如一船舰，如一商店，亦往往各有其祝典。大抵凡富强之国，其祝典愈多，凡文明之事业，其祝典愈盛。岂好为侈靡烦费以震骇庸耳俗目哉。所以记已往，振现在，厉将来，所谓历史的思想，精神的教育，其关系如此其重大也。

中国向无所谓祝典也。中国以保守主义闻于天下，虽然，其于前人之事业也，有赞叹而无继述，有率循而无扩充，有考据而无纪念。以故历史的思想甚薄弱，而爱国、爱团体、爱事业之感情亦因以不生。夫西人以好事而强，中国以无动而弱。斯事虽小，亦可以喻大矣。《清议报》事业之至小者也，其责任止在于文字，其目的仅注于一国，其位置僻处于海外，加以其组织未完备，其体例未精详，其言论思想，未能有所大辅助于国民；况当今日天子蒙尘，宗国岌岌之顷，有何可视？更何忍视？虽然，菲葑不弃，敝帚自珍，哓舌瘏口，亦已三年，言念前劳，不欲泯没，且以中国向来无此风气，从而导之，请自隗始，故于今印行第一百册之际，援各国大报馆通例，加增页数，荟萃精华，从而祝之。亦庶几以纪念既往，而奖励将来，此同人区区之微意也。

第二　报馆之势力及其责任

《清议报》之事业虽小，而报馆之事业则非小。英国前大臣波尔克，尝在下议院指报馆记事之席（各国议院议事时，皆别设一席以备各报馆之傍听记载）而叹曰："此殆于贵族、教会、平民三大种族之外，而更为一绝大势力之第四种族也。"（英国议院以贵族、教徒、平民三阶级组织而成。盖英国全国民实不外此三大种族而已。）日本松本君平氏著《新闻学》一书，其颂报馆之功德也，曰："彼如豫言者，驱国民之运命；彼如裁判官，断国民之疑狱；彼如大立法家，制定律令；彼如大哲学家，教育国民；彼如大圣贤，弹劾国民之罪恶；彼如救世主，察国民之无告苦痛而与以救济之途。"谅哉言乎！近世泰西各国之文明，日进月迈，观已往数千年，殆如别开辟一新天地，究其所以致此者何自乎？或曰是法国大革命之产儿也。而产此大革命者谁乎？或曰中世神权专制政体之反动力也。而唤起此反动力者谁乎？或曰新学新艺勃兴之结果也。而勃兴此新学新艺者谁乎？无他。思想自由、言论自由、出版自由，此三大自由者，实惟一切文明之母，而近世世界种种现象，皆其子孙也。而报馆者，实荟萃全国人之思想言论，或大或小，或精或粗，或庄或谐，或激或随，而一一介绍之于国民；故报馆者，能纳一切，能吐一切，能生一切，能灭一切。西谚云："报馆者，国家之耳目也，喉舌也，人群之镜也，文坛之王也，将来之灯也，现在之粮也。"伟哉，报馆之势力！重哉，报馆之责任！

欧美各国之大报馆，其一言一论，动为全世界人之所注观、所耸听。何以故？彼政府采其议以为政策焉，彼国民奉其言以为精神焉。故往往有今日为大宰相、大统领，而明日为主笔者；亦往往有今日为主笔，而明日为大宰相、大统领者。美国禁黑奴之盛业何自成乎？林肯主笔之报馆为之也。英国爱尔兰自治案何以通过乎？格兰斯顿主笔之报馆为之也。近日俄皇何以开弭兵会乎？吐尔斯吐主笔之报馆为之也。报馆者政本之本，而教师之师也。惟其然也，故其人民嗜之，如饮食男女，不可须臾离。闻之，英国人无论男妇老幼贫富贵贱，有不读书者，无不读报者，其他文明诸国国民，大率例是。以此之故，其从事于报馆事业者，亦益复奋勉刻厉，日求进步。故报章愈多，体例愈善，议论愈精，记载愈富，能使人专读报纸数种，而可以尽知古今天下之政治、学问、风俗、事迹，吸纳全世界之新空气于其脑中。故欲觇国家之强弱，无他道焉，则于其报章之多寡良否而已矣。

校报章之良否，其率何如？一曰宗旨定而高，二曰思想新而正，三曰材料富而当，四曰报事确而速。若是者良，反是则劣。

所谓宗旨定而高者何也？凡行一事，著一书，皆不可无宗旨，惟报亦然。宗旨一定，如项庄舞剑，其意常在沛公。旦旦而聒之，月月而浸润之，大声而呼之，谲谏而逗之，以一报之力而发明一宗旨，何坚不摧，何艰不成！虽然，宗旨固有择焉，牟利亦宗旨也，媚权贵亦宗旨也，悦市人亦宗旨也；故为报馆者，不可不以热诚慧眼，注定一最高之宗旨而守之。政治学者之言曰："政治者，以国民最多数之公益为目的。"若为报者能以国民最多数之公益为目的，斯可谓真善良之宗旨焉矣！

所谓思想新而正者何也？所贵乎报馆之著述者，贵其能以语言文字开将来之世界也。使取人人所已知者而敷衍之，则与其阅报，何如坐禅；使拾前人所已言者而牙慧之，则与其阅报，何如观剧。故思想不可以不新。凡欲造成一种新国民者，不可不将其国古来误谬之理想，摧陷廓清，以变其脑质。而欲达此目的，恒须借他社会之事物理论，输入之而调和之，如南北极之寒流而与赤道之热流，相剂而成新海潮，如常雪界之冷气与地平之热气，相摩而成新空气。故交换智识，实惟人生第一要件；而报馆之天职，则取万国之新思想以贡于其同胞者也。不宁惟是，凡一新理之出世也，恒与旧义不相容，故或举国敌之，一世弃之，固又视其自信力何如焉？信之坚而持之毅，此又前者所谓定宗旨也。若夫处今日万芽齐茁之世界，其各种新思想，淆列而不一家，则又当校本国之历史，察国民之原质，审今后之时势，而知以何种思想为最有利而无病，而后以全力鼓吹之，是之谓正。

所谓材料富而当者何也？凡真善良之报，能使人读其报，而全世界之智识，无一不具备焉。若此者，日报与丛报（丛报者指旬报、月报、来复报等，日本所谓杂志者是也）皆所当务，而丛报为尤要。各国之大丛报，其搜罗极博，其门类极繁，如政治，如理财，如法律，如哲学，如教育，如宗教，如格致，如农工商，如军事，如各国近事，如小说，如文苑，如图画，如评论各报，无一不载。而其选择又极严。闻之，欧美有力之丛报，每年所搜集著记之论说纪事在一万篇以上，而其刊发者不过二百篇内外。盖其目的在使阅者省无谓之目力，阅一字则得一字之益，而又不使有所挂漏，有所缺陷。诚哉其进步！诚哉其难能而可贵也！

所谓报事速而确者何也？报之所以惠人者不一端，而知今为最要。故各国之报馆，不徒重主笔也，也更重时事，或访问，或通信，或电报，费重资以求一新事，不惜焉。此事之要，业此者多能知之，兹不具论。

合此四端，则成一完全尽善之报。盖其难哉，是以报章如牛毛，而良者如麟角也。欧美且然，而况于中国乎！

第三　中国报馆之沿革及其价值

西谚曰：罗马者，非一日之罗马。凡天下大业，必非一蹴可几，必渐次发达，以进于圆满之域，此事物之公例，无可逃避者也。虽然，其发达之迟缓而无力，独未有如中国之报馆者。中国邸报，视万国之报纸，皆为先辈，姑置勿论。即自通商以后，西国之报章形式，始入中国，于是香港有《循环日报》，上海有《申报》，于今殆三十余年矣，其间继起者虽不少，而卒无一完整良好，可以及西人百分之一者。以京都首善之区，而自联军割据以前，曾无一报馆，此真天下万国之所无也。十八行省，每省之幅员户口，皆可敌欧洲一国，而除广东、福建外，省会之有报馆者无一焉，此亦世界之一怪现象矣。近年以来，陈陈相接，惟上海、香港、广州三处，号称最盛，而其体例，无一足取。每一展读，大抵“沪滨冠盖”“瀛眷南来”“祝融肆虐”“图窃不成”“惊散鸳鸯”“甘为情死”等字样，阗塞纸面，千篇一律；甚乃如台湾之役，记刘永福之娘子军，团匪之变，演李秉衡之黄河阵，明目张胆，自欺欺人；观其论说，非“西学原出中国考”，则“中国宜亟图富强论”也，展转抄袭，读之惟恐卧。以故报馆之兴数十年，而于全国社会，无丝毫之影响。大抵以资本不足，阅一年数月而闭歇者十之七八。其余一二，亦若是则已耳。惟前者天津之《国闻报》，近日上海之《中外日报》《同文沪报》《苏报》，体段稍完，然以比诸日本一僻县之报，犹不能望其肩背，无论东京之大者，更无论泰西也。若夫丛报，则更不足道。前者惟《格致汇编》稍称完整，然出于西人之手，且据上海制造局官书之力，又不过每季一册，又仅明一义，不及其他，然犹仅出二十八册，遽亦中断。其次则《万国公报》，亦出西人之手，凭教会之力，其宗旨多倚于教，于政治学问界，非有大关系焉。甲午挫后，《时务报》起，一时风靡海内，数月之间，销行至万余份，为中国有报以来所未有，举国趋之，如饮狂泉。作者当时，承乏斯役。虽然，今日检阅其旧论，辄欲作呕，复勘其体例，未尝不汗流浃背也。夫以作者今日之学识思想经历，其固陋浅薄，不足以当东西通人之一指趾，甚明也，则数年前之庸滥愚谬，更何待论。而举国士夫，乃啧啧然目之曰：此新说也，此名著也。呜呼伤哉！吾中国人之文明程度，何低下之至于此极也！《时务报》后，澳门《知新报》继之，尔后一年间，沿海各都会，继轨而作者，风起云涌，骤十余家，大率面目体裁，悉仿《时务》，若惟恐不肖者然。其间惟天津《国闻汇编》，成于硕学之手，精深完粹，夐乎尚矣，然仅出五册，便已戛然。此外余子，等诸自郐。及戊戌政变，《时务》云亡，而所谓此十余家者，亦如西山残阳，倏忽匿影，风吹落叶，余片无存。由此观之，其当初设报之心，果何在乎？不待鞫讯矣！《知新报》僻在贫岛，云光岿然者凡四年有余，出报至一百三十余册，旬报之持久者以此为最，然其文字体例，尚不及《时务报》，于社会之关系，盖甚浅薄。己、庚之间，上海有所谓《亚东时报》《五洲时事报》《中外大事报》者出，皆颇阐新理，视《时务》有过之无不及，然当中国晦盲否塞达于极点之际，不为学界所欢迎，旋兴旋废，殆无足论。去冬今春以来，日本留学生有《译书汇编》《国民报》《开智录》等之作。《译书汇编》至今尚存，能输入文明思想，为吾国放一大光明，良可珍诵，然实不过丛书之体，不可谓报。

《国民报》《开智录》，亦铮铮者也，而以经费不支，皆不满十号，而今已矣。此实中国数十年来报界之情状也。由此观之，其发达之迟缓无力，一何太甚！吾向者谓欲觇国家之强弱，则于其报章之多寡良否而已；使此言而无稽也则可，此言如稍有可信者，则是岂可不为寒心哉！推原其所以致此之由，盖有数端：一、由于创设报馆者，不预筹相当之经费，故无力扩充，或小试辄蹶；二、由于主笔时事等员之位置，不为世所重，高才之辈，莫肯俯就；三、由于风气不开，阅报人少，道路未通，传布为难；四、由于从事斯业之人，思想浅陋，学识迂愚，才力薄弱，无思易天下之心，无自张其军之力。而四者之中，尤以第四项为病根之根焉。呜呼！案既往，考现在，不知吾中国所谓此第四种族者，何时始见其成立也？掷笔三思，感慨系之矣！

第四　《清议报》之性质

《清议报》可谓之良报乎？曰乌乎可，《清议报》之与诸报，其犹百步之与五十步也。虽然，有其宗旨焉，有其精神焉，譬之幼儿，虽其肤革未充，其肢干未成，然有灵魂莹然湛然，是亦进化之一原力欤？《清议报》之特色有数端。一曰倡民权，始终抱定此义，为独一无二之宗旨。虽说种种方法，开种种门径，百变而不离其宗，海可枯石可烂，此义不普及于我国，吾党弗措也。二曰衍哲理，读东西诸硕学之书，务衍其学说以输入于中国，虽不敢自谓有所得，而得寸则贡寸焉，得尺则贡尺焉。《华严经》云“未能自度而先度人，是为菩萨发心”，以是为尽国民责任于万一而已。三曰明朝局，戊戌之政变，己亥之立嗣，庚子之纵团，其中阴谋毒手，病国殃民，本报发微阐幽，得其真相，指斥权奸，一无假借。四曰厉国耻，务使吾国民知我国在世界上之位置，知东西列强待我国之政策，鉴观既往，熟察现在，以图将来，内其国而外诸邦，一以天演学、物竞天择、优胜劣败之公例，疾呼而棒喝之，以冀同胞之一悟。此四者，实惟我《清议报》之脉络之神髓。一言以蔽之，曰广民智振民气而已。

其内容之重要者，则有谭浏阳之《仁学》，以宗教之魂、哲学之髓，发挥公理，出乎天天，入乎人人，冲重重之网罗，造劫劫之慧果。其思想为吾人所不能达，其言论为吾人所不敢言，实禹域未有之书，抑众生无价之宝，此编之出现于世界，盖本报为首焉。有饮冰室《自由书》，虽复东鳞西爪，不见全牛，然其愿力所集注，不在形质而在精神，以精锐之笔，说微妙之理，谈言微中，闻者足兴。有国家论政治学案，述近世政学大原，养吾人国家思想。有章氏《儒术新论》，诠发教旨，精微独到。有《瓜分危言》《亡羊录》《灭国新法论》等，陈宇内之大势，唤东方之顽梦。有《少年中国说》《呵旁观者文》《过渡时代论》等，开文章之新体，激民气之暗潮。有《埃及近世史》《扬子江》《中国财政一斑》《社会进化论》《支那现势论》等，皆东西名著巨构，可以借鉴。有政治小说、佳人奇遇、经国美谈等，以稗官之异才，写政界之大势。美人芳草，别有会心；铁血舌坛，几多健者，一读击节，每移我情，千金国门，谁无同好。若夫雕虫小技，余事诗人，则卷末所录诸章，类皆以诗界革命之神魂，为斯道别辟新土。凡兹诸端，皆我《清议报》之有以特异于群报者。虽然，以云良也，则前途辽哉邈乎。非所敢言也，非所敢望也。不有椎轮，安有大辂，不有萌蘖，安有森林，思以此为我国报界进化之一征验云尔。祝之祝之，非祝椎轮，祝大辂也；非祝萌蘖，祝森林也。

第五　《清议报》时代中外之历史

《清议报》之在中国，其沧海之一粟乎？《清议报》之在世界，其大千之一尘乎？虽然，其寿命固已亘于新旧两世纪，无舌而鸣，其踪迹固已遍于纵横五大洲，不胫而走。今请与阅报诸君一为戏言，斯亦可谓文字界中之得天最厚者耶？且勿具论。要之《清议报》时代，实为中国与世界最有关系之时代，读者若能研究此时代之历史，而有所心得，有所感奋，则其于天下事，思过半矣。

请先言中国。《清议报》起于戊戌十月，其时正值政变之后，今上皇帝百日维新之志事，忽大挫跌，举国失望，群情鼎沸。自兹以往，中国遂闭于沉沉妖雾之中，其反动力，一起再起而未有已。翌年己亥夏秋之间，刚毅下江南、岭南，搜括膏脂，民不堪命。其冬十二月，遂有议废君立伪储之事，本朝二百年来，内变之祸未有甚于此时者也。既而臣民犯颜，友邦侧目，志不得逞，遂乃积羞成怒，大兴党狱，积怒成狂，自弄兵戎，奖群盗为义民，尸邻使于朝市。庚子八月，十国联兵，以群虎而搏一羊，未五旬而举万乘，乘舆播荡，神京陆沉，天坛为刍牧之场，曹署充屯营之帐。中国数千年来，外侮之辱未有甚于此时者也。反动之潮，至斯而极，过此以往，而反动力之反动力起焉。十九世纪与二十世纪交点之一刹那顷，实中国两异性之大动力相搏相射。短兵紧接，而新陈嬗代之时也。今年以来，伪维新之诏书屡降，科举竟废，捐例竟停，动力微蠢于上；俄人密约，士民集议，日本游学，簦蹻纷来，动力萌蘖于下。故二十世纪之中国，有断不能以长睡终者，此中消息，稍有识者所能参也。《清议报》虽不能为其主动者，而欲窃附于助动者，未敢多让焉。

请更言世界。《清议报》时代世界之大事，除北京联军外，有最大者三端：一曰美国与菲律宾之战，二曰英国与波亚之战，三日俄皇开万国和平会。其次大者五端：一曰日本政党内阁之两次失败，二曰意大利政府之更迭，三曰俄国学生之骚动，四曰美国大统领之被刺，五日南亚美利加之争乱。美国之县菲律宾也，是其伸权力于东方之第一着，而将来雄飞于二十世纪之根据地也。英国之蹙波亚也，殖民政略之结果也，其下种在数十年以前，而刈实在数十年以后，凡在英国势力范围之下者，不可不引为前车也。俄皇之倡和平会也，保欧洲之平和也，欧洲平和，然后可合力以逞志于欧洲以外也。意大利政府之更迭也，为索三门湾不得也，索不得而政府遂不能安其位，意人之心未熄也。日本政党内阁之屡败也，东方民政思想尚幼稚之征验也，非加完全之教育，养民族之公德，则文明之实未易期也。日本且然，我中国更安得不兢兢也。俄罗斯学生之骚动也，革命之先声也，专制政体，未有能立于今世界者也。中国之君民，不可不自择也。美国大统领之被刺与南美之争乱也，由贫富两级太相悬绝，而社会党之人从而乘之也。此事将为二十世纪第一大事，而我中国人蒙其影响，将有甚重者，而现时在北美侨民为工党所排，在南美侨民为乱党所掠，犹其小焉者也。要之二十世纪世界之大问题有三：一为处分中国之问题，二为扩张民权之问题，三为调和经济革命（因贫富不均所起之革命，日本人译为经济革命）之问题。其第一题各国直接于中国者也。其第二题中国所自当从事者也。其第三题各国间接于中国，而亦中国所自当从事者也。抑今日之世界与昔异，轮船、铁路、电线大通，异洲之国，犹比邻而居，异国之人，犹比肩而立，故一国有事，其影响未有不及于他国者也。故今日有志之士，不惟当视国事如家事，又当视世界之事如国事。于是乎报馆之责任愈益重，若《清议报》则有志焉而未之逮也。

第六　结　论

有一人之报，有一党之报，有一国之报，有世界之报。以一人或一公司之利益为目的者，一人之报也；以一党之利益为目的者，一党之报也；以国民之利益为目的者，一国之报也；以全世界人类之利益为目的者，世界之报也。中国昔虽有一人报，而无一党报、一国报、世界报。日本今有一人报、一党报、一国报，而无世界报。若前之《时务报》《知新报》者，殆脱一人报之范围，而进入于一党报之范围也。敢问《清议报》于此四者中，位置何等乎？曰在党报与国报之间。今以何祝之？曰祝其全脱离一党报之范围，而进入于一国报之范围，且更努力渐进以达于世界报之范围。乃为祝曰：报兮报兮！君之生涯，亘两周兮，君之声尘，遍五洲兮，君之责任，重且遒兮，君其自爱，罔俾羞兮，祝君永年，与国民同体兮！重为祝曰：《清议报》万岁！中国各报馆万岁！中国万岁！

中国唯一之文学报《新小说》[①]

小说之道感人深矣。泰西论文学者必以小说首屈一指，岂不以此种文体曲折透达，淋漓尽致，描人群之情状，批天地之寂奥，有非寻常文家所能及者耶！中国自先秦以前，斯道既鬯，《汉书·艺文志》已列小说家于九流，但汉唐以后，学者拘文牵义，困于破碎之训诂，骛于玄渺之心性，而于人情事理切实之迹，毫不措意于是，反鄙小说为不足道。夫人之好读小说，过于他书，性使然矣。小说既终不可废，而所谓好学深思之士君子，吐弃不肯从事，则儇薄无行者，从而篡其统。于是小说家言遂至毒天下，中国人心风俗之败坏，未始不坐是。本社同人悯焉，是用因势而利导之，取方领矩步之徒所不屑道者，集精力而从事焉。班孟坚不云乎："闾里小知者之所及，亦使缀而不忘，如或一言可采，此亦刍荛狂夫之议也。"其诸新世界之青年，亦在所不弃欤？条例如下：

一、本报宗旨，专在借小说家言，以发起国民政治思想，激厉其爱国精神。一切淫猥鄙野之言，有伤德育者，在所必摈。

二、本报所登载各篇，著译各半，但一切精心结构，务求不损中国文学之名誉。

三、本报文言俗语参用；其俗语之中，官话与粤语参用；但其书既用某体者，则全部一律。

四、本报所登各书，其属长篇者，每号或登一回二三回不等。惟必每号全回完结，非如前者《清议报》登《佳人奇遇》之例，将就钉装，语气未完，

---

① 初载《新民丛报》第十四号（光绪二十八年七月十五日，即1902年8月18日）。据黄霖编、罗书华撰：《中国历代小说批评史料汇编校释》，百花洲文艺出版社2009年版。

戛然中止也。

本报之内容如下：

一、图画

专搜罗东西古今英雄名士美人之影像，按期登载，以资观感。其风景画，则专采名胜、地方趣味浓深者，及历史上有关系者登之。而每篇小说中，亦常插入最精致之绣像绘画。其画皆由著译者意匠结构，托名手写之。

二、论说

本报论说，专属于小说之范围，大指欲为中国说部创一新境界，如论文学上小说之价值，社会上小说之势力，东西各国小说学进化之历史及小说家之功德，中国小说界革命之必要及其方法等，题尚夥，多不能豫定。

三、历史小说

历史小说者，专以历史上事实为材料，而用演义体叙述之。盖读正史则易生厌，读演义则易生感。征之陈寿之《三国志》与坊间通行之《三国演义》，其比较厘然矣。故本社同志，宁注精力于演义，以恢奇俶诡之笔，代庄严典重之文。兹将拟著译之目列下：

一、《罗马史演义》

此书乃翻译西人某氏所著。罗马为古代世界文明之中心点，有王政时代，有贵族政时代，有共和政时代，有帝政时代。其全盛也，事事足为后世法；其就衰也，事事足为后世戒。有大政治家，有大宗教家，有大文学家，有空前绝后之豪杰，有震今铄古之美人，盖历史之最有趣味者，莫罗马史若也。此书原本在欧洲既重版十四次，今特译之以饷同好。

二、《十九世纪演义》

欲知今日各文明国之所以成立，莫要于读十九世纪史矣。此书乃采集当代大史家之著述数十种熔铸而成，起维也纳会议，迄义和团事变，其中五大洲各国之大事一一详载，精神活现。

三、《自由钟》

此书即《美国独立史演义》也。因美人初起义时，于费特费府建一独立阁，上悬大钟，有大事则撞之，以召集国民佥议焉，故取以为名。首叙英人虐政，次叙八年血战，末叙联邦立宪。读之使人爱国自立之念油然而生。

四、《洪水祸》

此书即法国人革命演义也。昔法王路易第十四临终之言曰："朕死后大洪水将来。"故取以为名。此书初叙革命前太平歌舞、骄奢满盈之象，及当时官吏贵族之横暴，民间风俗之腐败，次叙革命时代空前绝后之惨剧，使人股栗，而以拿破仑撼天动地之霸业终焉。其中以极浅显之笔，发明卢梭、孟德斯鸠诸哲之学理，尤足发人深省。

五、《东欧女豪杰》

此书专叙俄罗斯民党之事实，以女豪杰威拉、莎菲亚、叶些三人为中心点，将一切运动之历史，皆纳入其中。盖爱国美人之多，未有及俄罗斯者也。其中事迹出没变化，悲壮淋漓，无一不出入意想之外，以最爱自由之人而生于专制最烈之国，流万数千志士之血，以求易将来之幸福，至今未成，而其志不衰，其势且日增月盛，有加无已。中国爱国之士，各宜奉此为枕中鸿秘者也。

一、《亚历山大外传》

二、《华盛顿外传》

三、《拿破仑外传》

四、《俾斯麦外传》

五、《西乡隆盛外传》

四、政治小说

政治小说者，著者欲借以吐露其所怀抱之政治思想也。其立论皆以中国为主，事实全由于幻想。其书皆出于自著，书目如下：

一、《新中国未来记》

此书起笔于义和团事交，叙至今后五十年止。全用幻梦倒影之法，而叙述皆用史笔，一若实有其人，实有其事者然，令读者置身其间，不复觉其为寓言也。其结构，先于南方有一省独立，举国豪杰同心协助之，建设共和立宪完全之政府，与全球各国结平等之约，通商修好数年之后，各省皆应之，群起独立为共和政府者四五，复以诸豪杰之尽瘁，合为一联邦大共和国。东三省亦改为一立宪君主国，未几亦加入联邦。举国国民，戮力一心，从事于殖产兴业，文学之盛，国力之富，冠绝全球。寻以西藏、蒙古主权问题与俄罗斯开战端，用外交手段联结英、美、日三国，大破俄军。复有民间志士，以私人资格暗助俄罗斯虚无党，覆其专制政府。最后因英、美、荷兰诸国殖民地虐待黄人问题几酿成人种战争，欧美各国合纵以谋我，黄种诸国连横以应之。中国为主盟，协同日本、菲律宾等国，互整军备。战端将破裂，匈牙利人出而调停，其事乃解。卒在中国京师开一万国平和会议，中国宰相为议长，议定黄白两种人权利平等、互相亲睦种种条款，而此书亦以结局焉。

二、《旧中国未来记》

此书体例亦与前同。惟叙述不变之中国，写其将来之惨状。各强国初时利用北京政府及各省大吏为傀儡，剥夺全国民权利无所不至，人民皆伺外国一颦一笑，为其奴隶犹不足以谋生，卒至暴动屡起。外国人借口平乱，实行瓜分政策；各国复互相纷争，各驱中国人从事军役，自斗以糜烂。卒经五十年后，始有大革命军起，仅保障一两省，以为恢复之基。是此书之内容也。

三、《新桃源》（一名《海外新中国》）

此书专为发明地方自治之制度，以补《新中国未来记》所未及。其结构设为二百年前，有中国一大族民，不堪虐政，相率航海，遁于一大荒岛，孳衍发达，至今日而内地始有与之交通者，其制度一如欧美第一等文明国，且有其善而无其弊焉。其人又不忘祖国，卒助内地志士奏维新之伟业，将其法制一切移植于父母之邦。是此书之内容也。

五、哲理小说

专借小说以发明哲学及格致学，其取材皆出于译本：

一、《共和国》　希腊大哲柏拉图著

二、《华严界》　英国德赢摩里著

三、《新社会》　日本矢野文雄著

四、《世界未来记》　法国埃留著

五、《月世界一周》

六、《空中旅行》

七、《海底旅行》

六、军事小说

专以养成国民尚武精神为主，其取材皆由于译本。题未定。

七、冒险小说

如《鲁敏逊漂流记》之流，以激厉国民远游冒险精神为主。题未定。

八、探侦小说

探侦小说，其奇情怪想，往往出人意表。前《时务报》曾译数段，不过尝鼎一脔耳。本报更博采西国最新最奇之本而译之。题未定。

九、写情小说

人类有公性情二：一曰英雄，二曰男女。情之为物，固天地间一要素矣。本报窃附《国风》之义，不废《关雎》之乱，但意必蕴藉，言必雅驯。题未定。

十、语怪小说

妖怪学为哲理之一科，好学深思之士，喜研究焉。西人谈空说有之书，汗牛充栋，几等中国。取其尤新奇可诧者译之，亦研究魂学之一助也。

十一、札记体小说

如《聊斋》《阅微草堂》之类，随意杂录。

十二、传奇体小说

本社员有深通此道、酷此业者一二人，欲继索士比亚、福禄特尔之风，为中国剧坛起革命军，其结构词藻决不在《新罗马传奇》下也。题未定。

十三、世界名人逸事

体例略如《世说新语》，但常有长篇巨制，大率剌取古今中外豪杰之逸事，足以廉顽立懦者最而录之，于青年立志最有裨助。

十四、新乐府

本报全编皆文学科所属也，故文苑一门，视寻常报章应有特色，专取泰西史事或现今风俗可法可戒者，用白香山《秦中》《乐府》，尤西堂《明史乐府》之例，长言永叹之以资观感。

十五、粤讴及广东戏本

此门专为广东人而设，纯用粤语。

其余或有应增之门类随时补入。

一、以上各门不能每册具备，但每册最少必在八门以上。

二、定价零售每册四角，定阅全年十二册者定价四元。定阅半年六册者定价二元二角，邮费另加，惟皆须依日本银折交。

三、代派至十份以上者，照例提二成为酬劳。

四、定阅全年半年者，必须先将报费清交，乃为作实；否则一概不寄，决弗徇情。

五、海内外各都会市镇，凡代派《新民丛报》之处，皆有本报寄售，欲阅者请各就近挂号。

六、本报第一号定于中历九月十五日发行，欲先睹为快者，请预订挂号通知。

横滨山下町百五十二番，新小说报社

论小说与群治之关系[①]

欲新一国之民，不可不先新一国之小说。故欲新道德，必新小说；欲新宗教，必新小说；欲新政治，必新小说；欲新风俗，必新小说；欲新学艺，必新小说；乃至欲新人心，欲新人格，必新小说。何以故？小说有不可思议之力支配人道故。

吾今且发一问：人类之普通性，何以嗜他书不如其嗜小说？答者必曰：以其浅而易解故，以其乐而多趣故。是固然；虽然，未足以尽其情也。文之浅而易解者，不必小说；寻常妇孺之函札，官样之文牍，亦非有艰深难读者存也，顾谁则嗜之？不宁惟是，彼高才赡学之士，能读《坟》《典》《索》《邱》，能注虫鱼草木，彼其视渊古之文与平易之文，应无所择，而何以独嗜小说？是第一说有所未尽也。小说之以赏心乐事为目的者固多，然此等顾不甚为世所重；其最受欢迎者，则必其可惊、可愕、可悲、可感，读之而生出无量噩梦，抹出无量眼泪者也。夫使以欲乐故而嗜此也，而何为偏取此反比例之物而自苦也？是第二说有所未尽也。吾冥思之，穷鞫之，殆有两因：凡人之性，常非能以现境界而自满足者也。而此蠢蠢躯壳，其所能触能受之境界，又顽狭短局而至有限也。故常欲于其直接以触以受之外，而间接有所触有所受，所谓身外之身、世界外之世界也。此等识想，不独利根众生有之，即钝根众生亦有焉。而导其根器，使日趋于钝、日趋于利者，其力量无大于小说。小说者，常导人游于他境界，而变换其常触常受之空气者也。此其一。人之恒情，于其所怀抱之想象，所经阅之境界，往往有行之不知、习矣不察者。无论为哀、为乐、为怨、为怒、为恋、为骇、为忧、为惭，常若知其然而不知其所

① 本文初载《新小说》创刊号（1902年11月14日刊印）。

以然。欲摹写其情状，而心不能自喻，口不能自宣，笔不能自传。有人焉和盘托出，澈底而发露之，则拍案叫绝曰：善哉善哉！如是如是！所谓“夫子言之，于我心有戚戚焉”。感人之深，莫此为甚。此其二。此二者实文章之真谛，笔舌之能事。苟能批此窾、导此窍，则无论为何等之文，皆足以移人。而诸文之中能极其妙而神其技者，莫小说若。故曰：小说为文学之最上乘也！由前之说，则理想派小说尚焉；由后之说，则写实派小说尚焉。小说种目虽多，未有能出此两派范围外者也。

抑小说之支配人道也，复有四种力：一曰熏。熏也者，如入云烟中而为其所烘，如近墨朱处而为其所染。《楞伽经》所谓“迷智为识，转识成智”者，皆恃此力。人之读一小说也，不知不觉之间，而眼识为之迷漾，而脑筋为之摇飏，而神经为之营注；今日变一二焉，明日变一二焉，刹那刹那，相断相续；久之而此小说之境界，遂入其灵台而据之，成为一特别之原质之种子。有此种子故，他日又更有所触所受者，旦旦而熏之，种子愈盛，而又以之熏他人，故此种子遂可以遍世界。一切器世间、有情世间之所以成、所以住，皆此为因缘也。而小说则巍巍焉具此威德以操纵众生者也。二曰浸。熏以空间言，故其力之大小，存其界之广狭；浸以时间言，故其力之大小，存其界之长短。浸也者，入而与之俱化者也。人之读一小说也，往往既终卷后数日或数旬而终不能释然。读《红楼》竟者，必有余恋，有余悲；读《水浒》竟者，必有余快，有余怒。何也？浸之力使然也。等是佳作也，而其卷帙愈繁、事实愈多者，则其浸人也亦愈甚！如酒焉，作十日饮，则作百日醉。我佛从菩提树下起，便说偌大一部《华严》，正以此也。三曰刺。刺也者，刺激之义也。熏、浸之力，利用渐；刺之力，利用顿。熏、浸之力，在使感受者不觉；刺之力，在使感受者骤觉。刺也者，能使人于一刹那顷，忽起异感而不能自制者也。我本蔼然和也，乃读林冲雪天三限、武松飞云浦厄，何以忽然发指？我本愉然乐也，乃读晴雯出大观园、黛玉死潇湘馆，何以忽然泪流？我本肃然庄也，乃读实甫之《琴心》《酬简》，东塘之《眠香》《访翠》，何以忽然情动？若是者，皆所谓刺激也。大抵脑筋愈敏之人，则其受刺激力也愈速且剧，而要之必以其书所含刺激力之大小为比例。禅宗之一棒一喝，皆利用此刺激力以度人者也。此力之为用也，文字不如语言。然语言力所被，不能广、不能久也，于是不得不乞灵于文字。在文字中，则文言不如其俗语，庄论不如其寓言。故具此力最大者，非小说末由！四曰提。前三者之力，自外而灌之使入；提之力，自内而脱之使出，实佛法之最上乘也。凡读小说者，必常若自化其身焉——入于书中，而为其书之主人翁。读《野叟曝言》者，必自拟文素臣；读《石头记》者，必自拟贾宝玉；读《花月痕》者，必自拟韩荷生若韦痴珠；读《梁山泊》者，必自拟黑旋风若花和尚。虽读者自辩其无是心焉，吾不信也。夫既化其身以入书中矣，则当其读此书时，此身已非我有，截然去此界以入于彼界，所谓华严楼阁，帝网重重，一毛孔中万亿莲花，一弹指顷百千浩劫，文字移人，至此而极！然则吾书中主人翁而华盛顿，则读者将化身为华盛顿；主人翁而拿破仑，则读者将化身为拿破仑；主人翁而释迦、孔子，则读者将化身为释迦、孔子，有断然也。度世之不二法门，岂有过此？此四力者，可以卢牟一世，亭毒群伦，教主之所以能立教门，政治家所以能组织政党，莫不赖是。文家能得其一，则为文豪；能兼其四，则为文圣。有此四力而用之于善，则可以福亿兆人；有此四力而用之于恶，则可以毒万千载。而此四力所最易寄者惟小说。可爱哉小说！可畏哉小说！

小说之为体，其易入人也既如彼，其为用之易感人也又如此，故人类之普通性，嗜他文终不如其嗜小说。此殆心理学自然之作用，非人力之所得而易也。此天下万国凡有血气者莫不皆然，非直吾赤县神州之民也。夫既已嗜之矣，且遍嗜之矣，则小说之在一群也，既已如空气如菽粟，欲避不得避，欲屏不得屏，而日日相与呼吸之餐嚼之矣。于此其空气而苟含有秽质也，其菽粟而苟含有毒性也，则其人之食息于此间者，必憔悴，必萎病，必惨死，必堕落，此不待蓍龟而决也。于此而不洁净其空气，不别择其菽粟，则虽日饵以参苓，日施以刀圭，而此群中人之老、病、死、苦，终不可得救。知此义，则吾中国群治腐败之总根原，可以识矣。吾中国人状元宰相之思想何自来乎？小说也。吾中国人佳人才子之思想何自来乎？小说也。吾中国人江湖盗贼之思想何自来乎？小说也。吾中国人妖巫狐鬼之思想何自来乎？小说也。若是者，岂尝有人焉，提其耳而诲之，传诸钵而授之也？而下自屠爨贩卒、妪娃童稚，上至大人先生、高才硕学，凡此诸思想必居一于是。莫或使之，若或使之，盖百数十种小说之力，直接间接以毒人，如此其甚也。（即有不好读小说者，而此等小说，既已渐渍社会，成为风气，其未出胎也，固已承此遗传焉；其既入世也，又复受此感染焉，虽有贤智，亦不以自拔，故谓之间接。）今我国民，惑堪舆，惑相命，惑卜筮，惑祈禳，因风水而阻止铁路，阻止开矿，争坟墓而阖族械斗，杀人如草，因迎神赛会而岁耗百万金钱，废时生事，消耗国力者，曰惟小说之故。今我国民慕科第若膻，趋爵禄若鹜，奴颜婢膝，寡廉鲜耻，惟思以十年萤雪，暮夜苞苴，易其归骄妻妾、武断乡曲一日之快，遂至名节大防，扫地以尽者，曰惟小说之故。今我国民轻弃信义，权谋诡诈，云翻雨覆，苛刻凉薄，驯至尽人皆机心，举国皆荆棘者，曰惟小说之故。今我国民轻薄无行，沉溺声色，绻恋床笫，缠绵歌泣于春花秋月，销磨其少壮活泼之气；青年子弟，自十五岁至三十岁，惟以多情、多感、多愁、多病为一大事业，儿女情多，风云气少，甚者为伤风败俗之行，毒遍社会，曰惟小说之故。今我国民绿林豪杰，遍地皆是，日日有桃园之拜，处处为梁山之盟，所谓“大碗酒，大块肉，分秤称金银，论套穿衣服”等思想，充塞于下等社会之脑中，遂成为哥老、大刀等会，卒至有如义和拳者起，沦陷京国，启召外戎，曰惟小说之故。呜呼！小说之陷溺人群，乃至如是！乃至如是！大圣鸿哲数万言谆诲之而不足者，华士坊贾一二书败坏之而有余！斯事既愈为大雅君子所不屑道，则愈不得不专归于华士坊贾之手。而其性质，其位置，又如空气然，如菽粟然，为一社会中不可得避、不可得屏之物，于是华士坊贾，遂至握一国之主权而操纵之矣。呜呼！使长此而终古也，则吾国前途，尚可问耶？尚可问耶？故今日欲改良群治，必自小说界革命始；欲新民，必自新小说始。

新中国未来记（节选）

绪 言

△余欲著此书，五年于兹矣，顾卒不能成一字。况年来身兼数役，日无寸暇，更安能以余力及此。顾确信此类之书，于中国前途，大有裨助，夙夜志此不衰。既念欲俟全书卒业，始公诸世，恐更阅数年，杀青无日，不如限以报章，用自鞭策，得寸得尺，聊胜于无。《新小说》之出，其发愿专为此编也。

△兹编之作，专欲发表区区政见，以就正于爱国达识之君子。编中寓言，颇费覃思，不敢草草。但此不过臆见所偶及，一人之私言耳，非信其必可行也。国家人群，皆为有机体之物，其现象日日变化，虽有管葛，亦不能以今年料明年之事，况于数十年后乎！况末学寡识如余者乎！但提出种种问题一研究之，广征海内达人意见，未始无小补，区区之意，实在于是。读者诸君如鉴微诚，望必毋吝教言，常惠驳义，则鄙人此书，不为虚作焉耳。

△人之见地，随学而进，因时而移，即如鄙人自审十年来之宗旨议论，已不知变化流转几许次矣。此编月出一册，册仅数回，非亘数年不能卒业，则前后意见矛盾者，宁知多少，况以寡才而好事之身，非能屏除百务，潜心治此。计每月为此书属稿者，不过两三日，虽复殚虑，岂能完善，故结构之必凌乱，发言之常矛盾，自知其决不能免也，故名之曰稿本，此后随时订改，兼得名流驳正，或冀体段稍完，再写定本耳。

△此编今初成两三回，一覆读之，似说部非说部，似裨史非裨史，似论著非论著，不知成何种文体，自顾良自失笑。虽然，既欲发表政见，商榷国计，则其体自不能不与寻常说部稍殊。编中往往多载法律章程、演说论文等，连篇累牍，毫无趣味，知无以餍读者之望矣，愿以报中他种之有滋味者偿之，

其有不喜政谈者乎，则以兹覆瓿焉可也。

△编中于现在时流，绝不关涉，诚以他日救此一方民者，必当赖将来无名之英雄也，楼阁华严，毫无染著，读者幸勿比例揣测，谓此事为某人写照，此名为某人化身，致生种种党同伐异意见。

△此编于广东特详者，非有所私于广东也。今日中国方合群共保之不足，而岂容复有某乡某邑之见存。顾尔尔者，吾本粤人，知粤事较悉，言其条理，可以讹谬较少，故凡语及地方自治等事，悉偏趋此点。因此之故，故书中人物亦不免多派以粤籍，相因之势使然也。不然，宁不知吾粤之无人哉？读者幸谅此意，毋哂其为夜郎。

小说丛话（节选）①

谈话体之文学尚矣。此体近二三百年来益发达，即最干燥之考据学、金石学，往往用此体出之，趣味转增焉。至如诗话、文话、词话等，更汗牛充栋矣。乃至四六话、制义话、楹联话，亦有作者。人人知其无用，然犹有一过目之价值，不可诬也。惟小说尚阙如，虽由学士大夫鄙弃不道，抑亦此学幼稚之征证也。余今春航海时，箧中挟《桃花扇》一部，借以消遣，偶有所触，缀笔记十余条。一昨平子、蜕庵、瑟斋、慧庵、均历、曼殊集余所，出示之，佥曰："是小说丛话也，亦中国前此未有之作。盍多为数十条，成一帙焉。"谈次，因相与纵论小说，各述其所心得之微言大义，无一不足解颐者。余曰："各笔之，便一帙。"众曰："善。"遂命纸笔，一夕而得百数十条，畀新小说社次第刊之。此后有所发明，赓续当未已也。抑海内有同嗜者，东鳞西爪，时以相贻，亦谈兴之一助欤？编次不有体例，惟著者之名分注焉，无责任之责任，亦各负之也。

癸卯初腊，饮冰识。

饮冰：

文学之进化有一大关键，即由古语之文学变为俗语之文学是也。各国文学史之开展，靡不循此轨道。中国先秦之文，殆皆用俗语，观《公羊传》《楚辞》《墨子》《庄子》，其间各国方言错出者不少，可为左证。故先秦文界之光明，数千年称最焉。寻常论者，多谓宋、元以降，为中国文学退化时代。余曰：不然。夫六朝之文，靡靡不足道矣。即如唐代韩、柳诸贤，自谓起八代

① 《小说丛话》最初刊载《新小说》，1906年出版单行本（新小说社社员编，新小说社印行）。此处选录梁启超所作序和语录。

之衰，要其文能在文学史上有价值者几何？昌黎谓非三代、两汉之书不敢观，余以为此即其受病之源也。自宋以后，实为祖国文学之大进化。何以故？俗语文学大发达故。宋后俗语文学有两大派，其一则儒家、禅家之语录，其二则小说也。小说者，决非以古语之文体而能工者也。本朝以来，考据学盛，俗语文体，生一顿挫，第一派又中绝矣。苟欲思想之普及，则此体非徒小说家当采用而已，凡百文章，莫不有然。虽然，自语言文字相去愈远，今欲为此，诚非易易，吾曾试验，吾最知之。

天津《国闻报》初出时有一雄文，曰《本馆附印说部缘起》，殆万余言，实成于几道与别士二人之手。余当时狂爱之，后竟不克裒集。惟记其中有两大段，谓人类之公性情，一曰英雄，二曰男女，故一切小说，不能脱离此二性，可谓批隙导窾者矣。然吾以为人类于重英雄、爱男女之外，尚有一附属性焉，曰畏鬼神。以此三者，可以赅尽中国之小说矣。若以泰西说部文学之进化，几合一切理想而治之，又非此三者所能限耳。《国闻报》论说栏登此文凡十余日，读者方日日引领以待其所附印者，而始终竟未附一回，亦可称文坛一逸话。（第七号）

告小说家[①]

小说家者流，自昔未尝为重于国也。《汉志》论之曰：“小道可观，致远恐泥。”扬子云有言：“雕虫小技，壮夫不为。”凡文皆小技矣，矧于文之支与流裔如小说者？然自元明以降，小说势力入人之深，渐为识者所共认。盖全国大多数人之思想业识，强半出自小说，言英雄则《三国》《水浒》《说唐》《征西》，言哲理则《封神》《西游》，言情绪则《红楼》《西厢》，自余无量数之长章短帙，樊然杂陈，而各皆分占势力之一部分。此种势力，蟠结于人人之脑识中，而因发为言论行事，虽具有过人之智慧、过人之才力者，欲其思想尽脱离小说之束缚，殆为绝对不可能之事。夫小说之力，曷为能雄长他力？此无异故，盖人之脑海如熏笼然，其所感受外界之业职如烟，每烟之过，则熏笼必留其痕，虽拂拭洗涤之，而终有不能去者存。其烟之霏袭也愈数，则其熏痕愈深固；其烟质愈浓，则其熏痕愈明显。夫熏笼则一孤立之死物耳，与他物不相联属也；人之脑海，则能以所受之熏还以熏人，且自熏其前此所受者而扩大之，而继演于无穷。虽其人已死，而薪尽火传，犹蜕其一部分以遗其子孙，且集合焉以成为未来之群众心理。盖业之熏习，其可畏如是也。而小说也者，恒浅易而为尽人所能解，虽富于学力者，亦常贪其不费脑力也而借以消遣。故其霏袭之数，既有以加于他书矣。而其所叙述，恒必予人以一种特别之刺激，譬之则最浓之烟也。故其熏染感化力之伟大，举凡一切圣经贤传诗古文辞皆莫能拟之。然则小说在社会教育界所占之位置，略可识矣。畴昔贤士大夫，不甚知措意于是，故听其迁流波靡，而影响于人心风俗者则既若彼。质言之，则十年前之旧社会，大半由旧小说之势力所铸成也。忧世之士，睹其

① 据中华书局《饮冰室合集·文集》第十二册。

险状，乃思执柯伐柯为补救之计，于是提倡小说之译著以跻诸文学之林，岂不曰移风易俗之手段莫捷于是耶？今也其效不虚。所谓小说文学者，亦既蔚为大观。自余凡百述作之业，殆为所侵蚀以尽。试一流览书肆，其出版物，除教科书外，什九皆小说也。手报纸而读之，除芜杂猥屑之记事外，皆小说及游戏文也。举国士大夫不悦学之结果，《三传》束阁，《论语》当薪，欧美新学，仅浅尝为口耳之具，其偶有执卷，舍小说外殆无良伴。故今日小说之势力，视十年前增加倍蓰什百，此事实之无能为讳者也。然则今后社会之命脉，操于小说家之手者泰半，抑章章明甚也。而还观今之所谓小说文学者何如？呜呼！吾安忍言！吾安忍言！其什九则诲盗与诲淫而已，或则尖酸轻薄毫无取义之游戏文也，于以煽诱举国青年子弟，使其桀黠者濡染于险诐钩距作奸犯科，而摹拟某种侦探小说中之一节目。其柔靡者浸淫于目成魂与逾墙钻穴，而自比于某种艳情小说之主人翁，于是其思想习于污贱龌龊，其行谊习于邪曲放荡，其言论习于诡随尖刻。近十年来，社会风习，一落千丈，何一非所谓新小说者阶之厉？循此横流，更阅数年，中国殆不陆沉焉不止也。呜呼！世之自命小说家者乎？吾无以语公等，惟公等须知因果报应，为万古不磨之真理，吾侪操笔弄舌者，造福殊艰，造孽乃至易。公等若犹是好作为妖言以迎合社会，直接坑陷全国青年子弟，使堕无间地狱，而间接戕贼吾国，惟使万劫不复，则天地无私，其必将有以报公等，不报诸其身，必报诸其子孙；不报诸今世，必报诸来世。呜呼！吾多言何益？吾惟愿公等各还诉诸其天良而已。若有闻吾言而惕然戒惧者，则吾将更有所言也。